어떠한 비극, 어떠한 절망 속에서도
인생은 아름답고, 살만한 가치가 있다는
확신이 필요합니다.

2023년 초여름

제주도우다 2

제주도우다 2

현기영

장편소설

창비

차례

3부

조천소학교에서 해방을 기념해 운동회가 열렸다. “민족해방 만세!”라고 쓰인 현수막이 교문 앞에 내걸렸다. 백회선이 그어진 운동장에서 이마에 홍띠, 백띠를 두른 학생들이 두패로 나뉘어 “홍군 이겨라!” “백군 이겨라!” 하고 연방 소리를 질러대는 가운데, 단거리경주, 기마전, 릴레이, 마라톤과 박 터뜨리기가 차례로 벌어졌다.

창세는 마라톤 경기에서 이등을 먹었다. 6학년 전체 쉰명가량이 뛰었는데, 함덕을 지나 북촌까지 달려갔다가 돌아오는 경기였다. 창세는 전날 어머니가 미싱을 돌려 만들어준 검정색 운동복을 입고 힘껏 달렸다. 처음 뛰어본 마라톤인데도 뜻밖에 이등을 차지하여 창세 자신도 놀랐다. 누나처럼 자신도 발목이 가는 말 다리여서 잘 달리나보다고 생각했다. 부상으로 곡괭이 한자루를 받았다.

운동회의 대미를 장식한 것은 전학년이 참가한 박 터뜨리기였다. 운동장 양쪽에 기다란 장대 끝에 반구형 대바구니 두개를 붙여 만든 둥근 박을 매달아 세워놓고 콩알을 담은 조그만 주머니를 던져서 먼저 터뜨리는 쪽이 이기는 경기였다. "홍군 이겨라!" "백군 이겨라!" 운동장이 떠나갈 듯 요란한 함성 소리와 함께 허공에 높이 뜬 두개의 박을 향해 콩 주머니들이 빗발치듯 날아가더니, 얼마 후 백군 쪽의 박이 먼저 터졌다. 박이 두쪽으로 갈라지면서 오색 색종이 조각들이 쏟아지고 박 속의 암흑에 갇혔던 비둘기들이 해방되어 파닥파닥 하늘로 날아올랐고, 그와 동시에 "민족 해방 만세"라고 쓰인 두루마리 종이가 아래로 좌르륵 펼쳐졌다. 백군 아이들이 이겼다고 환호성을 지르면서 "만세! 만세! 민족해방 만세!"를 연호했다. 이어서 홍군 쪽의 박이 터져 펼쳐진 두루마리에는 "조선 독립 만세"가 쓰여 있었다. 홍군 아이들도 환호성을 지르면서 연호했다. "만세! 만세! 조선 독립 만세!"

새 나라가 어떤 나라가 될지 아직 오리무중인 상태에서 확실한 것은 역시 '아는 것이 힘, 배워야 산다'였다. 일제 삼십육년은 역사의 공백기였고, 역사의 시작은 바로 지금부터였다. 비어 있던 머리와 심장을 새 지식으로 가득 채워야 했다. 인민위원회는 관의 도움 없이 자발적으로 마을마다 소학교 건립을, 면마다 중학교 건립을 서두르고 있었다.

조천리에서도 중학교 설립을 추진하는 한편, 성인 교육을 위해 청년 야학과 부녀 야학을 마련했다. 우선적으로 배워야 할 것은 한글과 조선 역사였다. 한문 서당에서 공부했던 젊은 아방들도 한글을 배우려고 야학에 나왔다. 가갸거겨 뒷다리도 모르는 무식한 남편과는 같이 살지 않겠다는 아내의 극성에 떠밀려 야학에 나오는 사십대 중년들도 있었다.

야학 학생들 중에는 수년 전에 소학교를 졸업한 이들도 여러명 있었는데, 그들은 몸에 밴 일본어를 훌훌 털어버리고 조선글과 조선 역사를 속성으로 배우러 나왔던 것이다. 열정적인 학생들은 모든 것을 순식간에 배웠다. 속성으로 똑똑해졌다. 선생이라 해도 학생보다 몇걸음 앞섰을 뿐, 특히 모두가 새로 배우는 표준어 공부가 그랬다. 그래서 학생들에게 따라잡히지 않으려고 선생이 먼저 밤늦도록 공부를 하여 가르쳤다. 청년 야학의 선생은 문상옥과 정두길이었다.

부녀 야학은 대다수가 해녀들이었다. 공짜 공부였지

만 야간 공부인지라 램프 세개에 들어갈 석유만은 학생들이 충당해야 했다. 이미 오래전에 야학에서 한글을 깨친 안만옥은 강사들을 도와 친구들을 가르쳤다. 교재는 일제 때 야학에서 사용했던 『노동독본』이었다. 박털보와 부대림이 선생이었는데, 우스갯소리 잘하는 대림이 더 인기가 있었다. 처녀들은 물론 시집간 아낙들도 글을 배우고 싶어 했다. 이제 해방이 되었으니 여자도 똑똑해져야 한다고, 글을 읽을 줄 알아야 한다고, 글 속에 세상이 있다고 선생들은 열정적으로 말했다. 지금까지 아방들이 딸이 글을 알고 셈법을 알면 더 중요한 것을 잊게 된다고 공부를 못하게 했지만 이제는 여자도 배워야 한다고 했다. 부녀 야학은 향사에서 열렸고 한글과 산수를 가르쳤다.

어느 날 여흥 시간에 주위 여자들의 부추김을 받은 만옥이 부대림과 팔씨름을 벌여 삼판양승으로 이긴 일이 있었다. 만옥이 제 힘에 제가 놀라 어리둥절해 있는데, 주위 여자들은 좋아라고 요란하게 발을 구르면서 손뼉을 쳐댔다. 야학생들 중에는 글을 몰라 일본 공장에 가 있던 남편에게 보낼 편지를 만옥이 대필해주었던 이웃집 현옥미도 있었다.

야학은 한글, 산수, 역사 외에 인민정치학도 가르쳤다.

"인민은 모든 식량, 모든 물자를 생산하는 주인이다. 그러니 인민은 이 사회의 주인공이 되고 지배자가 되어야 함에도 불구하고 가장 헐벗고 가장 굴욕적인 삶을 살아왔다."

한편 따알리아는 도립병원에 간호사로 취직하여 읍내에서 자취 생활을 시작했다.

관덕정 광장을 중심으로 퍼져 있는 읍내 번화가도 해방을 맞아 크게 활기를 띠었다. 일본어 간판이 사라지고 조선어 간판이 등장했고, 간판 수도 전보다 훨씬 많았다. 때맞춰 읍내에는 영어 강습소가 생겼다. 강사는 포로수용소에서 미군의 포로 감시원 노릇을 하면서 영어를 배운 청년이었다. 영어 강습은 인기가 대단하여 강습소가 미어터질 지경이었다. 강습소에 나가는 젊은이들은 일본말 대신 이제는 미국말을 섬겨야 하는 자신의 운명에 실소를 날렸다. "왜놈 돈을 좀 따먹어보젠 일본말 공부를 열심히 했는디, 그거 한번 써먹지도 못한 채 내버리고 이젠 또 미국말을 배워사 먹고살 수 있는 세상이 되었으니, 이거야 원!" 문자로 영어를 배운 지식분자들도 엉터리 영어 발음을 교정하기 위해 그 강습소에 나갔다. 그들은 'It is a cat. That is a dog.'를 '이트 이스 아 캇트. 자트 트 이스 아 도그'라고 발음했던 것이다. 그러한 영어 공부 열기는 조천소학교 아이들에게도 번져 영어 알파벳 외우기가 유행이었고, 아침 등교 때면 서로 인사조로 "굶었니(굿 모닝)?" "댕기면서 빌어먹었지(생큐 베리 머치)" 하면서 깔깔대곤 했다.

'아는 것이 힘, 배워야 산다'에 '영어는 힘, 배워야 산다'가 덧붙었다. 미국을 배워야 산다, 미국을 배우자, 악의 세력과 싸우는 자유의 투사 미국, 세계 최고 부자 나라 미국을 배우자는 얘기가 번지더니 급기야 미국 대통령 트루먼이 예언서 『정감록』 속의 진인이라고 말하는 사람들도 생겼다. 트루먼(Truman)이 'true man'이니 진인이라는 것이었다. 미국이 일본을 몰락시키고 해방군으로 나타났으니 그 나라 대통령 트루먼은 도탄에 빠진 우리 백성을 구하러 온 진인이라고 부를 만하다고 그들은 떠들었다.

열광의 분위기는 조천리 청년들 사이에서 날이면 날마다 계속되었다. 전시체제 속에 아무 생각도 하지 못하도록 강요당하며 가축처럼 살아야 했던 그들은 이제야 생각이란 것을 하기 시작했다. 8·15는 묶였던 사상의 해방을 의미하기도 했다. 금기에서 풀린 사상 서적들이 많이 읽혔다. 청년들은 목마른 사람이 물을 찾듯 열성적으로 읽고 토론했다. 창세는 청년들이 모여 토론하는 비석거리 팽나무 아래로 자주 구경하러 갔는데, 평범하고 어질어 보이던 청년들이 토론을 시작하면 왜 갑자기 고집스럽고 사나운 표정이 되곤 하는지 의아스러웠다. 성미 급한 자들은 상대방의 말이 채 끝나기도 전에 화를 내며 소리를 질렀다. "야, 씨팔, 그게 말이나 되는 소리냐? 기가 막혀 염통이 입 밖으로 튀어나오려고 한다!"

그러한 분위기에서 목청껏 주장을 펼칠 수 있는 웅변은 인기가 좋았다. 자신의 주장을 소리 높여 호소하고 정당하게 분노를 터뜨리는 정열적인 연설이 웅변이라고 이민하는 말했다. 웅변 원고를 쓰고 외우는 일은 어떤 것보다 공부가 되었다. 웅변 공부가 곧 표준어 공부였고, 조선 역사, 인민정치학의 복습이었다. 워낙 무뚝뚝하고 필요한 말만 하는 섬사람들은 일제의 억압으로 더욱 입이 무거워졌었는데, 이제 갑자기 입이 트였다. 물렸던 재갈이 사라지자 여기저기서 말들이 쏟아져 나왔다. 혀들이 분주히 움직였다. 새 세상에 나가려면 무엇보다 말을 잘해야 하고, 그것도 표준어라야 했다.

웅변은 청년들뿐만 아니라 소년들에게도 인기가 있었

다. 말이 없던 아이들도 웅변 공부를 하면서 언변이 좋아졌다. 워낙 말주변이 없는 창세 역시 이 기회에 말솜씨를 늘려보려고 했지만 안타깝게도 마침 변성기가 시작되어 웅변 연습을 마음껏 할 수가 없었다. 무슨 말을 하려 하면 목에서 꽁지 덜 자란 풋닭의 울음처럼 꺽꺽 갈라지고 헛바람 새는 소리가 났다. 뒷날을 기약하지지 않으면 안 되었다. 웅변은 송찬일이 제일 잘했다.

인민위원회는 오일장 장날이면 비석거리에 연설회를 마련했다. 일종의 민중계몽 사업이었다. 조천리 주민들과 다른 곳에서 온 장꾼들이 청중이 되었는데, 비석거리의 넓은 마당에 주위의 집 울담이 무너질 정도로 사람들이 들어차곤 했다. 평소에 익힌 웅변을 실습하기 좋은 기회였지만, 막상 대중 앞에 나설 만큼 담대하고 실력을 갖춘 자는 언제나 서너명에 불과했다. 연사로 뽑힌 자들도 연설 도중에 일본말이 튀어나와 낭패를 보기 일쑤였다.

그들은 대선배인 이민하의 웅변술을 따라 배웠다. 이민하는 해방의 열광 속에서 혼자만이 침착하고 냉정한 태도를 보였다. 모두가 들떠서 목소리 높여 말할 때도 그만은 낮은 목소리였다. 내면에 뭔가 차갑고 가차 없는 것이 자리 잡고 있는 듯했다. 열광이긴 한데 차가운 열광이라고 할까. 그러한 그가 대중 앞에서 연설할 때면 잠이 확 달아날 정도로 열정적이었다. 연설할 때 그는 목소리의 음색을 능란하게 바꿀 줄 알았다. 적에 대해 얘기할 때는 짜랑짜랑한 분노의 금속성이었고, 민중의 고통에 대해서는 슬픔과 연민의 낮은 톤으로 말했고, '조국' '인민' 같은 단어는 아주 공들여서 천천히, 엄숙하게 발음했다. 그는 말했다.

"연설을 잘하젠 하면 거친 말, 욕설도 잘해야 해여, 뒈져라, 비겁한 자들!' '나치 새끼들! 파쇼 새끼들!' '박살내자' '빌어먹을' '염병할' '모리배' '이리떼' 같은. 하지만 가장 중요한 것은 웅변 내용이라. 속 빈 해파리처럼 겉만 번드르르하고 내용이 없는 웅변은 안 되는 거여. 알았는가?"

오일장이 설 때마다 비석거리 연설회에서는 새로운 언어, 정열적이고 담대한 언어들이 쏟아져 나왔다. 장영발, 이민하, 문상옥, 박털보 등 소수만이 알고 있고 가슴에 품고 있던 언어들이 청년들 사이에 널리 퍼졌다. 일반 청년들에게 그것은 한번도 생각해본 적 없고 들어본 적 없는 말들이었다. 자유, 평등, 민주주의, 사회주의, 착취도 가난도 없는 세상, 너 나 없이 잘사는 평등한 세상 같은 말에 더해 '새 나라, 새 시대는 농민, 노동자의 힘으로!' '청년은 청년만의 세계가 있다' 같은 말들이 그들의 가슴을 뛰게 했다.

이십대 청년들 중에 그러한 민중계몽 사업에 가장 열성적인 사람은 양순태였다. 일제의 금압으로 호세이대 재학 시절 사상서를 읽을 수 없었던 그는 사상적으로 빠르게 무장하기 위해 이민하로부터 그러한 책들을 빌려다 열심히 읽었다.

조천리에서 시국에 관심 있는 청년들은 가끔씩 리베라 상회에 모여 술추렴을 했다. 술은 언제나 논쟁의 열기를 북돋아주었고, 그들은 쓴 막소주를 마시면서 정치 논쟁을 벌였다. 논쟁을 더 즐겁게 하기 위해 술을 마시는 것인지, 술을 마시려 논쟁을 하는 것인지 구분이 안 될 정도로 자리는 열기를 띠었다. 그렇게 그들은 선배들에게서 얻어들은 얼마 되지 않는 지식을 통해 세상을 바라보는 눈을 갖기 시작했던 것이다.

청년 1 그런디 성님, 해방되니까 자유가 뭔지 쪼끔 알아지쿠다만, 자유민쥐는 뭐우꽈? 자유민쥐, 그리고 공산쥐……

박털보 무식하게시리 '쥐'가 뭣고? 공산쥐가 아니라 공산주의여. 민주쥐가 아니라 민주주의고! 아, 민주주의가 뭔고 하니, 가만있자, 미국 대통령 링컨이 말한 게 뭐더라?

문상옥 인민의, 인민에 의한, 인민을 위한 정치!

박털보 맞아, 맞아!

청년 2 아니, 그거, 사회주의가 주장하는 것과 별반 다를 게 없네마씸? 인민이 주인 되는 세상……

청년 3 게민 평등은 뭐우꽈?

문상옥 아, 평등? 허, 그건 말이여, 쉽게 말해서 윗사람이 만원 가지면 아랫사람도 만원 갖는 것이 평등이라.

청년 3 에이, 성님도, 그런 세상이 어디 있수과? 헛소리 맙서게. 난 그저 돈 벌 궁리나 하쿠다. 아이고, 지긋지긋한 가난! 난 장사해서 돈을 벌어사 하쿠다.

청년 1 일본군 군수품 장사가 잘되는 모냥이더라. 그거나 해보주기. 왜놈들이 남기고 간 군수품이 엄청 많은가봐. 민간에 팔고 남은 것들은 발동선에 잔뜩 싣고 가서 중국에 팔기도 한댄. 철모, 수통, 항고(반합), 군복, 군화, 담요, 전화선 같은 거.

청년 3 거긴 전쟁 중인디? 장개석과 모택동, 어느 쪽에 가서 파나?

청년 1 글쎄, 그건 모르주.

청년 2 발동선? 그렇게 작은 배 타고? 가다가 풍파 만나면 끝장인디……

그런 중에 귀향민의 입도 행렬은 그치지 않고 이어졌다. 일본군 칠만명이 철수한 자리에 일본 사회의 맨 밑바닥에서 노역과 차별에 시달리던 오만 이주노동자들이 계속 들어오고 있었다.

이른 아침에 창세는 두말치물에서 터져나오는 고함소리에 잠이 깨곤 했다. 얼른 수건을 챙겨 펑펑 솟구치는 그 시원한 물에 세수하러 갔는데, 거기에는 늘 동네 청년 서너명이 구령을 지르거나 웅변 연습을 하고 있었다. 종종 행필도 끼어 있었다. 그들은 밀려오는 파도를 상대로 목청껏 소리를 지르고, 때로는 혀를 단련한다고 자갈을 입에 물고 끙끙대기도 했다. 고대 그리스의 웅변가 데모스테네스가 입에 자갈을 물고 웅변 연습을 했다는 말을 주워듣고 따라 하는 것이었다. 그들이 자갈을 입에 문 채 어버버 말을 토해내는 우스꽝스러운 꼴을 보면서 창세는 말의 입에 물리는 재갈이 자갈에서 나온 말이 아닐까 짐작해보았다.

새로 급장으로 선출된 행필은 주로 구령 연습을 많이

했다. 목청을 단련한다고 아랫배에 잔뜩 힘을 주고서 잇따라 달려오는 파도를 기어코 멈추고 말겠다는 듯이 계속해서 "열중쉬어! 차렷!" 하고 소리를 질렀다. 창세는 변성기라서 그들처럼 소리칠 수 없는 것이 못내 아쉬웠다. 그러나 얼마 지나지 않아 동네 사람들이 시끄럽다고 불평하는 통에 웅변 연습 장소는 멀찍이 연북정 바깥 바닷가로 옮겨갔다.

인민위원회 산하 조직인 부녀동맹에 안만옥과 그녀의 벗들도 가입했다. 위원장으로 추대된 김동완은 만옥네 이웃 동네인 차낭골 여자였다. 삯바느질로 생계를 꾸리는 홀어멍이었는데, 바느질이 꼼꼼해 솔기가 터지지 않는다는 칭찬을 받았다. 그녀는 책 읽기를 좋아했다.

조천소학교 강당에서 열린 결성식에서 그녀의 연설은 청중의 가슴을 저릿저릿하게 해놓을 정도로 새롭고 대담하고 열정적이었다. 만옥은 그녀의 연설에 홀딱 반했다. 집 안에 박혀 조용히 바느질이나 하는 아낙이 그렇게 아는 게 많고 언변이 좋을 줄은 몰랐다. 집 안에서 미싱 일을 하는 어머니처럼 그녀 역시 낯빛이 희었고 마흔살 나이에도 머리칼 또한 온통 백발이었는데, 그러한 용모가 놀라운 언변과 어우러져 신비로운 위엄을 발했다.

"야, 참말로 저 아주망 연설 잘햄저!" 만옥이 옆에 앉은 염숙의 무릎을 쳤다.

그녀는 연설하면서 자신이 살아온 이력에 대해서도 잠깐 언급했다. 십오년 전 읍내 어느 부잣집에 시집갔다가 이년 만에 이혼하고 오사카로 건너가 고무 공장에서 일했는데, 그때 목우 김문준이 주도한 공장 파업에서 역원으로 활동한 바 있노라고 했다.

"이혼하니까 사람들이 나보고 막 멍청한 년이랜 합디다. 돈 많고 땅 많고 머슴도 둘, 하님(하녀)도 둘, 그것들 몬딱 느 것일 텐데 무사 그 집을 안 살고 나왔느냐고예. 아이고, 말도 맙서. 마님은커녕 이건 뭐 생판 종년 노릇이라마씸. 늘 손님이 들끓어, 밥 짓고 반찬 만들어 상 차리느라 정신이 없었수다. 그렇게 시집살이에 정을 못 붙이고 있던 차에 사내한테 첩년이 생긴 거라예."

이 대목에서 청중은 "아이고, 저런!" 하고 탄식을 쏟아냈다.

"억울하고 분해서, 오장 터져 못 살겠습디다게. 첩년 데린 사내하고 같이 살 수는 없는 노릇 아니우꽈?"

청중이 다시 "옳소!" "옳고말고!"를 연발했다.

"조강지처를 소박 박대한 놈이영 어떵 살 말이우꽈?"

"못 살주, 못 살아!"는 청중석의 소리였다.

"여자가 늬 맘대로 신었다 벗었다 할 수 있는 고무신 짝인 중 아느냐고, 대판 싸우고 나와버렸수다."

"잘했수다, 잘했어!" "조강지처 소박하고 첩 데린 놈아, 여꿔밥에 소금장 먹고 대천 바당 한가운데 들엉 목말라 거꾸러나지라!" 청중의 반응이 더욱 뜨거웠다.

"여자는 시집가면 성도 이름도 없어집니다. 자기 이름 대신에 무슨 영호 각시, 길수 각시, 종철이 각시가 되어불고, 아기가 생기면 아기 이름을 따서 무슨 순덕이 어멍, 창식이 어멍이 됩니다. 여러분, 자기 시어머니 이름 아는 사람 있으면 손 들어봅서."

물론 손 드는 이는 아무도 없었다.

"거 봅서. 십년을 같이 살아도 우린 시어머니의 이름을 모릅니다. 이름은커녕 성도 몰라마씸. 아이고, 이렇게 여자는 차별을 받았수다. 소로 못 나면 여자로 난다는 말, 그거 무슨 뜻이우꽈? 남자들이 그렇게 여자들을 소처럼 부려먹으면서 억압했어마씸. 그렇지 않우꽈, 여러분?"

"옳소!" 소리가 터져나왔다. "방귀도 맘대로 못 뀌게 억압당해왔수다." "맞아, 맞아!" "방귀도 억압당했주, 방귀도!" 깔깔 웃는 소리가 가득했다.

"소처럼 일만 하고, 남편이 첩년을 들여도 아무 소리

못 하는 그런 시집살이, 이제는 그렇게 멍청하게 살지 맙시다. 축첩을 반대합시다!"

다시 한번 "옳소!"가 사방에서 터졌다.

"아방이 가라고 한다고 얼굴도 모르고 이름도 모르는 남자한테 시집가는 그런 멍청한 짓도 이제는 하지 맙시다. 이제 해방된 세상을 만났으니, 여성도 해방되어야 합니다. 여성이 해방되어사 진짜 해방이우다. 여러분, 그렇지 않우꽈?"

장내는 "옳소! 옳소!" "옳거니!" 일색이었다.

김동완에 이어 단상에 오른 것은 영암에서 교원을 하다가 들어온 김시범 위원장의 딸 김옥희였다. 부녀동맹 총무인 그녀는 사범학교를 나온 인텔리 여성답게 똑똑했다. 만옥은 자기와 나이 차가 크게 나지 않는 김옥희의 연설이 더 마음에 들었다. 남성 위주의 봉건 생활을 철폐해야 한다고, 삼천만 조선 백성의 절반인 천오백만 여성이 해방되어야 진짜 해방이라고 그녀는 힘주어 외쳤다. 연설 도중에 청중이 알아듣기 어려운 말들이 나왔지만 그녀가 뜻을 공들여 해설해주어 대체로 알아들을 수 있었다. 여자는 일제의 파쇼 권력뿐만 아니라 남편으로부터 이중의 억압을 당해왔다고, 여자는 비참한 사회적 희생 계급이고 부권 전제주의의 희생물이었으며 이제는 부권 전제주의에 반역해야 한다고, 남녀 동권을 주장하여야 한다고 그녀는 역설했다. 그녀의 연설 중에서 무엇보다도 근사한 것은 힘차게 튀어나온 낯선 단어들이었다. '이중의 압박' '부권 전제주의' '남녀 동권' '자주 결혼' '자유 결혼' 등은 처음 듣는 단어들이었지만 만옥은 갑자기 총명해진 듯이 금세 이해가 되는 것 같았고, 그 말들이 불도장으로 뇌리에 찍히는 것처럼 짜릿하게 느껴졌다. 만옥은 감격해서 주먹 쥔 손을 부르르 떨었다.

"아암, 그렇지! 남자나 여자나 똑같은 인간이여! 여자 남자 평등! 맞는 말 아니가, 염숙아?"

그날 김동완과 김옥희의 연설에 감동한 만옥은 돌아가신 아버지를 대신해서 외삼촌과 함께 말 무역을 해보기로 결심했다. 남자가 하는 일이라고 여자가 못 할 게 뭔가? 목장의 테우리가 되어 말을 가꾸고, 그 말들을 배에 싣고 가서 육지부에 파는 일이었다. 말은 걸핏하면 와들랑바들랑(팔딱팔딱) 발버둥질을 해서 대개의 여자들이 무서워하지만, 그녀는 능히 말을 다룰 자신이 있다고 생각했다.

부녀동맹은 기금을 마련하기 위해 물질로 모자반과 청각을 채취했고, 때로는 오일장 장터의 아낙네들을 상대로 계몽 연설을 하기도 했다. 만옥도 거기에 연사로 나갔다.

10월 하순, 밤기운이 써늘해지자 비석거리 팽나무 아래 모여 시국을 논하던 마을 청년들은 리베라 상회로 자리를 옮겼다. 상품 진열대 안쪽의 좁은 공간을 그들은 '사랑방'이라고 불렀다.

미군정이 충격적인 명령을 내린 것은 바로 그 무렵이었다. 공식 출범한 미군정이 인민위원회 해체를 명령했던 것이다. 미군정이 삼팔선 이남 조선에서 유일한 정부라고 했다. 인민위원회 체제가 미군정의 행정체계에 반영되기를 원했던 도민들에게 그것은 크나큰 실망을 안겨주었다. 해방의 기쁨과 열광에 찬물을 끼얹은 것이었다. 도민의 의견을 받아들여 인민위원회 간부들 중에서 미군정에 발탁된 경우는 극히 드물었고, 대개는 친일파의 재등용이었다. 일제의 착취 기구에 종사했던 자들이 미군정의 부름을 받고 그 자리로 복귀하다니, 하급 관리들은 그만두더라도 친일파의 고위직 재등용은 정말 있을 수 없는 일이었다. 면서기를 하던 자들이 버젓이 면장으로 승진하여 복직하기도 하고, 순사 노릇 하던 자들이 경찰서장, 지서 주임이 되었다. 명칭이 순사에서 순경으로, 주재소가 지서로 바뀌었을 뿐 복장도 검정색 일본 순사 제복 그대로였고, 무기도 미군이 일본군으로부터 압수한 99식 혹은 38식 장총과 일본도였다.

조천면은 인민위원회 위원장이 면장으로 발탁된 예외적인 경우였는데, 김시범이 면장이 되었다. 아마도 미군정이 항일 투사를 제일 많이 배출한 이 지역의 반골 기질을 고려한 모양이었다. 그러나 십수명의 면서기 자리는 대부분 다시 돌아온 전임자들의 차지였고, 인민위원회가 추천하여 선택된 면서기는 서너명에 불과했다. 인민위원회는 불가불 그동안 차지하고 있던 면사무소를 내주고 나와 일본인 공무원들이 사용하던 사택으로 옮겨갔다. 그 무렵 두달 전에 쫓겨난 하이하이 면장과 짝귀도 미군정에 재임용되었다는 소식이 전해졌다. 전자는 도청의 무슨 과장으로, 후자는 경찰서의 행정직에 발탁되었다는 것이었다.

그 무렵의 어느 일요일 저녁에 리베라 상회에 몇몇이 모여 친일파의 복직을 신랄하게 성토했다. 올빼미 고승우도 모처럼 참석했는데 그날따라 모임의 단골인 정두길이 불참하여 부대림은 이상하다고 고개를 갸우뚱거렸다. 그 시간에 두길은 일요일을 이용해 집에 다니러 온 따알리아를 만나 연대 밑 바닷가에서 밀회를 즐기는 중이었다. 두 남녀는 해방의 감격 속에 급속히 가까워졌는데, 그런 사실을 대림은 까맣게 모르고 있었다.

비좁은 사랑방은 최근에 갑자기 손님이 늘어 등받이 없는 긴 의자를 더 만들어 갖다놓았는데, 만든 지 얼마 안 된 것들이라 송진내가 진동했다. 탁자 위에는 술 주전자와 안주로 소라 통조림 몇개가 놓여 있었다. 연북정 근처 통조림 공장의 제품이었다. 일본인 사장이 군대에 납품하려 준비했던 통조림들을 민간에 싼값에 팔고 귀국했던 것이다.

여남은명의 청년들은 길쭉한 탁자를 가운데 두고 양쪽 의자에 비좁게 붙어 앉거나 벽에 기대어 서 있었다. 그들은 램프 불빛에 한쪽이 그늘진 얼굴을 번들거리면서 막소주를 두어잔씩 나눠 먹고 중구난방으로 분통을 터뜨렸다.

"인민위원회 간판을 떼라고? 순 나쁜 놈들!"

"인민의 전폭적인 지지를 받고 있는 인민위원회를 해체하라니."

"친일파 복직은 절대 반대여!"

"그 악독한 친일파 하이하이 면장과 짝귀를 미군정이 다시 불러들이다니, 이런 개 같은 경우가 어딨나?"

“친일파 놈들 당분간 숨어서 자숙하리라고 생각했는디, 벌써 나타났단 말이여.”

“미국이 부르니깐 얼씨구나 하고 달려간 거주.”

“징역을 보내야 마땅한 놈들한테 도리어 상을 주다니, 도대체 미국 놈들 심보가 뭐여?”

“친일파 놈들 복직은 절대적으로 막아사 해여. 그런 새끼들이 어딜 감히!”

“에이, 오장 터져 못 살겠네!”

“친일파를 청산해사 되여!”

연장자인 가게 주인 장영발이 가만히 듣고 있다가 입을 열었다. 그의 긴 머리에 램프 불빛이 번들거렸다.

장영발 거참, 친일파 복직은 나도 반대인디, 그런디 그게 간단치 않아. 친일파 문제는 복잡하고 골치 아픈 거라. 이를테면 말이여, 우스운 말로, 내 마누라가 일본 여자 아닌가. 그렇다고 해서, 나가 일본 여자를 사랑한다고 해서 나가 친일파인가, 엉? 그리고, 어이, 양순태! 자네 학병 갔당 왔잖은가. 물론 강제징집이었지만 그래도 왜놈 군대에 갔다 왔으니 친일파인가? 아니주!

고승우 (장난스레 붕대 감긴 오른손 검지손가락을 내밀면서) 게민, 이 손가락 잘려 왜놈 군대에 안 끌려간 나는 애국자인가마씸? 헤헤헤.

양순태 야, 올빼미, 자기가 실수로 잘라먹고선 뭐 애국자? 흐흐흐, 올빼미가 또 개소리하고 있네.

장영발 그리고 여기 있는 사람들, 자네들 중에 일본말 모르는 사람 없을 거라이. 게민, 자네들이 일본말 조금 할 중 안다고 해서 친일파인가? 아니주! 조선 백성 열명 중 세명이 일본어 해독자라는 거여. 식민지 백성으로 심심산골 농부가 아닌 바에야 먹고살기 위해서 일본말을 배울 수 있는 거 아닌가. 예를 들어서, 대림이가 왜놈들 밑에서 우편소 서기를 하긴 했주만, 그렇다고 친일파인가? 친일파라고 우편소에서 내쫓아사 하나? 아니주.

부대림 아니, 삼춘, 무사 죄 없는 내 이름은 건드렴수과?

문상옥 대림이사 무슨 죄가 있수과게. 우편소가 착취기관은 아니니까니. 오히려 민중을 위한 편의시설입주게.

장영발 좌우지간에 친일파 문제는 참말로 여간 골치아픈 게 아니여. 중앙 관공서에서 지방 면사무소에 이르기까지 관리들이 오죽 많은가. 그 많은 사람들을 친일파라고 몬딱 청산할 수 있나? 불가능한 일이주. 그래서 친일했으면 얼마나 악질로 친일을 했느냐, 그 정도를 따져사 한다 이거여, 내 말은! 물론 상급직 친일파는 당연히 단죄되어사 하지. 하지만 하급 공무원은 행정에 필요한 존재니까 그대로 놔두어사 해여. 물론 말단 서기라도 왜놈 이상으로 악독했던 놈들은 반드시 감옥에 처넣어사 하지만. 그리고 높은 자리에 있었다 하더라도 친일 색채가 비교적 옅은 자는 용서해주자 이거여. 그들을 몬딱 청산해버리면 그들을 대신해서 그 많은 자리를 누가 채울 거냐 말이여. 행정 능력이 있는 자가 그 수만큼 있어야 하는디, 그게 도대체 가능한 일인가? 생각들 해봐, 조금이라도 친일의 잘못을 저지르지 않은 사람은 농민밖에 더 있나. 하지만 인구의 칠할을 농민이 점하고 있다고 해서, 나라를 세우는 디 농민의 능력만으로 되나. 그러니까 싫긴 하지만 행정 경험이 많은 자들이 필요한 거라. 그들을 회개시키고 우리 자산으로 이용하자는 거주. 낡은 등잔이라도 잘 닦아서 사용하면 되는 거 아닌가.

좌중의 거의 모두가 옳은 말이라고 고개를 주억거리는데, 학병 출신 양순태가 킁, 콧김을 뿜으면서 자리에서 벌떡 일어난다. 목에서 호두알처럼 불거진 울대뼈가 꿈틀거린다.

양순태 아이고, 그런 소리 하지 맙서, 장발이 삼춘! 문제는 미군정이 악질 친일파를 재등용하고 있다는 거 아니우꽈? 간에 천불이 나요, 천불이! 인민의 전폭적 지지를 받고 있는 인민위원회의 요구를 무시하고 악질 친일파를 복직시키다니, 도대체 이런 경거망동이 어디 있수과? 미군정이 악질 친일파들까지 재등용하는 걸 보면, 이번엔 일본 대신에 미국이 조선을 점령 지배하려는 야욕이 분명해여마씸. 지금 당장 미군정 반대 투쟁을 벌여사 합니다!

장영발 야, 야, 순태야, 자리에 앉아라. 앉앙 말하라게. 넌 너무 급해. 얼굴 생긴 건 똑 지집아이처럼 곱상한디 성질은 과격하단 말이여. 너무 성급하게 판단 내리지 말앙 좀 기다려보자. 세계의 이목이 있는디, 미국이 함부로 그러진 못할 거여.

고승우 야, 순태, 미국을 꼭 나쁘게만 볼 필요는 없을 것 같다. 거시기, 미국에도 배울 점이 있을 거여. 세계 최고 부자 나라니까 어떵 해연 부자가 되었나, 연구해볼만 하지 않겠나.

양순태 맹물 같은 소리 하고 자빠졌네!

송광일 호호호, 미국이 예수를 믿어서 부자 나라가 되었댄 하는디, 나도 미국 종교를 믿어보카?

양순태 (화를 내며) 야, 송광일, 아무리 농담이라도 그따위로 하나? 넌 사상적으로 아주 낙후해 있어. 공부 좀 해라, 쯧쯧쯧.

그때 송광일이 느닷없이 손바닥으로 제 뺨을 철썩 후려친다. 좌중이 깜짝 놀라 눈이 휘둥그레진다.

양순태 무사, 반성한다고 자기 뺨 때리는 거라?

송광일 아니, 모기 물어서…… 가을 모기라 독하네.

송광일의 오른쪽 뺨에서 빨간 핏자국과 함께 뭉개진 모기를 보자 모두가 웃음이 터진다.

장영발 미군정이 아무리 우리 인민위원회를 무력화시키려고 저 지랄을 하고 있지만, 어디 우리가 그렇게 호락호락 넘어갈 수 있나. 인민위원회를 통해서 인민 자치가 잘되고 있는 판인디 그걸 불법화하겠다니 있을 수 없는 일이주. 그래도 당분간만 좀 참아보자. 미군정은 곧 끝나. 미군정은 임시적 존재가 아닌가.

박털보 장발이 성님 말이 옳아. 미군정이 함부로는 못할 거여, 국제연합도 있는디. 미국과 소련이 서로 사이좋게 우리 독립을 위해 머리 맞대고 의논 중에 있다고 하지 않는가. 서울에서도 민족지도자들이 서로 만나 의논 중이고 하니 잘될 거여. 늦어도 내년 말까지는 미군도 소련군도 철수하지 않을까? 그때까지는 너무 과격하게 나서지 말고 좀 기다려보자, 이거여. 미군정법은 우리 법이 아니니까 우리 정부가 들어서면 자연히 폐지될 거고, 그때 우리 법으로 악질 친일파를 청산하고 인민위원회를 회복할 수 있을 거여.

문상옥 그걸 믿다니, 성님도 참 순진도 하시다! 미국 놈들 음모가 불 보듯 뻔해여. 지금은 행동해야 될 때우다. 미군정의 친일파와 싸워야 해여마씸. 인민위원회를 사수해야 합니다!

박털보 허, 그것참! 우리가 무서운 맹수 앞의 하룻강아지 같은 형국인디, 조심 안 할 수 있나.

장영발 참말로 어처구니없는 일이여. 일본과 싸우던 우리가 이제는 일본 대신에 그들이 남기고 간 친일파와 싸워야 하다니. 허허, 참!

밤이 늦도록 갑론을박은 그치지 않았다. 램프의 석유가 잦아들면서 불빛이 까물거렸다.

조천 주재소가 조천 지서로 명칭이 바뀌었다. 처음에 조천 지서로 발령받은 경찰은 단 두명이었으나 조만간 인원이 보충될 것이라 했다. 주임은 여수에서 근무하다가 들어온 화북리 출신 김기호였고, 다른 한 사람은 일제 치하에서 석달짜리 순사 노릇을 했던 한쌍백이었다. 그런데 그들이 근무해야 할 건물에는 아직도 치안대 간판이 붙어 있었다. 일본 경찰 주재소이던 것을 지난 한달 남짓 치안대가 차지했기 때문이었다. 지서를 접수해야 하는 두 순경은 먼저 면사무소를 찾아갔다. 혹시라도 탈이 잡힐까 하여 일본 순사 복장 그대로인 경찰복을 임시 숙소인 천일여관에 맡기고 사복 차림으로 갔다. 면장 겸 인민위원회 위원장 김시범에게 정중하게 인사를 올리고 제주경찰서장이 써준 소개장을 전했는데, 아무개가 지서 주임으로 부임하니 잘 부탁한다는 내용이었다. 김시범이 말했다.

"치안대에게 빼앗긴 주재소를 탈환하레 왔는가?"

"저, 거시기, 탈환한다기보다는 회수하려고……"

김시범의 짙은 눈썹이 송충이처럼 꿈틀거렸다.

"뭐, 회수한다고?"

"아니, 저, 회수한다기보다는, 군정청의 명령이라서 예……"

"미군정의 명령이라고 우리 치안대가 호락호락 물러날 것 같은가? 당장은 어려울 걸세. 그러니까 치안대가 제 발로 걸어나갈 때까지 당분간 사무실을 같이 쓰면서 사이좋게 지내보게나."

"예, 위원장님."

그리하여 지서 주임 김기호는 치안대 간판을 떼지 못한 채 그 옆에 나란히 지서 간판을 붙여놓을 수밖에 없었다.

시를 읽고 짓기를 좋아하는 정두길, 그는 학생들에게 국어의 아름다움을 느끼게 해주기 위해 유명 시인들의 시를 자주 소개했다. 친구들 대부분이 좋아하는 해금된 사상서보다 문학 책을 더 좋아하는 두길은 시를 읽다가 좋은 구절을 만나면 정신이 마비된 듯 꼼짝 못 할 전율을 느끼곤 했다. 새로운 시각을 일깨워주는 시구를 만날 때마다 깊은 감동에 한숨을 내쉬면서 고개를 들어 멍하니 허공을 바라보았고, 때로는 격정을 이기지 못해 눈물을 흘리기도 했다. 정지용의 「백록담」을 처음 읽고 크게 감동한 그는 이튿날 당장 학교 아이들 앞에서 그 시를 낭송했는데, 그때도 눈물을 흘렸다.

"느네들은 모를 거다. 이건 진짜 명작이여, 명작! 우리 한라산을 이렇게 잘 그려낼 수 있다니, 참말로 놀라워! '정상에 가까울수록 뻑국채(뻐꾹채) 꽃키가 점점 소모된다.' 이 얼마나 근사한 표현이냐! '소모된다'가 무슨 뜻이지? 그게 무슨 뜻이냐 하면, 뻑국채 꽃키가 백록담에 가까울수록 점점 작아진다는 거여. 왜 높이 올라갈수록 꽃들이 키가 작아질까? 아는 사람? 없어? 제주 사람이 그걸 몰라선 안 되지. 우리 제주도는 바람이 세지. 높은 곳일수록 바람이 세게 부는데, 그래서 부러지지 않으려고 꽃키가 작아지는 거라."

그때 창세가 대뜸 일어나서 말했다.

"선생님, 전 선생님의 시가 더 좋은디요. '해방이 왔습니다./어둠을 부수고 붉은 태양이 솟아올랐습니다./어둠의 귀신들, 죽음의 마귀들이/꼬리에 불붙어 왈강달강 달아나고/머나먼 땅, 죽음의 땅에 흩어졌던 동무들이 돌아옵니다.'"

그것은 정두길이 해방 기념 마을 잔치 때 낭독했던 시로서, 그는 그 시를 단아한 필체로 원고지에 써서 교실 뒷벽 게시판에 붙여놓았다.

"안창세, 너 날 놀리는 거냐?"

"아닙니다. 진심입니다!"

그러자 다른 아이들도 선생님의 시가 더 좋다고 맞장구쳤다. 정두길이 당황하여 얼굴이 벌게졌다. "아니, 요 녀석들이 별소릴 다 하네. 시에 대해서 아무것도 모르는 놈들이……"

정두길은 늘 따알리아를 생각했다. 그녀에 대한 생각으로 머리가 꽉 차버려 다른 아무것도 생각할 수 없을 지경이었다. 그것은 홀림이었다. 네살 위 선배인 문상옥이 주도하는 사회주의 연구 독서 모임에도 나가지 못했다. 자주 한숨이 나왔다. 어찌할 바 모르겠는 마음에 몇몇 아이들을 데리고 바닷가에 나가서 하모니카 반주에 노래를 부르면서 머리를 식히곤 했다. 그러한 홀림은 그녀와 입맞춤하고 난 뒤 더욱 심해졌다.

그는 어느 날 밤 연대 아래 바닷가에서 사랑을 고백했던 것이다. 달빛을 받은 순비기꽃 향기가 짙게 풍겨오는 모래밭에서였다. 사랑한다고, 이 마음을 받아달라고 고백한 순간, 당겨진 시위의 화살처럼 온몸의 피가 급격히 그녀를 향해 쏠리는 듯한 느낌! 거부당할지 모른다는 두려움과 될 대로 되라는 자포자기의 심정! 그는 얼굴이 화끈 달아오르고 가슴이 뛰어 그녀가 뭐라고 대답하기도 전에 벌써 절망에 빠져 "아!" 하고 신음을 토하지 않았던가. 잠시 머뭇거리던 그녀가 마침내 떨리는 음성으로 "좋아요!" 하고 대답했고, 그 순간 그는 와락 달려들어 그녀를 껴안았다. 첫 입맞춤, 난생처음 느껴보는 그 지독함, 골수를 후비는 것 같은 그 달콤함이라니! 손바닥에 땀이 흥건하게 배었다.

따알리아의 직장이 읍내에 있어 두 사람은 일요일에나 만날 수 있었는데, 매주 만나는 것도 쉽지 않아 보름에 한번 만날 때가 많았다. 그녀가 바빠서 오지 못하면 두길이 자전거를 타고 가서 잠깐 보고 오기도 했다. 그들은 남의 눈을 피해서 주로 밤에 바닷가에서 만났다.

좋은 시를 만날 때마다 멍하니 허공을 바라보며 한숨 짓던 두길은 이제 따알리아 생각 때문에 한숨을 쉬고 멍해지는 일이 더 많았다. 무심결에 주르르 눈물을 흘릴 때도 있었고, 외출하려고 양말을 신다가 문득 그녀의 얼굴이 떠올라 양말 한짝을 손에 든 채 생각에 잠기기도 했다. 웃음 지을 때 두 뺨에 곱게 패는 보조개, 입술의 매끄러운 감촉, 자신의 목구멍으로 들어오는 그녀의 뜨거운 숨결, 향긋한 머리 냄새와 뺨에 와닿는 머리칼의 그 부드러움이 뇌리에서 떠나지 않았다. 비로소 그는 세상에 연인의 머리칼처럼 부드러운 것은 없다는 것을 깨달았다. 따알리아는 그렇게 그의 머릿속에 둥지를 틀고 자리 잡았다.

사랑은 모든 것을 새롭게 보이게 했다. 무심히 지나치던 꽃이 눈에 들어오고 새소리도, 파도 소리도 새롭게 들렸다. 아무렇지 않게 보이던 풍경들이 갑자기 아름답고 의미심장하게 보였다. 길가에서 혹은 들에서 예쁜 꽃을 보면 자연히 따알리아의 얼굴이 떠올라 남몰래 얼굴이 화끈 달아오르고 가슴이 뛰곤 했다. 그는 열정적으로 시를 썼고 그 시들에는 "가을 물처럼 맑은 눈빛"이라거나 "앵두같이 붉고 매끄러운 광택의 입술"이라는 구절이

들어 있었다. 시가 사랑의 맛을 더 깊고 아기자기하게 해주는 것 같았다.

두길에게 그 사랑은 너무도 소중한 것이어서 누구에게도 발설할 수 없고 혼자만의 비밀로 간직해야 할 것 같았다. 부대림이 알면 크게 상심할까 두려워 더욱 숨겨야 했다.

그 무렵 미군정은 일본인 철수로 인해 부족해진 경찰 인력을 채우기 위해 채용 시험을 실시했는데, 창세의 친구 찬일의 형 송광일이 그 시험에 합격하였다. 일본어 대신에 영어 문제가 나왔는데 영어 알파벳의 대문자와 소문자를 쓰라는 것이었고, 수학 시험에는 "1/2과 0.5 중에 어느 것이 더 큰가?"라는 문제도 나왔다고 했다. 그 말을 들은 찬일과 창세는 자신들도 아는 문제들이어서 엉터리 시험이라고 깔깔댔다. 경찰 시험에 합격한 송광일은 석달간 연수를 받으러 광주 경찰학교로 떠났다.

우편소 서기 부대림은 체신학교 출신으로 모스 신호기를 다룰 줄 아는 기술자여서 재임용되었을 뿐만 아니라 공석이던 소장 자리를 꿰차는 행운을 얻었다. 모스 부호의 전파음인 '또또또'가 그의 별명이었는데, 그는 이것저것 잡다한 지식이 많아서 '만물박사'란 별명도 갖고 있었다.

창세의 당숙인 측량기사 안봉주가 도청 지적과의 계장이 되었다.

창세 모친의 생업인 미싱 일이 호황을 만났다. 평소에 그녀는 주로 무명으로 남방셔츠와 치마, 원피스, 몸뻬, 버선 따위를 만들어 팔았는데, 전쟁 막바지에 이르러서는 모두가 극심한 생활고에 시달리면서 옷 주문이 거의 없다시피 했다. 사람들은 헌 옷을 누덕누덕 기워 입거나, 쌀자루나 이불보 같은 것을 들고 와서 옷으로 만들어 달라고 했다. 어른의 헌 옷을 줄여 아이 옷을 만들어달라 하기도 했다. 만옥도 아버지의 유품인 양복바지를 앞트임을 막고 바짓단을 줄여 입었다.

그런데 일본군 철수와 더불어 창세 외삼촌의 주선으로 일본 군복 바지 백여벌과 천막 한채를 헐값에 사들였던 것이다. 군복 바지로는 아이들 바지를 만들고, 천막으로는 학생 가방을 만들어 팔 수 있었다. 놀고 있던 미싱과 재단 가위가 갑자기 바빠졌다. 어머니는 손놀림이 빨랐다. 미싱을 드르륵 박아내면 순식간에 바지도 되고 치마도, 버선도 되었다. 어머니는 쉴 참 없이 미싱을 돌리느라고 손톱이 다 닳을 지경이었다. 바쁠 때는 남매가 옆에 앉아 도와야 했다. 만옥은 크고 무거운 재단 가위를 들고 흰색 초크 선을 따라 천을 잘랐고, 창세는 바느질로 단추를 달았다. 탈탈탈탈 쉴 참 없이 돌아가는 미싱은 기름이 금세 말라 덜컹거렸는데, 그때마다 창세가 일어나서 기름을 쳤다. 기름을 한방울만 떨어뜨려도 신기하게 덜컹거리던 것이 돌돌돌 매끄럽게 돌아갔다. 옷값은 주로 곡식으로 받았고 때로는 땔감으로 받기도 했다. 옷을 만들고 남은 자투리천이 많아 그것도 땔감이 되었다. 생활이 한결 나아지면서 이제 창세의 중학 진학 문제는 걱정하지 않아도 될 듯했다.

한번은 옷값으로 소나무 장작 한짐을 받았는데, 통나무라서 도끼로 쪼개두어야 했다. 그래서 다음 날 아침 마당 한구석에서 도끼질이 벌어졌다. 아버지가 쓰던 도끼, 지난 이년간 한번도 써보지 못한 채 헛간에 처박혀 있던 그 도끼를 꺼내왔다. 도끼는 열세살 창세가 휘두르기에는 아무래도 힘에 부쳐 행필을 불러올까 했는데, 만옥이 자기가 해보겠다고 나섰다. 며칠 전에 염숙네 집에서 장난삼아 해보았는데, 난생처음 하는 도끼질인데도 별 실수 없이 해냈다고 어깨를 으쓱거렸다. 어머니가 질색을 하고 말렸다. 아무리 힘이 세어도 여자는 도끼질을 하는

게 아니라고, 남자들이 싫어한다고 했다. 그러나 만옥은 막무가내였다. 집안에 남자 어른이 없으니 자기가 대신 해야겠다는 것이었다. 돌아가신 아버지를 대신해 기울어진 가세를 다시 일으키고자 외삼촌과 함께 말 무역을 하겠다고 결심한 그녀였다. 그렇게 장작을 패고 싶으면 이웃 모르게 뒤꼍에 가서 하라고 어머니가 말했지만, 만옥은 듣지 않고 버젓이 안마당에서 판을 벌였다.

창세가 한쪽 구석에 쪼그리고 앉아 누나의 도끼질을 지켜본다. 내리치는 도끼는 한두번 빗나가다가 기어코 가운데를 적중하곤 하는데, 통나무가 도끼에 찍혀 두동강이 날 때마다 창세는 운동회 때 하듯이 "잘한다! 빅토리, 빅토리! 브이 아이 시 티 오 알 와이!" 하고 외치면서 손뼉을 친다. 만옥이 "흡! 흡!" 기합까지 넣으면서 힘차게 도끼를 내리치고, 그때마다 등 뒤에서 쌍갈래 댕기머리가 폴짝폴짝 춤을 춘다. 마루에서 미싱을 돌리던 어머니가 내다보고 혀를 찬다.

"아이고, 저 비바리 하는 꼴 좀 보라! 누가 보면 막 소문낼 거여, 비바리가 도끼질한댄, 하고. 아이고, 느가 무서워서 어떤 총각이 데려갈 거 같으냐."

"그까짓 시집, 못 가면 말지 뭐, 쳇!"

어머니는 힘센 만큼이나 성미도 드센 딸이 늘 걱정이다. 여자는 아무리 힘이 세어도 남자에게 '저 사람은 여자니까 나가 도와주어야지' 하는 생각이 들도록 힘센 것을 숨겨야 한다고 말한다.

그런데 처녀가 도끼질하는 장면이 금방 다른 사람에게 발각되고 만다. 밖에서 찌르릉찌르릉 벨 소리가 들리더니 자전거 한대가 열린 대문으로 불쑥 나타난다. 창세가 자리에서 일어나면서 반색한다.

"오, 또또또 삼춘!"

우편소의 빨간색 자전거를 탄 부대림이다. 자전거를 타고 마당 안으로 들어선 그는 멋을 부리느라고 일부러 마당을 반바퀴 날렵하게 돌면서 노래하듯이 인사를 한다.

"창세 어머니, 안녕, 안녕하시우꽈?"

"오오, 부서방이로구나."

"안녕, 안녕, 만옥이, 창세, 느네들도 안녕? 조선 독립 만세다!"

그러고는 만옥의 앞에서 자전거를 멈추는데, 도끼를 든 그녀를 보고 눈이 휘둥그레진다.

"어어, 웬일이여? 여자가 도끼를? 남자 바지까지 입고서! 아이고 무섭다야, 도끼 내려놓으라게."

만옥이 도끼 자루를 짚고 서서 시답잖다는 눈빛으로

대림을 흘겨본다. 만옥은 따알리아를 짝사랑하는 그가 싫다. 게다가 짝사랑한다는 것을 소문까지 내고 다니는 모양이다.

대림도 얼마 전 야학에서 그녀와 팔씨름을 했다가 창피를 당한 터라 뭔가 한마디 해서 위신을 세우고 싶어진다. 대림이 버릇처럼 어깨를 으쓱거리면서 말한다.

"그런디 만옥이, 여자가 도끼질하면 콧수염 난다는 말 못 들언? 아무리 힘이 세도 여자가 할 일이 따로 있주, 도끼질은 남자가 할 일이여. 그 도끼 이리 주라, 나가 장작 패줄 테니까."

"아이고, 또 그 말, 지긋지긋! 오라방아, 남자가 할 일, 여자가 할 일이 따로 있나? 여자라고 남자 일을 못 할 게 뭐 있나?"

"남자 할 일을 여자가 해불면 도대체 남자는 뭘 하란 말이냐?"

"남자도 여자가 하는 일 하면 될 거 아니우꽈? 밥도 짓고, 아기도 낳고, 해녀 물질도 하고, 호호호."

"남자보고 아기 낳으라고? 허허, 만옥이, 너 말이여, 아무리 힘 좋댄 해도 여자는 여자여. 넌 얼굴은 미인인디 어깨 큰 것이 좀 탈이라. 여자는 남자 품에 쏙 들어가게 어깨가 좁아야주. 그래서 육지 양반집에서는 여자 어깨를 좁히려고 어릴 때 천으로 어깨를 칭칭 동여매기도 한다는 거라."

"나 참, 거 무슨 양반 타령이우꽈?"

"하여간에 여자는 따알리아처럼 좀 연약하고 가냘퍼사 하는디…… 다른 여자들은 어깨가 커도 얌전히 어깨를 죽이고 댕기는디, 게다가 넌 콧대도 세고. 만옥아, 남자들 앞에서는 어깨를 좀 죽여 버릇해봐라."

그 말에 만옥이 도끼눈을 뜨고 대림을 쏘아본다.

"아니, 또또또 오라방, 나보고 어깨를 죽이고 댕기라고? 나 참, 별소릴 다 듣겠네. 난 아무 문제 없수다. 어깨가 커서 남자가 날 품에 못 안으면, 나가 남자를 내 품에 팍 안아버리면 될 거 아니우꽈? 뭐가 문제라? 하여간에 남의 일에 간섭 말고예, 오라방 일에나 신경 씁서!"

"어어, 만옥아, 너무 딱딱거리지 말라게. 넌 무사 나만 보면 신경질이냐? 다 널 생각해서 하는 말인디. 마을 총각들이 널 어려워하는 것 같아서 하는 소리여."

"하이고, 게민 안 되는디, 호호호. 오라방이 잘 말해줍서게, 만옥은 보기보다 마음씨가 곱다고, 비단결같이 곱다고예. 그리고 겨울엔 콩국을 잘 끓이고, 여름엔 자리물회를 잘한다고예, 호호호. 그런디 오라방, 우리 집엔 뜬금없이 무슨 일로?"

"양복 우라까이 하젠 왔주기."

대림이 자전거 짐받이에서 끈을 풀어 작은 보따리 하나를 집어든다. '우라까이(裏返)'란 겉이 바래고 닮은 양복을 실밥을 뜯고 뒤집어 안이 겉이 되도록 하여 다시 만드는 것인데, 양복 상의인 경우에는 왼쪽에 있던 윗주머니가 오른쪽으로 가게 마련이어서 뒤집어 지은 양복임을 금방 알 수 있었다.

"우편소 소장이 구질구질하게시리 우라까이가 뭐우꽈? 새 양복 사 입읍서."

"양복 한벌 값이 송아지 한마리 값인디 어떵 사 입을 말이냐? 그런디 말이여, 만옥이."

대림이 갑자기 눈을 반짝이면서 목소리를 낮춘다.

"요즘 따알리아가 읍내에서 어떵 지내는고이? 나가 막 궁금해서…… 일요일을 이용핸 집에 댕겨갈 듯도 한디 말이여. 나가 소장으로 진급한 거 따알리아는 모를 거라이, 알아사 할 텐디. 어제가 일요일인디, 혹시?"

"따알리아 그 아이, 어제 집에 다녀갔수다."

"어제 왔다 갔다고? 아니, 이럴 수가! 이웃집에 살멍 나가 모르다니."

실망해서 눈빛이 멍해진 대림을 뒤로하고 만옥이 다시 도끼를 든다. 대림을 골려준 것이 고소해서 입에서 타령이 절로 나온다.

"어기야, 홍애, 홍애로구나, 요 산중에 놀던 낭(나무)아, 저 산중에 놀던 낭아, 어기야, 쫙! 쪼개지라, 흡!"

기합 소리와 함께 도끼를 내리친다. 도끼는 통나무 한가운데 정확하게 박혔으나 단번에 쪼개지지 않았다. 다시 양팔에 힘을 모아 도끼날을 물고 있는 통나무를 허공에 번쩍 쳐들었다가 힘껏 내리친다. 쫙! 통나무가 보기 좋게 두동강으로 쪼개진다. 벌어진 속살에서 송진내가 진하게 풍겨온다.

추석 무렵에 만옥은 와흘리의 외갓집에 올라가 여러 날 머물렀다. 외삼촌이 장차 동업자가 될 그녀에게 말 한 마리를 선물했는데, 그 말을 돌보기 위해서였다. 그녀는 말테우리 행색을 내보려고 남자 바지에 중절모까지 썼다. 아버지가 생전에 쓰던 낡은 고동색 중절모에 턱끈을 새로 달았다. 머리 모양도 쌍갈래 댕기머리를 풀어 말총머리로 바꾸고, 댕기는 자기 말의 갈기에 매어주었다. 등허리까지 길게 늘어뜨린 그 말총머리는 창세가 보기에 말의 꼬리를 닮기도 했지만 만옥이 물속에서 캐낸 미역다발을 닮기도 했다.

조천소학교에 전교생을 대상으로 학년별 자치회가 생겼는데, 상급생들 중에 열명이 뽑혀 새로 생긴 인민위원회 소년부로 들어갔다. 지도 교원은 정두길이었다. 소년부의 별칭은 샛별소년대로, 구성원은 나이 제한을 두어 열세살부터 열다섯살까지였다. 창세도 대원이 되었다.

샛별소년대는 일요일 새벽마다 조기회를 열었다. 십여명의 소년들이 정두길의 지도 아래 어슴푸레 동녘이 밝아올 무렵 비석거리에 모여 빗자루를 들고 마을 길을 청소하다가, 해가 떠오르기 시작하면 우르르 바닷가로 달려갔다. 수평선 위로 미끈하게 솟아오르는 태양! 이전에는 아무렇지 않던 일출의 광경이 이제는 창세에게도 사뭇 달리 보였다. 찬란하게 퍼져가는 햇빛을 가리키면서 정두길은 희망의 빛, 해방의 빛, 승리의 빛이라고 말했다. 선생의 선창에 따라 소년들은 우렁차게 외쳤다. "동이 튼다! 빛이 솟구친다! 승리가 오고 있다!" 찬란한 일출을 보면서 그들은 정두길이 가르쳐준 「핀란디아」도 불렀다. 작곡가 시벨리우스가 러시아의 식민지가 되어버린 조국 핀란드의 국민에게 용기와 희망을 주기 위해 작곡한 노래였다.

아름답도다, 아침이여

밤의 장막 걷히었도다
음침함과 비애는 사라지고
영광의 날이 밝아온다

그렇게 합창한 뒤에는 바닷가의 큰 샘물통인 두말치물에 내려가 땅바닥에 엎드려 말처럼 입을 내밀어 찬물을 들이켜고 어푸어푸 요란하게 세수를 한 다음, 물가에 서서 잇따라 발밑으로 밀려오는 파도를 향해 목청껏 소리를 내질렀다. 조기회가 끝나면 서너명은 남아 웅변 연습을 했다.

비석거리에 운동기구가 마련되었다. 가로대를 공출에 빼앗긴 채 기둥만 남아 있던 철봉대와 평행봉대가 복구되고 역기 세개가 새로 마련되었다. 운동기구는 스물댓살 밑의 청년들이 주로 이용했다. 청년부에 신설된 행동대 소속인 그들 대여섯명은 매일 아침 식전에 비석거리에 모여 운동을 했다. 청년부에서 가장 열성적인 일꾼이라고 자부하는 그들이었다. 양순태가 대장이었고 강행필도 거기에 들었다. 새 세상에 나가기 위해서는, 새 나라의 일꾼에게는 힘이 필요하다고 그들은 생각했다. 일제의 압박에 짓눌렸던 청춘의 힘을 되찾기 원했다. 그래서 아주 열심히 몸을 단련했다.

이민하가 그들에게 역설했다. 과거에 우리는 소나 말이나 다름없이 정신은 마비되고 순종하는 근육만 가진 식민지 청년이었다고, 이제 다시는 식민지가 되지 않기 위해 씩씩한 나라를 만들어야 한다고, 씩씩한 나라를 만들기 위해서는 우선 청년이 씩씩해야 하고, 씩씩한 청년이 되기 위해서는 먼저 몸을 튼튼하게 만들어야 한다고, 순종하는 근육이 아니라 싸워 이길 수 있는 근육, 강철같이 굳센 근육을 가져야 한다고 말했다.

행동대 청년들은 팔뚝에 알통을 만들고 가슴팍을 실팍하게 키우고 배에 복근을 만들면서 경쟁적으로 운동했다. 그들은 아이들에게 선망의 대상이었다. 늘 결의에 찬 듯 붉게 상기된 얼굴은 아름다웠고, 운동으로 단련된 몸매는 매력적이었다.

아이들도 그들을 흉내 내어 평행봉에 매달렸다. 아직 아이들인지라 역기는 너무 무겁고 철봉은 너무 높아 평행봉에 매달리는 것이 고작이었다. 그래서 창세는 뛰어오르지 않고 그냥 선 채로도 철봉을 쥘 수 있을 만큼 키가 자란 행필이 부러웠다. 팔을 꺾으면 달걀처럼 툭 튀어나오는 둥근 알통도 부러웠다.

행동대 청년들은 어느 한군데 오래 머물지 않고 늘 움

직였다. 그들의 선배인 이민하, 문상옥 들도 바삐 움직였다. 오금에 바람이 든 것처럼, 발에 바퀴가 달린 듯이 부지런히 여기저기 몰려다녔다. 해방과 더불어 분출한 열기가 가라앉지 않고 지속되었던 것이다. 지금은 청년의 시대, 모든 분야가 새로운 시작이고 초창기이니 누구나 노력하면 무엇이든 될 수 있다고, 달려가라고, 앞으로 달려가라고 했다. 걷기보다 반쯤은 뛰듯이 몰려다니는 청년들 뒤를 샛별소년대 아이들이 뱁새가 황새걸음 흉내내듯이 보폭을 크게 벌려 따라다녔다. 행동대 청년들이 떼를 지어 왓샤왓샤 우렁차게 구령을 붙여 구보할 때면 그 행렬의 꽁무니에는 어김없이 아이들이 달라붙어 있었다. 창세도 왓샤왓샤 하면서 달리는 아이들 중의 하나였다. 그들의 우렁찬 구령 소리가 자주 마을의 정적을 깨곤 했다.

청년들의 왓샤왓샤 하는 구보를 보고 어느 날 이양일이 야단을 쳤다.

"느네들이 뭘 안다고 날뛰멍 댕기는 거냐? 허깨비춤추지 마라! 땅이 두껍다고 그렇게 쾅쾅 울리멍 뛰어댕기는 거 아니여."

청년들은 일제히 반발했다.

"우린 무식하지만, 아직은 뭘 몰라도 이렇게 활동하면서 배울 거우다!"

"그런 말씀 하신 걸 아드님이 알면 반동이랜 할 거우다."

이양일은 어처구니가 없었다.

"아니, 무스거, 반동?"

어느 날 부녀동맹의 여자 몇명이 남자들이 대부분인 청년동맹의 집회에 가서 선전 활동을 벌였다. 부녀동맹에는 처녀와 홀어멍 들만 있고 결혼한 여자들은 거의 나오지 않아 인원수가 적은데 그것은 남편들의 억압 때문이라고, 당신들은 민주주의 운운하면서 왜 아내를 집에 붙잡아놓고 민주 사업을 못 하게 하느냐고 한바탕 연설하면서 따졌던 것이다. 그 기회에 만옥은 자신의 웅변 솜씨를 남자들 앞에서 떳떳하게 뽐내고자 했다. 일제 때 야학에서 배운 연설의 한 대목을 지금도 장난삼아 읊조리곤 하는 그녀였다. 이제 만옥은 '이중의 압박'이 무엇인지 김동완과 김옥희를 통해서 알게 되었다. 만옥은 그런 결혼은 하고 싶지 않았다. 지난 세월, 여자를 압박한 것은 일제만이 아니었다. 남자 위주의 봉건 생활도 여자를 압박해왔다. 지난번 집회에서 김옥희가 말한 '부권 전제주의' '남녀 동권' '자주 결혼' '자유 결혼'을 연설 원고에 넣고 그녀는 열심히 연습했다. 창세를 앞에 두고 연습하고, 거울을 보면서도 표정과 몸짓을 연습했다. 그래서 집회에서 제법 호소력 있게 연설할 수 있었는데, 누구보다도 여자들이 무슨 소리를 하나 싶어 구경 나왔던 남자들을 자극할 수 있어 기분이 좋았다. 만옥은 그들을 보자 더욱 기가 살아 어깨를 펴고 코끝을 쳐들면서 당차게 웅변을 토했다. "이제 우리는 여자의 인권을 무시하는 남자 위주의 봉건 생활을 타파해야 합니다!"

그녀의 연설을 들은 남자들은 기분 나쁘다고 혀를 찼다.

"만옥이 저것이 우리 남자들을 타파하자고 선동하네!"

"저 아이, 성질 거칠기가 보통 아니여. 그러니까 목장에서 테우리 노릇을 하주."

"흠, 말 다루기는 쉬워도 말 다루는 여자를 다루기는 어려워."

그날 이후 만옥의 연설 솜씨는 마을 밖으로도 소문이 나 북촌리 시국 강연회에 초대되기도 했다.

해방의 열기 속에 청춘 남녀의 사랑도 여기저기서 붉게 꽃을 피웠다. 따알리아와 정두길의 관계만 아니라 강행필과 오숙희의 관계도 급속도로 가까워졌다.

숙희의 방에서 그녀와 첫 입맞춤을 하던 날 밤, 황홀함에 반쯤 정신이 나간 행필은 밤이 늦어 그 집에서 나오자마자 연대 밑으로 달려가서 어두운 바다를 향해 "강행필 만세!"를 외치면서 벅찬 감정을 토해냈다. 그래도 시원찮았다. 누군가와 이 기쁨을 나누지 않고는 견딜 수 없어진 그는 이튿날 창세를 불러내어 떠들어댔다.

"처음엔 노래를 불렀주기. 슬픈 노래를 아주 간절하게! 여자는 슬픈 노래를 좋아한댄 해서 말이여. '해는 져서 어두운데 찾아오는 사람 없어 밝은 달만 쳐다보니 외롭기 한이 없다 내 동무 어디 두고 이 홀로 앉아서 이 일 저 일을 생각하니 눈물만 흐른다' 하고 아주 슬프게 불렀주기. 그러자 숙희 씨가 막 어리둥절핸 어떵 할 중 몰라 하는 거라게. 감동을 받은 거주기. 그래서 화악 안아부렀주기, 핫핫핫!"

깜짝 놀란 창세의 큰 눈이 더욱 커졌다.

"화악, 안아? 아이고!"

"넌 미성년자니까 모른다게. 그다음에 나가 어떵 한 중 아나? 미성년자한테 이 말을 해서 되카?"

"칫, 잘난 척하네. 무스거라? 어디 말해봐."

"너, 키스가 어떤 건지 모르지? 기가 막혀! 죽어도 좋을 만큼, 히히."

"에잇, 징그러워!"

"나가 「고향 생각」을 부른 다음에 와락 덤벼들어 안아부리고는……"

"그러고는?"

창세가 다급하게 물었다.

"으스러져라 껴안고 입을 맞췄주기. 아니, 그냥 대기만 했어. 그런디 허, 숙희 씨 입술이 반응이 없는 거라. 입을 멍하니 벌리고 완전 넋이 나가부런! 그러다가 맥없이 축 늘어지는 거라. 깜짝 놀랐주, 기절한 중 알고. 나가 너무 세게 안아부렀나? 그래서 기절한 중 알고 뺨을 때렸단 말이다, 하하하!"

"기절? 그래서?"

"허 참, 미성년자한테 더는 말 못 하주! 그런디 창세야, 참 신기하더라, 핫핫핫, 참 묘하다고. 나가 하루 종일 숙희 씨 생각뿐인디, 숙희 씨도 하루 종일 내 생각만 한다는 거라. 거참 세상에, 이런 신기한 일이 있나!"

눈이 동그래진 창세의 코밑에는 거뭇하게 수염이 솟아 있었다.

사랑하는 여인에게서 사랑을 받게 된 행필은 호기가

발동했던지 신임 교원 부임식에서 크게 사고를 쳐버렸다. 일본인 교원들의 빈자리를 충원하기 위해 교장까지 포함해 세명이 발령을 받아 왔는데, 그중 한명에게는 읍내 경찰서에 근무하는 김모 형사의 동생이라는 꼬리표가 붙어 있었다. 김모는 일제의 순사부장으로 최고 악질로 이름난 자로서 해방된 지금 미군정의 부름을 받아 그 자리에 복귀해 있었다. 그 동생이라는 자가 더욱 밉상인 것은 학교 교원으로 부임하면서 다락같이 높은 군마를 타고 거들먹거리며 나타난 것이었다. 일본군이 버리고 간 군마였다.

부임식은 아침 조회 시간에 운동장에서 전교생 이백여명이 집합한 가운데 거행되었다. 먼저 정두길이 조회대에 올라 새 교장을 소개했고, 교장이 올라가 인사말을 한 다음 다른 교원 둘을 소개했다. 6학년 급장 행필이 전교생을 지휘하여 신임 선생들이 차례로 단상에 오를 때마다 "전체 열중쉬어, 차려엇! 선생님께 경례!" 하고 구령을 붙였다. 마지막으로 문제의 그 인물이 단상에 올랐는데, 그때 일이 벌어졌다. 그가 단상에 오르자 행필이 아까보다 더 큰 목소리로 전체 학생에게 구령을 붙였다. 조기회 때마다 바다를 향해 내지르며 연습한 우렁찬 목소리였다.

"열중쉬어, 차려엇!"

그다음은 "선생님께 경례!"여야 하는데 뜻밖에도 다른 구령이 나왔다.

"전체, 뒤로 돌아!"

뜻밖의 구령에 학생들이 어리둥절하여 망설이자, 행필이 발을 구르며 벼락같이 소리를 질렀다.

"씨팔, 뒤로 돌라니깐! 다시 한번 구령한다. 전체, 뒤로 돌아!"

그러자 학생들이 "하나, 둘!" 구령을 붙이면서 뒤로 돌았다.

"열중쉬어!"

전체 학생이 조회대를 등진 채 열중쉬어 자세에 들어갔다. 그런 자세로 행필의 입에서 더이상 구령이 떨어지지 않자 단상의 그 선생은 너무 당황하여 입이 딱 벌어졌다. 침묵의 시간이 흐르기 시작했다. 단상의 그 선생도, 조회대 밑에 늘어선 정두길과 다른 선생들도, 이백여명의 학생들도 다시 구령이 떨어지기를 초조하게 기다렸다. 그러나 행필은 입을 꾹 다문 채 요지부동이었다. 거부의 뜻이 분명했다. 운동장에 팽팽한 긴장의 침묵이 깔렸다. 어찌할 바를 모르던 그 선생은 결국 고개를 푹 숙이고 조회대를 내려갔다. 그가 조회대를 내려가는 것과 동시에 행필이 열중쉬어 자세를 풀고 다시 구령을 질렀다.

"전체 차렷! 뒤로 돌아!"

전체 학생이 "하나, 둘!" 구령을 붙이면서 조회대 쪽을 향해 돌아섰다.

학생들이 돌아서자 풀 죽어 있던 그 선생의 얼굴이 확 밝아졌다. 학생들이 자기를 거부하는 것이 아니라 단지 한번 짓궂은 장난을 친 것뿐이라고 판단했는지 냉큼 다시 단상으로 뛰어올랐다. 행필이 다시 구령을 붙였다. 그러나 이번에도 구령은 "선생님께 경례!"가 아니라 "뒤로 돌아!"였다.

"전체 차렷! 뒤로 돌아!"

"하나, 둘!"

행필이 목청을 한껏 높여 소리쳤다.

"각 반 입실! 지금부터 교가를 부르면서 입실한다. 교가 제창, 시작! 우뚝 솟은 멧부리, 우리의 한라산! 하나, 둘, 하나, 둘! 각 반, 교실 앞으로 가!"

그 선생이 타고 온 군마는 조회대 동쪽 팽나무 밑에 매어놓았는데, 그러는 사이 말똥을 한보따리나 싸놓고 있었다.

그렇게 큰 사고를 쳤으니 보통 때라면 행필은 당연히 퇴학당했을 것이다. 수모를 당하면서 부임한 선생은 자기 형이 잘못했다고 해도 그건 형의 잘못이지 자기와 무슨 상관이냐고 대들면서 행필의 퇴학을 강력하게 주장했다. 그러나 이에 맞선 청년회의 압력도 만만치 않았다. 쌍방 간에 여러날 격론이 벌어진 결과, 행필의 징계는 이주 정학으로 결정되었다.

그 선생은 더이상 군마를 타고 출근하지 못했다. 꼭 사흘 뒤에 미군정이 압수해갔던 것이다. 그 무렵에 미군정은 민간인 손에 들어간 군마들을 경찰에 사용할 목적으로 일제히 회수하고 있었다.

와흘리의 양산도는 군마를 내놓으라는 요구를 받자 오히려 잘됐다고, 어서 가져가라고 내주었다. 일본군 장교로부터 마지못해 떠맡았던 그 말은 그야말로 애물단지였다. 체고가 높아 마구간에 들지 못했고, 짐을 올려 싣기도 힘들었다. 덩치만 컸지 훈련을 시켜도 마차를 제대로 끌지 못했다. 한번은 제주 조랑말도 능히 해내는 연자방아 끌기를 시켜보았으나 어이없게도 몇번 돌고는 기절하고 말았다. 게다가 먹성도 까다로워 애를 먹였다. 오랫동안 사람이 먹는 귀한 곡식을 먹어 입을 버렸는지 목장의 풀을 잘 뜯지 못했는데, 그 때문에 점점 여위어갔던 것이다.

추석 명절을 지내자 곧 추수철이 왔다. 모처럼 장모가 찾아와도 굽힌 몸 펼 틈이 없어 엉덩이로 인사한다는 바쁜 나날이었다. 마을마다 사람들이 목장에 올라가 월동용 건초를 장만했고, 이어서 서리 내릴 무렵에는 조를 추수했다. 풍년은 아니었어도 추수의 육할 이상을 빼앗아가던 공출이 사라지자 집집마다 어느 정도 곳간을 채울 수 있었다. 점심은 굶고 저녁에는 톳나물죽을 끓여 먹기 일쑤이던 그 지긋지긋한 시절이 이제는 끝이 났다. 추수를 마친 마을 전체가 흐뭇하게 배불러 보였다. 가을철 최상의 먹을거리는 뭐니 뭐니 해도 향기롭고 빛깔 고운 노랑 햇좁쌀밥에 살진 갈칫국인데, 사람들은 참으로 오랜만에 그것들을 배불리 먹을 수 있어 즐거워했다.

그 무렵 읍내에서 '제주민보'라는 제호의 신문이 창간되었다. 일제의 강압으로 땅속에 파묻혀 있던 한글 활자들을 파내어 찍었는데, 극심한 용지난으로 보름에 한번밖에 내지 못하는 허술한 유인물이었다. 장영발은 그 신문을 재발간된 『동아일보』와 함께 지역 유지들에게 배달했다. 일제 때처럼 『동아일보』의 조천면 지국을 맡은 그는 가게를 돌보고 기자 노릇 하면서 신문 배달까지 하자니 너무 고달파서 배달 일의 일부를 창세에게 맡겼다. 창세는 신문 배달에 작은할아버지의 한약, 어머니의 주문받은 옷까지 해서 사흘에 한번꼴로 배달에 나섰다.

장영발 (『제주민보』를 읽다가 버럭 소리 지른다.) 아이고, 이것 보라! 미군이 총질해서 무고한 사람 두명을 죽였어!

박털보 아니, 성님, 거 무슨 뜬금없는 소리우꽈?

장영발 중문면 청년들이 골수 친일파로 지목된 면장을 잡아 벌을 주었는데, 그 현장에 출동한 미군이 총격을 가해 한 청년을 살해했다는 거라. (신문을 건네면서) 여길 읽어보라게.

박털보 어어, 참말이네! 그것이 무슨 죄여? 민중을 억압하고 수탈한 친일파를 민중이 처벌하는 것이 뭐가 잘못이란 거여?

장영발 까불면 무조건 죽이겠다, 이거 아니냐! 며칠 전에도 읍내 어떤 아주망이 미국 놈이 쏜 총에 맞아 죽었댄. 정뜨르 비행장 피복 창고에서 일본 군복을 훔쳐 나오다가 미군 위병이 쏜 총에 사망했다는 거라.

박털보 아니, 그럴 수가!

장영발은 동쪽으로 멀리 떨어진 북촌, 김녕, 월정 등의 마을을 맡아 취재를 겸해 자전거로 신문을 배달했고, 창세는 조천과 인근 마을인 신촌, 신흥, 함덕 등지를 돌았다. 구독자는 많지 않아서 면사무소, 지서, 우편소, 금융조합, 어업조합 등의 공공기관과 소수의 지역 유지들뿐이었다. 신문을 배달하는 창세를 보고 정두길이 "뉴스페이퍼 보이"라고 불렀는데, 그것이 아이들 사이에서 '뉴스빼빠'로 바뀌어 그의 별명이 되었다. 신문 배낭을 메고 달리는 그를 보면 아이들이 깔깔대며 소리쳤다. "뉴스빼빠, 뉴스빼빠, 오늘 뉴스 뭣고? 오늘 뉴스 뭣고?"

배낭 속에는 신문 외에 다른 물건이 들어 있기도 했다. 작은할아버지의 건재 한약을 고객에게 배달할 때도 있었고, 보름에 한번꼴로 작은할아버지와 함덕리의 송장의 어른이 주고받는 한시를 배달하기도 했다. 창세는 배달할 때 말고도 어지간한 거리는 뛰어다녔다. 전에는 어디에 걸터앉으면 한쪽 다리를 덜덜 떠는 버릇이 있어 어머니로부터 복 털어낸다고 야단을 맞곤 했는데, 달리기를 시작하자 희한하게도 그 버릇이 없어졌다.

발목이 잘록하게 가는 말 다리여서 그랬을까, 창세는 말처럼 달리기가 좋았다. 지난번 마라톤 경기에서 일주도로를 가득 메운 아이들을 하나하나 따돌리면서 내달릴 때의 그 쾌감이라니! 난생처음 느껴본 짜릿한 감각이었다. 저번에 이등을 했으니 다음번에는 꼭 우승을 하고 싶은 마음도 생겼다. 그렇다고 마라톤 선수가 되고 싶은 것은 아니었고 그냥 달리기가 좋았을 뿐이다. 두길 선생처럼 시를 좋아하는 학교 선생님이 되는 것이 그의 소망이었다. 그날 마라톤 출발에 앞서 두길 선생이 아이들을 격려하던 말이 생각났다. 인생은 장거리 경주와 같은 것이니 쉬지 말고, 그렇다고 너무 서두르지도 말고 침착하게 달려라. 창세는 자신의 삶이 이제 막 출발선을 벗어난 마라톤과 같다고 생각했다.

창세가 달린다. 지나가는 사람들에게 명랑한 목소리로 인사하면서 달린다. "삼춘, 어디 감수광?" "할마니, 편안하시우꽈?" 그렇게 마을 안길을 돌면서 몇군데 배달하고 난 창세는 이제 함덕리로 가는 해변 길을 달린다. 조그만 헝겊 배낭을 메고 누나가 얼마 전에 사준 새 운동화를 신고서 달린다. 마을 길을 벗어나 사람들이 보이지 않는 곳에 오자 얼른 운동화를 벗어 양손에 쥐고서 맨발로 달린다. 새 운동화가 빨리 닳으면 안 되니까. 모래 깔린 해변 길을 달리다가 밭과 밭 사이로 난 마찻길로 접어들자 멈춰 서서 다시 운동화를 신는다. 이제부터

길은 돌투성이다. 길에 박힌 돌부리에 차이지 않도록 조심해야 한다. 달리다가 돌부리에 차이면 앞으로 고꾸라져 무릎을 깨기 십상이다. 돌부리에 눈이 있어 부주의한 아이들에게 딴지를 거는 것이다. 달리기를 좋아하는 창세는 돌부리에 걸려 넘어지는 바람에 엄지발톱이나 무릎을 다치는 일이 종종 있었다. 발톱이 다쳐 피가 나면 "피 삭아라! 흙 삭아라!" 하고 주문을 외면서 마른 흙가루를 솔솔 뿌려 지혈했는데, 그러면 죽은 발톱이 빠져 새 발톱이 날 때까지 별 탈 없이 치료되곤 했다. 언젠가 돌부리에 걸려 발목을 다쳤을 때는 작은할아버지가 생지황을 찧어 싸매주고 야단을 쳤다. "이놈아, 뜀박질하더라도 좀 조심해사주, 이게 뭣고? 쯧쯧쯧. 늘 몸조심해사 한다. 느 집에 남자라고는 너 하나 아니냐. 근신하고 명심하거라! 조심, 조심하라! 알겠느냐? 예로부터 사내는 세 부리를 조심하라고 했다. 특히 우리 제주는 길바닥에 돌이 많으니까 첫째, 길 갈 때 돌부리를 조심하고, 둘째로, 말을 함부로 하면 구설에 오르니 입부리를 조심하고, 그리고 셋째로……" 하다가 말을 멈칫 끊고는 "음, 넌 아이니까 셋째로 조심할 건 몰라도 된다"라고 했다. 그러나 그 세번째 것이 무엇인지 이미 알고 있는 창세는 속으로 피식 웃었다. 진뜨르에서 측량기사로 일하는 당숙이 작년에 어느 홀어미를 잘못 건드렸다가 그 여자가 쫓아다니는 바람에 집안에서 된통 망신을 당한 일이 있었는데, 그때 작은할아버지가 아들을 꿇어앉혀놓고 무섭게 야단치면서 같은 이야기를 했던 것이다. 부리, 부리, 돌부리, 입부리…… 창세는 그때 처음으로 부리가 물건의 삐죽 솟아난 부분을 가리키는 말이라는 것을 알았다. 그 이야기를 떠올리며 창세는 킥킥 웃음을 깨문다. 고른 보폭으로 천천히 달려간다. 신문 뭉치가 든 배낭이 등에서 털썩거린다. 신문에는 미군의 총격 사건에 대한 기사가 실려 있다. 그래서인지 배낭이 약간 무겁게 느껴진다. 하지만 그 뉴스가 창세의 경쾌한 달리기를 방해하지는 않는다. 배낭 속에는 작은할아버지가 병약한 송장의 어른에게 보내는 건재 한약과 함께 봉투에 넣은 한시도 들어 있다. 이번에도 장의 어른은 "약이 잘 들어 고맙다는 말을 할아버지께 전하거라"라고 할 것이다. 이제 창세는 노래를 흥얼거리면서 달린다. 「산타 루치아」를 부른다. 벌건 대낮에 "창공에 빛난 별"이라니 우습지만 달리기에 박자가 맞아서 좋다. "창공에 빛난 별 물 위에 어리어 바람은 고요히 불어오누나 내 배는 살같이 바다를 지난다 산타 루치아 산타 루치아."

연대를 지나 얼마를 더 달려가다가 길가 밭에서 무와

배추를 솎는 이들을 만난다. 옥미, 월아, 숙희 등 누나의 친구들이다. 옥미 누나가 달리는 창세를 향해 소리친다. “야, 뉴스빼빠 창세야, 느네 누이 목장에서 테우리 노릇 잘햄시냐?” “예예!” “야, 뉴스빼빠 창세야, 새 소식 있거든 들려주고 가라!” “미군이 중문리 어떤 청년을 총 쏘아 죽였댄 햄수다.” “아이고메! 미군이 총질했어? 거 무사?” “뭐, 미국을 반대했다고…… 나도 잘 모르쿠다. 그리고 정뜨르 비행장에서 어떤 아주망도 미군 총에 맞아 죽었댄 합디다.” “아니, 그건 또 무사?” “창고에 쌓아놓은 일본 군복을 훔치다가……” 창세는 이 말을 뒤에 남기고 계속 달려간다. 미국은 우리를 해방시킨 나라인데, 고마운 나라인데, 왜 우리한테 총질을 할까?

그 무렵에 창세는 일요일을 이용해 와흘의 외갓집에 올라갔다. 아직 길들여지지 않은 말을 ‘생말’이라고 하는데, 누나 만옥이 그날 처음으로 생말 타기에 도전한다고 해서 구경하러 갔던 것이다.

창세는 외갓집의 넓은 마당이 반 넘게 집채만 한 건초가리로 빼곡하게 채워져 있는 것을 보고 눈이 휘둥그레졌다. 신선한 건초 냄새가 알싸하게 풍겨왔다. 지난달 추석 직전에 외삼촌이 삯꾼 다섯명과 함께 여러날 부지런히 목장의 풀을 베어 장만한 건초였다. 원래 있던 열다섯 마리에 진지 동굴 작업에 동원되었다가 돌아온 세마리와 새로 사들인 열두마리를 합하여 말은 이제 서른마리로 늘어 있었는데, 방목을 하지 못하는 한겨울에 서른마리를 먹이려면 건초 삼백바리가 필요하다고 했다. 콩짚, 팥짚, 조짚 더미도 높이 쌓여 있었으니 모두 말의 사료였다. 외삼촌은 내년 가을까지 말을 쉰마리까지 늘릴 생각을 하고 있었다.

새로 사들인 말들은 진지 동굴 작업에 시달렸던 것들이라 갈비뼈가 드러나게 여윈 몸에 험한 상처와 피부병이 있었고 눈곱에 파리가 엉겨붙어 아주 흉한 몰골이었다. 비록 그렇게 헌 말이었지만 외삼촌은 신중하게 살펴서 가슴이 실팍하고 궁둥이가 처지지 않은 것들만 골랐다. 그런 말은 잘 먹이고 치료하면 석달 뒤에는 완전히 정상이 된다고 했다.

외삼촌은 그 말들 중에서 비교적 덜 아픈 말 한마리를 골라 만옥에게 가꿔보라고 주었다. 어려서부터 외가에 다니면서 말과 친하게 지내온 만옥은 자기 말을 갖는 것이 소원이었다. “이 아픈 말을 너가 잘 도와주면 냉중에 네 말을 잘 들을 거다.” 털빛이 붉은 적다마로 온순해 보이는 암말이었다.

만옥은 거의 한달 동안 외갓집에 머물면서 그 아픈 말을 정성껏 돌보았다. 잘 먹이는 것이 무엇보다 중요한지라 신선한 풀을 찾아서 습지나 곶자왈(숲), 조릿대 있는 산기슭으로 말을 데리고 다녔고, 특식으로 하루에 세번 콩을 양손에 담아 먹여주었다. 피부병은 진드기에 의한 것이어서 치료라고 해야 쇠빗으로 진드기를 긁어내고 털이 벗어진 넓은 환부에다 석유를 발라주는 정도였다. 그것도 매일 거르지 않고 꼼꼼히 챙겨야 했다. 진드기는 번식이 빨라 깨알만 한 것이 일주일이면 콩알만큼 커지곤 했다.

만옥이 정성을 들인 보람이 있어 말은 빨리 회복하여 두달 만에 거의 정상으로 돌아와 여위었던 가슴팍이 툭 불거졌다. 그렇게 병든 말을 건강하게 만들어 외삼촌의 말떼에 붙였다. 살이 오름에 따라 버석버석하던 털이 차츰 반지르르 윤기 나게 바뀔 때의 그 기쁨이라니! 그 말은 전체적으로 털빛이 대춧빛인데, 콧등에 흰 줄이 있고 네 발목에도 흰 띠처럼 흰 털이 둘려 아주 멋있었다. 만옥은 자기 말이 자랑스러웠다. 쌍갈래 댕기머리를 말총머리로 바꾼 그녀는 자기 머리에 드렸던 자줏빛 꽃댕기를 그 말의 뒷목 갈기에 달아주었다. 그리고 신화 속의 총명하고 아리따운 여인의 이름을 따서 '자청비'라 부르기로 했다. 그때부터는 일주일에 한번 일요일에 목장에 올라가 외갓집에 머물면서 외삼촌과 함께 말들을 돌보았는데, 자청비는 특히 아껴서 진왕풀이나 자굴풀(차풀) 따위 맛있는 풀을 따로 베어다 먹여주었다. 그러나 말을 온전히 자기 것으로 만들려면 말을 타고 달릴 줄 알아야 했다. 테우리가 하는 일이 바로 말을 타고 말떼를 모는 것이니까.

창세는 누나 만옥과 함께 상뒷동산 풀밭에 앉아 눈앞에 넓게 펼쳐진 초원을 바라보았다. 지대가 높은 곳이라 광활한 풍경이 한눈에 들어왔다. 북쪽 멀리 일주도로에 회오리바람이 일어 먼지기둥이 솟아오르는 것이 보였다. 일주도로 건너편에 조천리가 있고, 그 너머로 푸른 바다가 넓게 펼쳐졌다. 상뒷동산 아래 사방으로 초원 지대가 질펀하고, 한라산 쪽으로 새미오름, 당오름, 바농오름과 지그리오름, 아래쪽엔 기시네(구그네)오름이 보였다. 드넓은 초원 여기저기에 수백마리의 소와 말이 끼리끼리 무리 지어 풀을 뜯는 풍경이 평화로웠다. 말들이 풀을 뜯다 말고 서로 주둥이로 갈기를 다듬어주고, 벌렁 드러누워 네 발로 허공을 차며 요동질하면서 흙목욕하는 장면도 눈에 들어왔다. 소똥, 말똥 무더기에 까마귀들이 날아들어 헤집으며 먹을 것을 찾았고, 거기서 알싸한 냄새가 풍겨왔다. 그 많은 마소를 대여섯명의 테우리들이 돌보았다. 외삼촌이 그들 중에 제일 연장자였다. 동산 바로 아래에서 풀을 뜯고 있는 것이 외삼촌네 말떼였다. 모두 서른마리, 그중에 만옥의 말 자청비도 끼어 있었다.

동산 뒤에서 높고 청아한 노랫소리가 들려왔다. 외삼촌이 부르는 「양산도」였다. 흉곽이 크고 깊은 만큼 그의 노래는 깊은 울림이 있었다. 말들도 그의 노래를 좋아해 말썽을 피우다가도 그의 노랫소리를 들으면 다소곳해졌다. 노랫소리가 푸른 허공을 거침없이, 유장하게 울리면서 멀리 퍼졌다. 이제 배불리 먹었으니 버들못에 물 먹으러 가자고 말들에게 보내는 신호였다.

세월아 봄철아 오고 가지 마라 장안의 호걸이 다 늙어간다 에헤이예

에라 놓아라 아니 못 놓겠네 능지를 하여도 못 놓겠네 에헤이예

노랫소리를 들으면서 서른마리의 말떼가 언덕 아래로 내려왔다. 그 속에서 어린 망아지 몇마리가 저들끼리 서로 얼굴을 비비고 깡충깡충 뒷발질을 해댔다. 누렇게 흙먼지가 일어나는 것을 보면서 두 남매는 서둘러 미끄러

지듯 동산을 내려갔다. 버들못에서 젖은 진흙 냄새가 짙게 풍겨왔다.

일락서산에 해 떨어지고 월출 동령에 달 솟아온다 에헤이예

동산 너머에서 가라말(흑마)을 탄 양산도가 말떼를 몰고 나타났다. 감물 들인 갈옷 차림에 고동색 중절모를 빼뚜름하게 쓰고 발에는 일본군 장교에게서 사들인 가죽장화를 신었다. 그가 말에서 내리면서 말고삐를 휙 창세에게 던졌다. 그의 몸에서 말 체취와 비슷한 달큼하면서도 시큼한 냄새가 났다. 말고삐를 건네받은 창세가 나무에다 묶었다. 양산도가 두툼한 콧수염을 옆으로 잡아당기면서 흰 치열을 다 드러내고 허우덩싹 웃었다. 대문니 두개가 말 이빨처럼 큼직했다.

"자, 게민, 이제 시작해보카?"

그들은 버들못에서 말들에게 물을 먹인 다음, 만옥의 말만 빼고 나머지 말들을 근처 풀밭에 풀어놓았다. 버들못 바로 옆에 외삼촌네 밭이 있었다. 보리 파종을 위해 쟁기로 갈아엎은 밭인지라 생말 타기에 안성맞춤이었다. 갈아엎은 흙 위에서는 말이 달음질하기 어렵고, 말에

서 떨어져도 큰 부상은 면할 수 있으니까.

만옥이 먼저 밭담을 조금 허물고 애마 자청비를 밭으로 이끌었다. 힘 좋은 말은 자랑스럽게 꼬리를 홰홰 휘두르고, 머리를 아래위로 두어번 힘차게 끄덕거리고는 밭 안으로 성큼 들어섰다. 테우리 차림새를 한 만옥은 등허리까지 치렁치렁 늘어뜨린 검은 말총머리만 빼면 영락없는 사내 모습이었다. 아버지가 입던 갈색 서지 양복바지에 어머니가 지어준 검정색 무명 셔츠를 받쳐 입고 가죽 허리띠를 둘렀다. 머리에는 외삼촌과 비슷한 찌그러진 중절모, 발에는 발목 위까지 오는 노루가죽 신을 신었다. 외삼촌이 올가미 타래를 어깨에 메고 밭으로 들어갔고, 둘둘 만 안장용 담요를 옆구리에 낀 창세도 뒤따라 들어섰다.

만옥은 길들인 말은 여러번 타보았지만 생말을 타기는 그날이 처음이었다. 말은 상대가 얕보이면 와들랑바들랑 더욱 몸부림을 치기 때문에 여자들은 무서워 잘 다루지 못했고, 생말 다루기는 더구나 어려웠다. 그런데 오늘 대담하게도 만옥이 도전한 것이다. 그녀가 말 등에 오르려면 먼저 양산도가 말을 호되게 훈련하여 기운을 빼주어야 했다.

생말 다루기가 시작된다.

우선 말을 고삐로 때리면서 밭 둘레를 달리게 한다. 갈아엎은 땅이라 발이 빠져서 말은 빨리 달리지 못한다. 말이 달리다 말고 멈춰 설 때마다 양산도는 고삐를 힘껏 잡아당겼다가 갑자기 놓아버리는데, 그러면 버티던 말이 뒤로 주춤하면서 다리를 접고 주저앉을 듯 비틀거린다. 그렇게 호되게 윽박지르면서 밭 둘레를 두바퀴 달리게 한 다음 말 등에 담요를 깔고 후딱 올라탄다. 화들짝 놀란 말이 꼬리를 세우고 앞으로 튀어나간다. 하지만 갈아엎은 밭이라 빨리 내닫지 못하고 뒤뚱댄다. 화가 난 말이 히이잉히이잉 소리를 내지르며 길길이 날뛴다. 사람을 떨구려고 앞으로 달리다가 앞발을 쳐들며 벌떡 일어서기도 하고, 좌우로 마구 몸부림치기도 한다. 그러나 양산도는 조금도 당황하지 않는다. 말이 뛰어오르면 쳐들었던 앞발 발굽이 땅에 닿자마자 재빨리 고삐를 좌우로 잡아채어 제압한다. 말의 요동질하는 리듬에 맞춰 춤추듯이 능숙하게 몸을 부린다. 휘휘낭창 몸이 마구 흔들리면서도 고삐를 휘둘러 말의 양 옆구리를 번갈아 채찍질하면서 더 사납게 몰아붙인다. 말 다루기를 강아지 다루듯 하는 외삼촌을 향해 만옥과 창세가 "와아!" 하고 탄성을 지르며 손뼉을 친다.

그렇게 씨름이 반시간쯤 계속되자 말은 마침내 녹초

가 되어 다리를 접고 주저앉을 듯 비틀거린다. 입에 흰 거품을 물고 콧구멍을 넓히면서 푸르르푸르르 투레질한다. 말고삐의 턱밑 부분에 땀의 소금기와 입에서 뿜어낸 거품이 하얗게 묻어 있다. 그 짐승의 거친 숨소리가 대장간 화덕 속의 불바람 소리처럼 푸르르푸르르 크게 들려온다.

외삼촌이 말을 멈춰 세우고 땀에 젖은 말 등에서 미끄러져 내린다. 이마에 흐르는 땀을 손등으로 훔치면서 말고삐를 만옥에게 던진다.

"만옥아, 말이 목마를 테니 물 먹이고 오라."

만옥이 말을 끌고 밭 바깥으로 나가 버들못으로 간다. 창세도 따라간다. 그 못은 절반 넘게 부들과 마름이 덮여 있는데, 물가 진흙에 마소의 발자국이 무수히 어지럽게 찍혀 있고 마소의 오줌 지린내가 섞인 짙은 진흙 냄새로 공기가 묵직하다. "아이, 냄새!" 하고 창세가 질색한다. 말이 흰 거품이 묻은 더운 주둥이를 담그고 물을 마신다. 얼마나 목이 말랐던지 쿠르륵쿠르륵 물 빨아들이는 소리가 요란하다. 말이 물을 먹는 동안 만옥은 말 등에 흐르는 땀줄기를 손바닥으로 훑어준다. 땀은 손바닥에 따뜻하고, 땀 냄새는 시큼하다. "어이구, 어이구, 애썼구나,

이 고집쟁이야! 이젠 말 잘 들을 거지? 이것이 어차피 너가 하고야 말 일인데, 그렇게 뻗대면 되나."

물을 충분히 먹고 난 다음에도 말은 흥분이 덜 가라앉았는지 두 콧구멍을 크게 벌렁거리고 두 앞다리에는 연신 경련이 일어난다. 튀어나올 것만 같은 커다란 두 눈알, 강렬한 눈빛. 만옥은 말을 달래려고 목덜미의 털을 몸통 쪽으로 부드럽게 쓸어준다. 그런데 갑자기 말이 그녀의 손을 뿌리치듯이 거칠게 머리를 내두른다. 만옥이 깜짝 놀란다.

"어어, 요 몽생이(망아지)가 몽니 부리네!"

"누나, 말이 좋아하는 콩을 줘봐."

자기 말에게서 이런 모습을 본 적이 없는 그녀는 은근히 걱정이 생긴다. 과연 오늘 이 말을 제대로 탈 수 있을까? 만옥은 고삐를 창세에게 넘겨주고 바지 주머니에서 콩 한줌을 꺼낸다. 고삐를 말의 턱밑에서 바투 쥔 창세는 말이 또 머리를 내두르며 몸부림칠까봐 잔뜩 긴장한다. 바로 눈앞에서 벌렁거리는 말의 큰 콧구멍과 튀어나올 것만 같은 큰 눈알이 적이 위협적이다. 말이 시답지 않다는 듯이 그를 흘겨보는 것 같다. 만옥도 조심스럽다. 한 줌의 콩을 두 손바닥에 올려놓자 말의 큰 입술이 나불거리며 손바닥을 핥는다. 전에는 그 감촉이 뜨겁고 간지러워서 좋았는데, 지금은 말이 흥분한 상태인지라 손가락이 씹힐까봐 몸이 오싹하다. 말에게 손으로 먹을 것을 줄 때는 손바닥을 쫙 펴야지 오므린 채 주다간 자칫 손가락을 씹힐 수 있다.

만옥이 말과 함께 돌아오자 올가미 타래를 깔고 앉아 담배를 피우던 외삼촌이 자리에서 일어난다.

"자, 만옥아, 이젠 좀 쉬었으니 생말 타기 연습 시작해보카? 나가 말의 기운을 빼놨으니 이젠 올라타도 될 거여."

"요 몽생이가 많이 놀란 모냥이우다."

"말은 겁이 많아 조금만 해도 놀라 날뛰니까 조심해사 한다."

"말은 덩치도 크고 힘도 센디 무사 그렇게 겁이 많은 고예?" 창세가 물었다.

"쓸개가 없어서 그렇주."

"아하, 이렇게 큰 짐승이 쓸개가 없어마씸?"

"노루도 쓸개가 없는디 더 겁쟁이여. 노루는 제가 뀐 방귀 소리에도 깜짝 놀래주, 허허허!"

"호호호, 우습다! 노루가 제 방귀에, 호호호!" 만옥이 우습다고 허리를 잡고 자지러진다.

"여자들도 노루처럼 겁이 많거든. 말이 와들랑바들랑

몸부림치면 여자들은 당최 무서워서 다루지 못한다, 우리 만옥이는 예외지만."

만옥이 오른팔 소매를 걷어올리고 힘주어 팔을 접어 굵은 이두박근을 보이면서 픽 웃는다.

"호호, 외삼춘, 나 그렇게 약한 여자 아니우다게."

창세가 한마디 거든다.

"누난 팔 힘이 되게 세어마씸. 대림이 삼춘이랑 팔씨름해서 이겼수다."

"대림이? 오, 우편소 소장 하는 부대림 말이지? 음, 만옥이 너가 팔 힘 센 거 나도 안다. 외탁해서 뼈대가 굵어. 하지만 아무리 힘이 좋아도 담력이 약하단 말이여. 말도 마찬가지라. 덩치 크고 힘이 좋아도 겁이 많아. 그러니까 힘으로 다룰 생각 말고 부드럽게 달래면서 하란 말이라. 부드럽게, 부드럽게. 알았지?"

"예, 알았수다."

"자, 게민 아까 말한 대로 말이 놀라지 않게 말의 왼쪽으로 살그머니 다가가라이."

만옥이 말총머리를 어깨 위로 당겨 두어번 쓸어보고 모자의 턱끈을 단단히 고쳐 매고서는 말의 왼쪽 옆구리에 다가간다.

"옳지, 옳지, 잘한다! 그렇게 목을 부드럽게 쓰다듬어

주면서 느 체취를 충분히 맡게 한 다음에 슬쩍 올라타는 거라."

만옥이 한쪽 발을 디딤돌 위에 올려놓고, 갈기를 움켜쥐면서 훌쩍 말 등에 올라탄다. 그러고는 외삼촌이 넘겨준 고삐를 그러쥐고 발로 말의 옆구리를 살짝 차면서, 일러준 대로 말이 놀라지 않게 낮은 목소리로 "이랴!" 하고 출발 명령을 내린다. 그러나 말은 꼼짝도 하지 않는다.

"명령이 그렇게 부드러우면 되나. 말이 놀라지 않게 낮지만 단호한 목소리로 해사주. 낮지만 단호하게!"

"이랴! 이랴!"

그래도 말은 머리만 상하로 주억거릴 뿐 발을 떼지 않는다. "이랴! 이랴!" 하면서 서너번 더 재촉해보지만 말은 여전히 요지부동, 고집을 피운다. 만옥은 불뚝 화가 치민다. "요놈 봐라, 배은망덕! 한달이나 아픈 걸 다 낫게 돌보아주었는디, 날 무시해여?" 만옥이 말의 정강이를 고삐로 힘껏 후려친다.

"요 몽생이가 날 여자라고 깔보나? 이랴!"

그래도 말은 고삐 맞은 발만 주춤 들었다 놓을 뿐 앞으로 가지 않는다. 더 화가 난 만옥이 이번에는 고삐로 말의 머리를 후려갈긴다.

"요놈이 내 말 안 들어?"

외삼촌이 황급히 말린다.

"야, 야, 조심하라게! 말 흥분시키지 말고 부드럽게, 부드럽게!"

말이 순종하듯 앞으로 몇걸음 내딛더니, 돌연 등을 굽혔다가 펄떡 튀어오른다. 그 통에 만옥이 앞으로 급히 쏠려 하마터면 날아갈 뻔하다가, 요행히 말 등에 엉덩이가 세게 부딪히며 앉혀진다. 만옥은 순간적으로 정신이 아뜩해진다. 화가 난 말이 푸르르푸르르 연방 콧바람을 불면서 머리를 좌우로 내두르더니 다시 앞발을 치켜들고 껑충 뛰어오르는데, 그 통에 만옥이 땀으로 번들거리는 말 등에서 미끄러져 떨어진다. 다행히 다친 데는 없다. 만옥의 손에는 여전히 고삐가 쥐여 있다. 말은 쓰러진 만옥을 향해 몸을 돌려 뒷발질하는 시늉을 한번 하더니 그대로 앞으로 내달린다. 그녀가 쓰러진 채 고삐에 매달려 질질 끌려간다. 끌려가면서 악을 쓴다.

"요놈의 자식, 날 여자라고 깔봐? 요놈의 자식!"

"만옥아, 몸 다친다! 고삐 놔라, 고삐 놔!"

만옥이 마지못해 고삐를 놓자 말은 밭 밖으로 달아나려고 돌담 허물어놓은 데를 향해 달려간다. 놓아버린 고삐가 흙바닥 위로 뱀처럼 우쭐거리며 따라가고, 그 뒤를 양산도가 올가미를 들고 급히 쫓아간다. 휘익, 올가미를 던진다. 날아간 올가미가 단번에 말의 목에 걸린다. 외삼촌이 올가미를 힘껏 당겨 말을 세우고, 말이 와들랑거리는 동안 창세가 달려가 고삐를 집어 외삼촌에게 건넨다.

한바탕 난리굿을 치른 만옥은 몸에 잔뜩 묻은 흙을 털 생각도 하지 않고 입을 반쯤 벌린 채 멍하니 서 있다. 허벅지 안쪽 근육이 뻐근하다. 말의 목에 걸린 올가미를 풀면서 외삼촌이 너털웃음을 웃는다.

"허허허, 만옥이 흙투성이 된 꼴 보라! 되게 혼난 모냥이여, 허허허!"

그가 손바닥에 침을 퉤퉤 뱉어 비비고는 고삐를 단단히 그러쥔다.

"으흠, 요 몽생이 기를 더 죽여놔사지 안 되키여! 아직도 펄펄 날뛰는 걸 보면 훈련이 부족한 모양이다."

말과의 씨름이 다시 시작된다. 와들랑거리는 말을 제압하려고 고삐를 좌우로 몇번 잡아채다가 앞으로 힘껏 잡아당긴다. 잡아당긴 고삐를 갑자기 놓아서 말을 뒤로 주저앉을 듯이 주춤거리게 만들고, 그 순간을 놓치지 않고 한쪽 발을 걸어 말을 넘어뜨린다. 말이 넘어지면서 발굽으로 흙을 차올린다. 넘어진 말이 와들랑 일어나지만, 다시 아까처럼 고삐를 좌우로, 앞으로 잡아채다가 발을 걸어 넘어뜨린다. 그렇게 마구 다루어 십분 정도 얼을 빼고 나자 마침내 말이 항복한다. 몸통의 붉은 털이 땀에 젖어 검은빛이 되었다.

"허허, 그 녀석, 땀투성이가 되었구나. 털 붉은 적다마가 털빛 검은 가라말이 되어부렀네, 허허."

양산도가 담배를 피워 물며 정색한 표정으로 만옥을 부른다.

"만옥아, 잘 들어라이. 말을 이기려고 하면 안 된다이. 잘 사귀어야지 이기려고 하면 안 되여. 탈 나고 말아. 말은 사람에 의해 길들여지지만, 사람 또한 말에 의해 길들여지는 것이다. 농사짓는 것도 마찬가지 아니라. 농사라는 거는 사람과 땅이 서로 의좋게 사귀는 일이여. 땅은 사람에 의해 길들여지고, 사람 또한 땅에 의해 길들여져지는 거주. 알았주이, 만옥아?"

만옥이 그 말에 감복하여 고개를 크게 끄덕인다.

"예, 알았수다!"

"자, 게민 다시 못에 가서 말에게 물 먹영 오라. 기를 팍 꺾어놨으니 이젠 그렇게 날뛰지 않을 거다. 그래도 이 말을 완전히 느 말로 만들려면 앞으로 보름 동안 매일 두시간 이상 가르쳐야 될 거여."

만옥이 말에게 다가간다. 말을 제어하기 위해 주둥이 밑 고삐를 바투 쥔다. 입에 흰 거품을 문 채 콧김을 거칠게 내뿜으면서 연방 부르르 몸을 떠는 모습이 너무 안쓰럽다. 흰 거품이 그녀의 손등에 묻는다. 땀에 젖은 말의 목덜미를 부드럽게 어루만지는 그녀의 눈에 눈물이 핑 돈다. 어루만지면서 말에게 말을 건다.

"아이고, 불쌍한 것, 요 아이야! 요 몽생아! 마음을 고정하라. 아이, 착해라! 이젠 말 잘 들어사주. 이건 죽으나 사나 어차피 너가 해야 할 일이여. 너영 나영 둘이서 끝내고 말 일이여. 어서 이 일 끝내고 집에 가서 맛 좋은 촐(꼴)을 먹고 잠을 자자, 이?"

만옥이 다시 말 등에 올라탄다.

중산간 마을들에서는 그동안 산야 곳곳에 주둔한 관동군 때문에 중단되었던 연례 꿩 사냥 대회가 재개되었다. 대개는 꿩이 털갈이를 해서 멀리 날지 못하는 11월 초순께 열렸다. 와흘리에서는 이웃 마을인 대흘과 선흘 청년들까지 모아 백명가량의 사냥패를 짰다. 그전처럼 패장은 양산도였다. "세월아 봄철아 오고 가지 마라 장안의 호걸이 다 늙어간다 에헤이예." 양산도의 높고 청아한 노랫소리를 신호로 사냥이 시작되었다. 몰이꾼들이 양철통, 냄비 따위를 막대기로 두드리면서 훠이훠이 연방 소리를 질러대고, 그 소리에 놀란 꿩들이 풀숲 여기저기서 날아오르고, 그것들을 사냥개들이 컹컹 짖으며 쫓아가고, 그 뒤를 사람들이 달려갔다. 그날 대회는 큰 성과를 올려서 꿩 삼백마리가량을 사냥했는데, 물론 양산도의 권총이 큰 역할을 했다.

칠만명 일본군의 취사용 숯을 마련하기 위해 수없이 벌목된 잡목숲도, 항공유용 송진 채취로 도끼에 찍히고 톱으로 잘린 소나무숲도 이제 그 상처를 아물리는 중이었다. 일본인의 건착선, 잠수기선 들이 싹쓸이하던 제주 바다도 해방을 맞아 갈치, 고등어, 소라, 전복 등이 살찌고 있었고, 온갖 노역에 시달리던 말들도 목장으로 돌아와 건강을 회복하는 중이었고, 날마다 백여마리씩 도살당해 그 수가 확 줄어든 소들도 다시 불어날 터였다. 전쟁 전에 제주 산야에는 소 삼만마리, 말 이만마리가 방목되었다.

해방 후 석달이 다 되도록 현옥미의 동생 영호는 인도차이나 전쟁터에서 돌아오지 않고 있었다. 그의 모친은 자주 아들이 돌아오는 꿈을 꾸었고, 그런 날에는 “우리 아들 영호가 돌아온다. 귀국선 타고 태극기 흔들면서 돌아온다” 하면서 마당을 쓸고 대문 밖도 쓸고는 포구에 나가 아들을 기다리곤 했다.

조 추수가 끝난 밭에 보리를 갈았는데, 비행장 건설 부지로 징발되었던 진뜨르도 경작지로 돌아와 보리가 파종되었다.

11월 초에 일제의 감옥에서 옥사한 항일 투사 김시용의 유해가 고향 조천리로 돌아왔다. 목포의 어느 공동묘지에 가매장되었다가 돌아온 그를 맞아 수많은 면민들이 운집한 가운데 성대하게 인민장이 치러졌다. 흰 천에 검은 글씨의 만장들이 바람에 펄럭이고, 치안대 청년들은 추도가를 합창했다.

산에 나는 까마귀야
시체 보고 우지 마라
몸은 비록 죽었으나
독립 정신 살아 있다

그 무렵 현옥미의 올케, 전쟁터에서 아직도 돌아오지 않은 동생의 아내가 네살짜리 어린 아들을 남겨두고 홀연 종적을 감추어버렸다.

그 무렵 어느 일요일 밤에 이민하의 집에서 여러해 만에 음악감상회가 열렸다. 정치활동 무대가 주로 읍내가 되어버린 민하가 오랜만에 본가를 방문했는데, 그 기회에 후배들을 불러 음악을 감상하면서 시국 이야기를 해보자고 마련한 자리였다. 이민하가 서른세살로 최연장자이고, 여섯살 차이인 문상옥이 그다음으로 나이가 많고, 정두길과 부대림은 이민하보다 열살이나 아래였다. 읍내 도립병원에 근무하면서 오라비 민하와 함께 자취생활을 하는 따알리아는 일요일이면 본가에 와서 일주일 동안 먹을 찬거리를 챙겨가곤 했는데, 그날은 마침 당직이어서 오지 않았다. 따알리아를 볼 수 있을 것으로 기대했던 두길과 대림으로서는 여간 실망스러운 것이 아니었다.

그들 네 사람은 숯불이 붉게 이글거리는 큼직한 도자기 화로를 둘러싸고 앉아 음악을 감상했다. 축음기 바늘이 낡아 찍찍 잡음이 있었지만 그들은 진지하게 귀를 기울였다. 참으로 오랜만에 듣는 서양음악이었다. 흐릿한 램프 불빛이 방 안의 사람들과 물건들에 짙은 음영을 던지는 가운데 「비창」「운명」「경기병 서곡」을 차례로 듣고, 마지막으로 「신세계」를 들었다. 이민하가 갖고 있는 레코드판은 그것들 네장이 전부였다.

음악감상이 끝나자마자 대림이 집에서 가지고 온 당유자 보따리를 풀었다. 아기 머리통만큼 크고 노란 당유자들이 장판 위에 떼굴떼굴 굴렀다. 대림은 그 과일을 세 사람에게 한개씩 선물로 나눠주고 나서 민하에게 한개를 더 내밀었다.

"성님, 이거 하나는 따알리아 몫이우다예. 잘 전해줍서. 이 추운 겨울에 감기라도 걸리면 안 되니까 이걸로 차를 끓여 먹으라고예."

느닷없이 따알리아의 이름이 나오자 두길은 가슴이 뜨끔했다. 민하가 대림을 향해 어림없다는 듯이 픽 웃었다.

"글쎄, 전해주긴 하겠다만, 따알리아가 좋아하카? 그 아이는 널 별로 좋아하는 기색이 아닌 것 같더라."

성미가 낙천적인 대림은 버릇처럼 어깨를 으쓱하면서 넉살 좋게 웃었다.

"하하하, 그건 뭐, 아직 따알리아가 날 잘 몰라서 그런 거우다. 하긴 나가 더 노력해얍주. 앞으로는 잘될 거우다. 자아, 게민, 이 자리에서 당유자 하나 까서 맛보게마씸?"

대림이 남은 당유자 하나를 두 손으로 감싸쥐고 힘을 주어 엄지손가락을 박았다. 우툴두툴하고 두툼한 껍질을 벗겨내자 온 방 안에 짙은 향기가 확 퍼졌다. 네 사내가 당유자 알맹이를 입에 넣고 먹는데, 차갑고 새큼달큼한 강렬한 맛에 혀가 놀라 아휴, 아휴 하는 탄성들이 절로 나왔다. 손을 흥건히 적실 정도로 즙이 많았다.

민하가 손수건으로 손을 닦으면서 말했다.

"와아, 시다! 맛이 강렬하네. 정신이 바짝 나. 당유자는 모든 귤 중에 왕이여. 제상에 빠져서는 안 되는 귀한 과일이주."

"그런디 이 당유자를 하마터면 동네 아이들한테 도둑맞을 뻔했수다."

"거 무슨 소리라?"

"아, 내 말 들어봅서. 어젯밤이었수다게. 나가 오줌 누러 방 밖으로 나왔는디, 울담 밖 골목길에 아이들 서너 놈이 지나가면서 뭐라고 떠드는 거라예. 귀 기울여 들어보난 우리 집 울담을 몰래 넘어 들어와서 당유자를 따다가 먹자는 수작인 거라마씸. '내일 밤 자정에 출동하자!' 어쩌고 하면서. 그런디 가만히 들어보니까 그 목소리들 중에 창세가 끼어 있는 거라마씸, 하하하."

"어, 창세가?"

"예. 창세가 모범생인디, 생각해봅서, 모범생이 도둑질하면 안 되는 거 아니우꽈? 그래서 녀석들 손대기 전에 나가 먼저 당유자를 따버렸수다. 아까 초저녁에, 여기 오기 직전에 다 따버렸주마씸, 하하. 오늘 밤 자정쯤에 녀석들이 당유자 도둑질하젠 우리 집 울담을 넘어 들었다가 허탕 칠 걸 생각하니 막 웃음이 나왐수다, 하하하! 닭 쫓던 개 꼴이 되는 겁주, 하하하!"

두길이 말했다

"야, 대림아, 그건 도둑질 아니다이. 그건 어디까지나 서리여, 서리! 콩 서리, 감저(고구마) 서리 같은 거 말이다."

상옥이 맞장구쳤다.

"두길 동생 말이 맞아. 도둑질과 서리는 구별해사주. 남의 집 당유자를 몰래 따서 혼자 집에 가져가서 먹으면 도둑질이지만, 그걸 몇사람이 자기 집 밖에서 같이 나눠 먹으면 도둑질이 아니고 서리인 거라, 허허."

"어어, 나가 말실수를 해졌는가마씸? 하하하!"

대림이 일어나서 순대처럼 생긴 사운드박스를 돌려놓고 축음기 덮개를 닫으면서 고개를 갸우뚱했다.

"그런디 아까 「신세계」에 나온 그 악기, 이름이 뭐였더라? 우르르르 천둥 같은 소리를……"

두길이 얼른 대답했다

"야, 부대림, 그 위대한 악기 이름을 까먹으면 어떵 하나? 그거 팀파니여, 팀파니. 우르르르 가슴을 울리는 소리! 그 소리를 들으면 온몸이 오싹해져.” 그러고는 신파조로 선언하듯이 말했다. “아아, 음악은 위대한 거여! 인간을 초월한 아름다움, 성스러운 것, 거룩한 것, 고귀한 것, 장엄한 것, 부드러운 슬픔, 깊은 슬픔!”

민하가 씽긋 웃었다.

“그런디 잡음이 나서 좀 아쉬웠어. 축음기 바늘이 무뎌져서 사운드가 신통찮아. 새 바늘을 사왔어야 하는 건디 무딘 바늘을 숫돌에 갈아서 썼으니, 쯧쯧쯧. 이번에 서울에 갔을 때 사올 걸, 깜빡했어.”

깃털 빛깔 고운 장끼 박제가 놓여 있는 책상 위쪽 벽면으로 나란히 걸려 있는 밀레의 그림 두점, 거기에 시선을 주면서 두길이 말했다.

“에이, 성님도 잊어버릴 게 따로 있주기, 저 그림을 사면서 왜 바늘 살 생각은 못 했수과?”

두 그림은 램프 갓에 불빛이 가려 그늘 속에서 흐릿해 보였다. 하나는 전부터 걸려 있던 밀레의 「만종」이고, 다른 하나는 이번에 사온 「이삭줍기」였다.

민하가 일어나서 벽에 걸린 「이삭줍기」를 떼어 내려 램프 곁으로 가져왔다.

“자, 보라. 어때, 좋지? 이건 아주 중요한 그림이여. 금방 두길이가 음악은 위대하다고, 성스럽고 아름답다고 했는디, 음악만 위대한 게 아니라고. 미술도 위대하주! 난 밀레의 그림이 최고로 좋아. 비천한 농민들의 삶을 오히려 성스럽고 아름답게 그렸단 말이다!"

"이 그림이 책에 인쇄된 건 봤주만, 이렇게 액자 속에 든 큰 그림은 처음 보암수다."

상옥이 말하자 대림도 두길도 처음 본다고 맞장구쳤다.

"난 밀레의 그림들 중에 이 「이삭줍기」가 제일 좋아. 이삭 줍는 세 여인을 그린 이 그림에 별명이 붙었는디, 뭔지 아나?"

"그게 뭐우꽈?"

민하가 눈빛을 빛내면서 삽날같이 뾰족한 턱을 쑥 내밀었다.

"흠, '프롤레타리아의 세 여신'!"

상옥의 입에서 감탄사가 튀어나왔다.

"야, 멋지다! 프롤레타리아의 세 여신!"

프롤레타리아의 세 여신, 그 강렬한 표현에 두길은 뒤통수를 얻어맞은 것처럼 어리둥절해졌다.

"여기 멀리 말 탄 사람 보여? 그가 이 넓은 농장의 지주여. 가을 추수하는 소작인들을 감독하고 있는 거주. 그 당시 지주들은 추수하다가 땅에 떨어진 이삭은 소작인이 주워가도 좋다고 허락해주었다는 거라."

상옥이 흥분해서 손을 앞으로 내저었다.

"그럼 밀레는 사회주의자인가마씸?"

"그렇다고 볼 수 있주. 역시 상옥이 자넨 촉이 좋아."

멍해 있던 두길의 입에서 자신도 모르게 불만의 소리가 새어나왔다.

"하지만 저, 성님, 이 그림을 그냥 아름답다고만 하면 안 되카마씸?"

"그냥 아름답다고? 야, 정두길, 아름다움도 이데올로기가 있어사 진짜 아름다움인 거라. 너가 좋아하는 문학도 그래야 될 거 아니냐? 이데올로기가 녹아 있는 아름다움, 그런 시가 진짜 좋은 시 아니겠나. 예를 들어 하이네의 시가 그렇주. 내 암송해볼게. '많이 가진 자는 금방 또/더 많이 갖게 될 것이고/조금 밖에 가진 것이 없는 자는/그것마저 빼앗길 것이다.//땡전 한닢 없이 당신이 빈털터리라면/아, 그때는 무덤이나 파는 수밖에/이 세상에서 살 권리가 있는 자는/뭔가 가지고 있는 놈들뿐이니까.' 어떤가? 좋지?"

"참말로 좋은 시네요. 부르주아와 프롤레타리아의 관계를 아주 명쾌하게 표현했네요. 빈익빈 부익부가 바로 자본주의의 본질입주." 상옥이 말했다. 두길도 감동하여 눈이 똥그래졌다.

"아니, 하이네에게 그런 시가 있었수과? 낭만파 시인인 줄로만 알았는디……"

"초기엔 그랬을지 모르지만 그의 시의 본질은 사회 비판이여. 두길아, 너도 앞으로 그런 시를 써야 되지 않겠나. 저번 마을 잔치 때 낭독한 시, 그거 좋더라. '어둠을 부수고 붉은 태양이 솟아올랐습니다……' 그런 씩씩한 시를 써사주, '오, 내 사랑' 어쩌고 하는 센티멘털리즘은 안 되여!"

민하가 단호한 어조로 말했다. 두길은 흠칫 놀랐다. 해방 전에 민하는 맑시즘에 대해 말하더라도 주저하면서 부드럽게 말하곤 했는데, 이제 달라진 것이다.

상옥이 웃으면서 말했다.

"성님, 얘네들 좀 야단쳐줍서. 우리 독서 모임에 얘네들 통 안 나왐수게. 하하!"

두길이 쑥스러워 손으로 뒷머리를 쓸면서 말했다.

"난 샛별소년대 일을 보고 있는디…… 학교 일도 바쁘고……"

민하가 진지한 얼굴로 말했다.

"두길아, 대림아, 아무리 직장 일이 바쁘댄 해도 그 모임엔 나가봐사주. 자네들 같은 청년 엘리트가 사상 학습에 무심하면 되나. 바야흐로 혁명은 시작되었어. 우리에게 주어진 이 귀중한 시간을 허비해선 안 되여. 상황이 한시가 바쁘게 돌아가고 있단 말이다. 혁명이란 무엇이냐? 혁명이란 친일 잔재를 청산하고 구체제를 폐지하는 것이여. 구체제는 바로 자본주의고."

민하가 날카로운 눈빛으로 대림과 두길을 번갈아 쏘아보았다.

"요즘 보면 말이야, 해방되었다고 입버릇처럼 '자유, 자유!' '자유 연애' '오, 내 사랑' 어쩌고 하면서 연애질할 궁리나 하는 놈들이 있단 말이지. 이 시급하고 중대한 시국에 연애라니! 상황이 급박한데 사랑이나 로맨스를 즐길 여유가 어디 있나? 연애란 어리석은 짓이여. 잉여적인 것, 유희적인 거란 말이여! 사랑이란 게 뭐 별거냐? 막걸리 서너사발 먹고 기분 좋게 취하고 싶은 것과 뭐가 달라?"

부대림을 겨냥한 말이 분명했다. 대림은 사흘이 멀다 하고 따알리아에게 편지를 보내 사랑을 호소하고 있었는데, 그것을 오라비가 모를 리 없었다. 하지만 두길은 마치 자신의 연애가 들킨 것처럼 가슴이 뜨끔했다. 잠시 어색한 침묵이 감돌았다. 두길은 민하의 그 발언에 슬며시 반감이 생겼다. 사랑이 왜 유희적이고 잉여적이란 말인가? 애타게 그리워하는 마음이 왜 센티멘털리즘이란 말인가? 오히려 본질적인 것이 아닌가! 왜 아름다움에 꼭 이데올로기가 있어야 하나? 두길에게는 이데올로기보다 사랑이 더 중요했다. 시를 공부하는 그에게 사랑은 아름다움에 대한 새로운 시각을 던져주었다. 무심하게 보이던 사물들이 사랑으로 해서 더 아름답고 의미심장하게 보이지 않았던가. 사랑에 빠진 지금의 그는 낭만주의가 좋았다. 센티멘털리즘도 좋았다. 나중에 사회주의자가 될지 모르지만 지금은 사랑에 열중하고 싶었다, 하이네가 그랬듯이.

샛별소년대 십여명의 소년들은 날씨가 추워져도 지도교원 정두길과 함께 이른 아침에 일어나 길거리 청소를 하고 왓샤왓샤 구령을 지르면서 마을 길을 돌고 나서는 바닷가에 내려가 굽이치며 밀려오는 파도를 향해 "열중쉬어! 차렷!" 하고 고함을 질러대기를 계속했다. 지도 선생 없이 자기들끼리 모여 훈련하기도 했는데, 함덕 마을 백사장까지 왕복 구보를 하거나 가끔은 초겨울의 바닷물에 뛰어들었다. 강한 정신을 얻기 위해서는 고통을 자청해야 한다고 생각했다. 차가운 바닷물에 들면 근육이 조여들고 살갗은 아프게 당겼다. 하지만 물에서 나와 허

겹지겹 모닥불 앞에 섰을 때 와들와들 떨리는 알몸에 와 닿는 불의 열기는 그 무엇에도 비할 수 없는 쾌감을 주었다. 때로 담력을 키운다고 비 오는 깜깜한 밤중에 마을 밖 관물못 근처의 외따로 있는 상여막을 돌아오기도 했다. 상여막은 장례에 사용하는 상여를 보관하는 조그만 움막으로 낮에도 죽음의 냄새가 난다고 가까이 가기를 꺼리는 곳이었다. 맨 먼저 강행필이 가서 상여막 앞에 말뚝을 박고 오면 다음 사람이 그 말뚝을 빼오고, 그다음 아이가 다시 그 말뚝을 갖고 가서 상여막 앞에 박고 오는 식이었다.

한번은 밤중에 행필이 세살 아래 벗인 창세, 찬일, 갑송을 데리고 오리 사냥을 하러 관물못에 간 적이 있었다. 행필만이 오리 사냥 경험이 있고 나머지 셋은 초짜였다. 관물은 용암이 질편하게 흘러 퍼져서 생긴 넓은 암반의 남쪽 끝에 위치한 넓은 못이었다. 지하에서 솟구치는 용천수와 바닷물이 만나는 곳으로, 봄여름에는 백로들로 하얗게 덮이고 가을, 겨울에는 청둥오리떼가 내려앉곤 했다.

이틀간 줄기차게 내리던 비가 그친 늦은 저녁에 달 뜨기 전의 어둠을 틈타 네 소년은 오리들이 헤엄치는 그 못에 살그머니 접근하여 갈대숲에 숨었다. 못물에 섞였던 바닷물이 빠져나가는 썰물 때였다. 못 중앙에서 헤엄치고 있는 오리떼가 희끄무레하게 보였다. 오리를 물고기 낚듯이 낚시로 낚는 것이 오리 사냥이었다. 미끼는 장수물 근처 돌 틈에서 낚은, 버들잎처럼 생긴 보들레기(베도라치)였다. 보들레기를 낚시에 꿰고 그 옆에 마른 나뭇조각을 매달아 물에 띄웠다. 썰물의 바닷물이 나뭇조각 옆에 매달린 미끼를 서서히 못 가운데로 끌고 갔다. 그렇게 30미터쯤 낚싯줄을 풀어놓고 갈대숲에 쪼그리고 앉아 기다렸다. 이윽고 달이 떠올라 주위가 환해졌다. 약간 이지러진 달이었다. 달빛에 못물이 하얗게 빛나고, 야릇하게 뒤틀린 형상의 현무암 바위들 쪽으로 스무마리쯤 되는 오리들이 떠 있었다. 달이 다시 구름 속에 빠져들어 사방이 어두워졌다.

오리 사냥을 처음 해보는 창세는 자못 긴장되었다. 오리들은 항상 보초를 세워놓고 활동하니까 들키지 않게 하라는 행필의 지시대로 계속 숨을 죽인 채 기다렸다. 오리가 미끼를 무는 느낌이 오면 지체 없이 낚싯줄을 잡아채서 힘껏 당기라고 했다. 그러면 목구멍에 낚시가 걸린 오리가 날개를 퍼덕거리면서 마치 연처럼 공중으로 날아오르는데, 그때 놀라서 낚싯줄을 놓치면 안 된다고 말했다. 창세는 오리가 낚싯줄을 팽팽하게 잡아당기면서 연처럼 하늘로 날아오르는 그 기막힌 순간을 이제나저제나 가슴을 졸이면서 기다렸다. 달은 가끔씩 구름 밖으로 나와 환하게 사방을 비추다가 사라지기를 반복했다.

그렇게 기다리는데, 홀연 갈대숲을 흔들면서 바람이 불어왔다. 하늘에서 바람에 쫓긴 구름떼가 빠르게 서쪽으로 흘러갔다. 둥근 달이 구름 속으로 들락날락 곤두박질치기 시작했다. 달이 구름을 젖히면서 덩두렷이 떠올랐다간 이내 구름 속으로 빨려들었는데, 그때마다 주위가 밝아졌다 어두워지면서 귀신 형상으로 야릇하게 뒤틀린 검은 현무암 바위들이 불쑥 나타났다가 사라졌다. 무거운 정적 속에서 갈대숲이 바람에 흔들려 서걱거렸다. 주변 풍경이 정말 귀신이라도 나올 것처럼 음산해졌다.

문득 물 가운데에서 탁탁 뭔가를 치는 둔탁한 소리가 들려왔다. 그 소리에 흠칫 놀란 창세가 어둠 속의 행필을 향해 다급하게 속삭였다.

"저 소리가 뭣고?"

어둠 속에서 행필이 더 낮게 속삭였다.

"쉿! 저거 빨래 소리여. 빨랫방망이질 소리."

"빨래 소리? 이 밤중에?"

"처녀 귀신이여. 처녀 귀신이 빨래하는 소리!"

"뭐, 처녀 귀신?"

그 순간 창세는 등판에 소름이 쫙 끼치는 것을 느꼈다. 귀신은 없다고 학교에서 배웠지만, 그래도 무서웠다. 귀신 중에 제일 무서운 것이 시집 못 가고 죽은 처녀 귀신이라고 하지 않는가. 찬일과 갑송도 겁을 먹었는지 "아!" 하고 낮은 신음을 토했다. 달이 구름 밖으로 번쩍 나타났다. 달빛 속에서 물가에 귀신처럼 웅크린 검은 바위들이 불쑥 나타났고 못물이 하얗게 빛났다. 창세는 두려움에 심장이 오그라드는 듯했다. 잠시 후 달이 다시 구름 속에 빠지고 주위가 깜깜해졌는데, 후드득 갈대숲을 때리는 빗방울 소리가 들려왔다. 창세는 무서워서 으스스 몸을 떨었다.

"어어, 비가 오네. 에이 씨, 망했다! 오늘은 안 되겠다. 집에 가자."

이렇게 속삭이면서 행필이 자리에서 일어나더니, 느닷없이 "꽈악! 꽈악!" 고함을 질러댔다. 그러자 돌연 강풍이 몰아치는 듯 요란한 소리가 일어났다. 넓은 못을 숨막힐 정도로 무겁게 짓누르고 있던 정적이 와장창 깨졌다. 창세가 화들짝 놀라 엉덩방아를 찧었다. 그것은 행필의 고함 소리에 놀란 오리떼가 일제히 요란하게 물을 치면서 어둠 속으로 날아오르는 소리였다. 찬일과 갑송도 너무 놀라 땅바닥에 납작 엎드려 있었다. 어둠 속에서 행필이 고소하다고 낄낄거렸다.

“아하, 놀랐지? 짜식들, 이제 보니까 되게 겁쟁이네! 되게 겁 많아.”

“처녀 귀신, 처녀 귀신은?” 찬일이 아직도 두려워 숨을 헐떡거렸다.

“아, 처녀 귀신? 하하하! 그거, 꼭 빨래 소리처럼 들렸지? 처녀 귀신 빨래하는 소리, 하하하! 그건 오리들이 장난하면서 날개로 물을 치는 소리란 말이여, 하하하!”

“아휴, 간 떨어질 뻔했네!” 찬일이 안도의 한숨을 내쉬면서 중얼거렸다. 창세도 놀란 가슴을 쓸어내렸다.

“야, 안창세, 눈 큰 볼락! 넌 눈이 커서 겁이 많아. 더 담력을 키워사주 안 되겠다야. 쯧쯧쯧!”

“뭐여, 기분 나쁘게시리! 처녀 귀신 얘길 무섭게 해놓고서 그렇게 갑자기 고함을 지르면 안 놀랄 사람이 어디 있어? 씨.”

“자, 비 오기 전에 빨리 집에 가자.”

그들은 후닥닥 낚싯줄을 챙기고 어둠 속에서 집을 향해 종종걸음 쳤는데, 그러나 얼마 가지 않아 본격적으로 비가 쏟아지기 시작했다. 급한 대로 근처의 상여막으로 피할 수밖에 없었다. 창세로서는 그 옆을 지나친 적은 있어도 안에 들어가보기는 처음이었다. 찌그러진 나무 문짝을 밀고 들어가서 행필이 성냥을 켜 어둠을 밝혔다. 상여를 분해한 부품들이 한쪽에 쌓여 있고 그 위에 울긋불긋한 천들이 널렸는데, 열린 문으로 바람이 들어와 그 천들이 흉물스럽게 펄럭거렸다. 성냥불은 금방 꺼져 주위가 다시 깜깜해졌다. 창세는 무서워서 등골이 서늘했다. 행필이 다시 성냥을 켜 두 소년의 얼굴을 가까이 비추어 보고는 입에 문 궐련에 불을 붙였다.

"짜식들, 되게 쫄았네!"

창세는 무섭지 않다고 말하려고 침을 꿀꺽 삼켰으나 목이 꽉 메어 말이 안 나왔다.

깜깜한 어둠 속에서 담뱃불이 빨갛게 탔다.

"싸나이가 이까짓 게 뭐가 무섭나? 야, 느네들, 이 담배 한모금씩 빨아보라. 귀신은 담배 냄새를 싫어하거든. 싸나이는 모름지기 담배를 피울 중 알아사 해여. 자, 눈큰 볼락, 너부터!"

창세가 얼결에 담배를 받아 한모금 빨고는 캑캑거리자, 행필이 낄낄 웃었다.

비는 소낙비여서 금세 멈췄다. 그러나 짓궂은 행필은 집에 가려는 세 녀석을 붙잡고 담력 훈련을 하자고 꼬드겼다. 처녀 귀신으로 재미를 본 행필은 이번에는 애장터의 아기 귀신들을 선택했다. 비 오는 밤에 도깨비불이 나타난다는 곳이 바로 옆이니 거기에 갔다 오자고 했다.

"야, 눈 큰 볼락, 네가 제일 먼저 담력을 키워야겠다야"

하면서 행필이 창세의 등을 떠밀었다. 창세는 무서웠지만 혼자가 아니라 넷이 같이 간다니까 애써 용기를 냈다.

아기 무덤들이 있는 애장터는 상여막에서 남쪽으로 100미터쯤 떨어진 언덕 밑에 있었다. 삼태기 크기만 한 조그만 아기 무덤이 총총히 박혀 있는 곳이었다. 자식 농사 반타작이라고, 열명을 낳으면 얼마 지나지 않아 다섯은 땅 밑으로 가기 십상인 시절이었다. 그래서 낳을 수 있는 만큼 최대한 낳았다. 아기들은 천연두, 독감에 가고 급성폐렴, 백일기침에도 시들었다. 행필의 형이 될 뻔했던 두 아기도 거기에 묻혀 있었다. 두번이나 아기들이 돌을 넘기지 못하고 시들어버리자, 행필을 낳았을 때 부모는 또 실패할까봐 두돌이 돌아올 때까지 이름도 짓지 않고 호적에도 올리지 않았다. 그때까지 행필은 그냥 개똥이라고 불렸다.

그렇게 비명에 간 애장터의 어린 혼령들은 비가 오면 푸른 도깨비불이 되어 꼬리를 끌며 이리저리 배회한다고 했다. 그것이 도깨비불이 아니라 땅에 묻힌 뼈의 인성분이 빗물에 씻겨 빛을 발하는 인광이라고 학교에서 배웠지만, 아무래도 비 오는 밤의 애장터는 무서운 곳이었다. 아기의 애절한 울음소리가 들리고, 죽은 아기를 부르는 어미의 호곡 소리와 웡이자랑웡이자랑, 자장가 소리도 들린다고 했다. 백일기침에 걸린 아기, 밤낮으로 펄펄 열에 뜬 채 연신 기침하면서 울어대는 아기, 의원도 약도 소용없어 혼자서 그 아기를 등에 업고 어찌할 바를 몰라 발만 동동 구르는 아기 어멍, 남태평양 어느 섬에 군인으로 끌려간 채 소식이 없는 남편을 부르며 울부짖는 소리. "아이고, 내 아기야, 제발, 제발 죽지 말라, 죽지 말라! 아방이 돌아올 때까지 죽지 말앙 살아 있어사 할 거 아니냐. 아이고아이고, 내 아기야, 내 아기야!"

그 무서운 곳을 향해 세 소년은 가슴을 졸이며 어둠 속을 걸어갔다, 귀신을 쫓기 위해 돌을 찧어 만든 돌가루를 잇몸에 피가 나게 문지르고, 양손에 쥔 조약돌을 딱딱 세게 부딪치면서.

석달 연수를 받고 순경에 임용된 인원은 도내에서 약 이백명이었는데, 이제 그들은 친일파가 대부분인 상관을 떠받들어 모셔야 하는 처지에 놓이게 되었다. 전국적으로 경위 이상 경찰 간부의 80퍼센트가 일경 경력이 있는 친일파라고 했다.

12월 중순경에 송광일이 광주 경찰학교에서 석달 연수를 마치고 돌아와 조천 지서에 초임 발령을 받았다. 고향 마을을 위해 봉사하고 싶다고 자원했던 것이다.

12월 말경에 행필의 부친이 앓고 있던 위병이 악화되어 세상을 뜨고 말았다. 봉분은 그가 평생 갈아먹었던 밭 한귀퉁이에 마련되었다.

그해가 저물어도 전쟁터에서 아들이 돌아오지 않자 현옥미의 모친은 급기야 정신이상 증세를 보이기 시작했다. 노인은 거의 날마다 어린 손주를 데리고 포구에 나가 오지 않는 아들을 기다렸다.

4부

1945년 한해는 그렇게 지나갔다.

이제 제주도 인구는 대폭 늘어 이십이만 도민에서 이십칠만 도민이 되었다. 칠만 일본군이 떠난 자리에 귀환동포 오만명이 왈칵 담긴 것이다. 오사카 등지에서 노동품을 팔면서 빈민으로 생활하던 사람들이 그중 많았고, 나머지는 징용과 징병 삼년에서 용케 죽지 않고 살아남은 청년들이었다. 해가 바뀐 뒤에도 조천 포구에 배가 들 때마다 귀환자가 한두명씩 계속 나타났는데, 머나먼 남태평양의 섬들이나 인도차이나반도 같은 곳에 끌려갔던 이들이었다. 거의 반년 동안 배편이 없어 거지 노릇을 하다가 돌아온 것이었다. 창세는 포구에서 거지꼴을 한 채 버마 전선으로부터 귀환한 한 청년이 두 팔을 벌리고 울부짖는 것을 보았다. "나는 살아 있다! 나는 죽지 않고 살아서 돌아왔다!"

해방된 지 오개월쯤 된 시점에, 징용과 징병을 갔던 제주 청년들 중 어림잡아 절반이 죽고 절반만 살아 돌아온 것으로 판명되었다. 조천리에서도 사십여명 중 생환한 자는 스물댓명에 불과했다. 전사 혹은 사고사 소식이 잇따라 바다를 건너 들어오고, 더이상 귀환자가 나타날 가망이 거의 없는 상황에서도 포구에 나가 기다리는 사람은 현옥미의 모친뿐이었다.

그러나 전쟁의 슬픔은 흥청거리는 집단적 열광 속에서 서서히 잊힐 수밖에 없었다. 해방의 기쁨과 생존자 귀환의 기쁨은 엄청난 열광의 도가니가 되어 죽은 자들에 대한 슬픔을 자취 없이 삼켜버렸다. 그 열광의 도가니는 전쟁터에서, 탄광 속에서 죽음의 공포에 시달린 나머지 잠자리에서 악몽을 꾸던 사람들의 후유증도 녹여버릴 정도였다. 악몽 속에서 고함을 지르며 벌떡 일어나던 고승우도 이제는 거의 정상으로 돌아왔다.

해가 바뀌어 1946년이 되자 제주도에서도 신탁통치 반대운동이 맹렬하게 벌어졌다. 미국과 소련이 삼팔선을 경계로 조선을 둘로 분할하여 오년간 통치하려는 음모에 대한 반대였다. 한시바삐 독립하기를 갈구하던 조선 백성들에게, 특히 지난 반년 동안 뜨거운 열정 속에 새 나라 건설의 꿈을 안고 달려온 청년들에게 그것은 정말 믿기지 않는 소식이었다. 해방자를 자처한 미국과 소련이 이럴 수가 있는가 하는 경악 속에서, 조선 땅을 삼팔선으로 두동강 내어 이북은 소련, 이남은 미국이 차지하려는 음모를 분쇄해야 한다고 생각했다. 조천리에서도 오일장이 열릴 때마다 신탁통치 반대 집회가 열렸다.

조천면의 중학원 설립 사업은 그러한 격앙된 분위기 속에서 진행되었다. 학교 짓기의 총감독은 인민위원회 위원장이자 면장인 김시범이었다. 인민위원회가 주도하고 온 마을 주민이 참여한 그 사업에 살기가 좀 넉넉한 집에서는 돈을 냈고 가난한 집에서는 돈 대신에 노동을 바쳤다. 이양일, 고영두 두 사람이 엇비슷한 거금을 냈고 해녀회도 넉달간 미역을 팔아 모은 돈을 희사했다. 그리고 신촌리의 한 테우리가 이양일에 못지않은 큰돈을 희사하여 화제가 되기도 했다.

그는 소를 열댓마리 키우는 정도의 평범한 축산업자였다. 김시범이 어느 날 길에서 검정 소 한마리를 몰고 가는 그를 우연히 만나 자금 부족을 하소연했다.

“예예, 면장님, 구구절절 옳은 말씀이우다. 우리 면에도 당연히 중학원이 있어사 합주. 우리사 왜놈들이 공부

못 하게 막아서 못 했주만, 자라나는 우리 자식들은 하고 싶은 공부를 하도록 해주어사 합주. 게민 면장님, 얼마를 희사하면 되카예?"

면장이 검정소를 가리키면서 농반진반으로 말했다.

"허허, 이 검정쇠 한마리 값이면 되겠는데, 너무 과한가? 허허, 그건 농담이고, 하여간 성의껏 알아서 하게!"

"뭐, 좋수다! 이참에 나도 한번 좋은 일을 해보쿠다. 이 소를 학교 설립에 희사하쿠다!"

이렇게 말하고서 그는 흔쾌히 소고삐를 면장의 손에 쥐여주었던 것이다.

학교 부지로 매입한 밭은 일주도로를 가운데 두고 경찰지서 건너편에 위치해 있었다. 공사가 시작되었다. 3월 개교에 맞춰 달포 내로 두 학급 크기의 교사를 완성해야 했으므로 서둘러야 했다. 먼저 터 닦기 작업이 있었다. 쟁기로 땅을 갈아 높은 데는 낮추고 삽과 괭이로 밭고랑을 평평하게 골랐다. 창세네 학급 6학년생들이 열심히 달라붙어 그 작업을 해냈다. 건물이 들어설 자리는 특별히 진뜨르 비행장 작업 때 사용하던 모리라는 쇠뭉치로 단단하게 다졌다. 일이야 진뜨르의 경우와 비슷했지만 이제는 지긋지긋한 강제노동이 아니었다. 6학년생들은 이것이 자기네 학교가 될 것이기 때문에 아주 즐거운 마음으로 열심히 일했다. 한달 뒤 소학교를 졸업하면 곧바로 입학하게 될 중학원을 지금 제 손으로 짓는다니 신이 나지 않을 수 없었다.

목재는 멀리 한라산 숲에서 구해왔다. 어른들 여럿이 작당하여 각자 소를 데리고 한라산에 올랐다. 굵은 나무를 골라 도끼로 찍어내면 거기에 거멀못을 박고 밧줄을 걸어 소가 끌도록 했다. 그다음에는 낫으로 나무껍질을 벗기고 짙은 향내를 풍기면서 드러난 흰 속살에 먹줄을 튕겨 양옆을 다듬어 기둥을 만들었고, 그 기둥을 세워 위에 들보와 서까래를 얹었다. 목재가 모자라 일본인 잠수부들이 살던 목조 왜막을 해체하여 사용했다. 그렇게 건물의 골격이 완성되면 벽과 천장을 만들고, 남쪽 벽과 북쪽 벽에 각각 두개씩 창문을 내고, 검은 콜타르를 칠한 양철 지붕을 올리고, 마지막으로 벽과 천장에 흙질을 했다. 흙질에 사용되는 찰흙은 멀리 우진제비오름까지 가서 파왔다. 물은 해녀들이 허벅으로 등에 지고 날랐다. 흙질을 할 때도 창세네 6학년생들이 모여들어 도왔다. 흙더미에 물을 부어 보릿짚을 섞어 발로 짓이기고, 짓이겨진 반죽을 날라다가 벽과 천장에 흙질을 했다.

교사 짓기와 동시에 다른 일들도 활발하게 벌어졌다.

각목과 판목을 쌓아놓고 책상과 의자를 만들고, 높낮이가 다른 철봉대도 세칸 세우고, 정문 양옆에다 굵은 기둥을 박고, 불발탄 껍데기의 뻬죽한 앞부분을 박털보의 대장간에서 잘라 학교 종을 만들고, 나무들을 망태에 담아와서 운동장 울타리를 따라 심었다. 교문은 일주도로에 면해서 북쪽으로 냈는데, 경찰지서 정문과 엇비슷이 마주 보는 곳이었다.

그렇게 해서 한달 만에 두 학급 크기의 교사가 완성되었다. 하기는 자금 부족으로 교실 바닥에 아직 마루를 깔지 못했으니 완성된 것은 아니었다. 마루는 나중에 깔기로 하고 흙바닥에 우선 책상과 의자를 놓았던 것인데, 그래도 마을 사람들은 자신들의 힘으로 학교를 만들었다는 것에 놀라워하면서 여간 큰 자부심을 느끼지 않았다.

중학원 교사를 짓는 도중에 창세네 소학교의 졸업식이 있었다. 창세는 학업 성적 일등으로 우등상을 받았고 급장인 행필은 공로상을 받았다. 부상으로 창세는 삽 한자루, 행필은 운동화 한켤레를 받았다. 창세는 작년 운동회 때 마라톤 경기에서 이등을 하여 곡괭이 한자루를 상으로 받았는데, 이번에는 삽 한자루였다.

그외에도 창세는 졸업 선물로 중학생 교복도 받았다.

물론 새것은 아니고 중고품이었다. 창세가 지난 몇달 사이에 키가 훌쩍 자라서 입은 옷이 우스꽝스러울 정도로 작아진 것을 보고 담임선생 정두길이 자기가 입었던 교복을 준 것이다. "아이고, 창세야, 느가 입은 옷, 거 뭣고? 바지는 깡똥 올라가고 윗도리 소매도 짧고, 그거 너무 작아서 안 되겠다. 졸업식에서 너가 졸업생 대표인데 남보다 단정하고 멋이 있어사 할 거 아니냐게. 자, 이거 입어라. 이건 나가 광주사범 댕길 때 입었던 교복이여. 좀 헐었지만 아직은 입을 만하다. 어머니께 줄여달라고 해서 입어라."

그렇게 해서 졸업식 날 창세는 그 옷을 본때 있게 입고서 단상에 올라 우등상을 받았고, 전체 졸업생을 대표하여 후배들에게 답사를 읽었다.

봄이 왔다. 해방 후 처음 맞이하는, 그야말로 새봄이었다. 먼 땅에 끌려갔던 이들이 돌아왔고, 강남 갔던 제비들도 돌아오고 한라산 깊숙이 숨었던 노루들도 초원으로 돌아왔다. 전에는 흥이 나지 않아 부르지 않던 봄맞이 노래가 여기저기서 즐겁게 울려퍼졌다.

정이월 다 가고 삼월이라네

강남 갔던 제비가 돌아오면은
이 땅에도 또다시 봄이 온다네

봄이 와도 봄 같지 않던 춘래불사춘(春來不似春)의 가혹한 시절이 끝나고 빼앗겼던 들판이 이제 다시 섬 주민들에게로 돌아왔다. 송진 채취 때문에 찍히고 벗겨진 소나무들의 상처에 새살이 돋도록 봄을 맞은 솔숲은 짙은 송진 냄새를 풍겼다. 정두길이 자작시에서 찬양했듯이 빼앗겼던 땅, 상처뿐이던 땅에 새살이 돋고, 사람들의 여윈 몸에도 새살이 차오르고 있었다. 창세에게도 봄이 그렇게 새롭고 아름답게 느껴지기는 난생처음이었다.

온 들판에 덮였던 눈이 녹아 설선(雪線)이 한라산 기슭으로 물러나자 목장의 묵은 풀을 태우는 들불 놓기, 화입(火入) 행사가 중산간 지역의 마을별로 벌어졌다. 3월 초에 벌어지는 화입은 목축이 주업인 중산간 주민들에게는 거를 수 없는 중요한 연중행사였는데, 그럼에도 지난 이년간은 일제에 의해 금지당해온 터였다. 화입은 불의 온기를 차가운 땅속에 스며들게 하여 목초의 발아와 성장을 촉진해주는데, 묵은 풀이 불에 타 재가 되면 그 재를 먹고 새 풀이 쑥쑥 기운차게 솟아올랐다. 화입은 마소를 괴롭히는 가시덤불, 진드기와 쇠파리, 말파리 알을 태워 없애는 효과도 있었다.

들불은 자칫 크게 번져 재난이 될 수 있으므로 화입하기 좋은 날을 골라야 했다. 바람의 방향이 한결같아야 좋은데, 그것을 잘 맞히는 전문가가 마을마다 한두 사람씩은 있게 마련이었다. 구름의 종류와 흐르는 방향을 살펴서 바람이 어느 방향에서 불다가 어느 쪽으로 바뀔지를 예측하여 불을 놓았다. 온 마을 남정네들이 동원되는 그 행사는 아침에 시작해 이튿날 아침까지 스물네시간 계속되었다. 불이 너무 커지지 않도록 방화선을 만들면서 밤을 지새웠는데, 해변 마을에서 볼 때면 어둠 속에 긴 띠를 이루어 붉게 타고 있는 들불이 뭐라고 말할 수 없는 기묘한 아름다움을 보여주었다. 이 세상 것이 아닌 듯 두려운 느낌마저 주는 아름다움이었다.

창세는 비석거리에 구경 나온 몇몇 사람들 틈에 끼어 그 들불을 보았다. 특히 외갓집이 있는 와흘 마을의 상뒷동산과 주변 목장을 태우는 불은 4킬로미터밖에 떨어지지 않은 가까운 곳이라 두려움이 더했다. 불빛이 밤하늘에 뜬 연기와 구름에 번져 불이 더욱 커 보였고, 불빛은 해변까지 밀려와 구경꾼들의 얼굴을 붉게 물들였다. 모두들 두려움이 섞인 야릇한 감동에 사로잡힌 채 그 불을 바라보는데, 이민하가 떨리는 목소리로 말했다.

"묵은 풀은 불에 타 재가 되고, 그 재를 먹고 새 풀이 자란다. 그것이 혁명이다!"

봄이 오는 길목에서는 꽃샘추위가 여러날 계속되기 마련이었다. 이때는 검정 암소 뿔도 오그라든다는 말이 생길 정도로 바람살이 여간 맵차지 않은데, 그 바람을 사람들은 영등바람이라고 불렀다. 풍신(風神) 영등할망이 그 바람을 타고 제주섬에 들어오면 해촌마다, 포구마다 영등굿이 벌어졌다. 새콧알할망당에 심방이 수십명의 해녀들을 모아놓고 징 소리 북소리 울리는 가운데 축원을 올렸다. "영등할마님이 오시는구나. 흰 구름에 싸여 오시는가, 바람 등 타고 오시는가. 우리 제주 산천 구경 오시는데, 산 구경 물 구경 오시는데, 어서 청하여 맞아들이자. 천리 보고 만리 보는 할마님아, 우리 불쌍한 백성들, 축원을 여쭙니다, 축원을 여쭙니다. 우리 모두 할마님 자손 아닙네까. 부디 할마님이 도와주십서. 오곡씨 주고 갑서, 미역씨, 소라씨, 전복씨도 주고 갑서. 고깃배, 화물선 타는 자손들, 모진 풍파 막아줍서. 우마 번식시켜 줍서. 자손 만발하게 해줍서, 대대손손 칡넝쿨처럼 뻗어나가게 해줍서."

구름은 높이 떠 움직이지 않는데 영등바람은 티끌과

검불을 날리면서 낮게 불었다. 바람에 날린 티끌이 눈에 들어가 창세는 몇번이나 눈을 비벼야 했다. 바람은 서서히 온기를 얻으면서 대지 위로 낮게 불어 한뼘 자란 보리밭을 흔들어 깨우고, 안뜰의 복숭아나무를 흔들어 꽃봉오리를 만들고, 마당의 빨랫줄에 널린 흰 빨래들을 깃발처럼 펄럭였다. 두말치물과 장수물의 빨래터는 겨우내 묵혀두었던 빨랫감을 빠는 아낙네들로 붐비고, 떠드는 말소리, 깔깔대는 웃음소리, 방망이질 소리로 시끌벅적했다.

봄볕은 나날이 짜랑짜랑 영글어 맨드라미같이 생긴 수탉의 볏이 더욱 탐스럽게 붉어졌다. 수탉은 벌레 잡고 암탉을 부르고, 암탉은 알을 낳으려 꼭꼭거리고, 병아리는 지렁이 물고 달아나고, 대숲에는 죽순들이 뾰족뾰족 지각을 뚫고 나오느라고 맨땅이 들썩거렸다. 갯가의 파래와 톳도 빛깔이 고와지고, 겨울 추위를 견뎌낸 보리밭도 푸른빛이 짙어졌다. 농사철이 시작되었다. 농사철을 맞아 박털보의 대장간도 호미, 낫, 괭이, 쇠스랑, 삽 따위를 만드느라 바빠졌다. 챙챙 착착 찰그랑 툭탁, 쇠 때리는 소리가 쉴 새 없었다.

마을 해녀들은 보리밭 농사 외에 따로 바당밭(바다밭)

농사도 지어야 했다. 보리밭에 김을 매고, 바다에 들어 미역을 채취했다. 밭에는 겨울을 이겨낸 푸른 보리싹들이 한뼘 높이로 자라고 있었고, 바다에는 겨우내 찬물 속에서 자란 미역들이 너울거리며 숲을 이루고 있었다. 썰물의 바다가 저만큼 물러나면 이 밭 저 밭에서 보리 김을 매던 아낙네들이 "물때가 되었져! 가자!" 하고 소리치면서 호미를 팽개치고 일어나 아직은 차가운 바다를 향해 우르르 내달았다. 푸른 물결 위 여기저기에서 휘익휘익 솟구치는 날카로운 숨비 소리, 낫으로 미역 한다발씩 베어 팔에 안고 물 위로 솟구치는 해녀들, 만옥의 말총머리가 물속에서 미역처럼 너울거렸다. 그해 봄 미역 농사는 풍년이었다.

해변에서 시작된 초록빛이 목장으로 올라가 번지는 중이었다. 들불이 검게 태운 들판에서 이제 그것은 초록의 들불이었다. 그 무렵이면 언제나 그렇듯이 목장에는 아침 안개가 자주 끼었다. 연둣빛 어린 봄풀들이 묵은 풀 태운 재를 먹고, 촉촉한 안개를 먹고, 바람과 햇빛을 들이마시면서 쑥쑥 자라났다.

3월 중순이 되자 마소 방목이 시작되었다. 겨우내 외양간에 갇힌 채 마른 풀만 먹어 쇠약해지고 기름기 없이 가죽이 빳빳해진 마소들이 이제 싱싱한 봄풀의 향기 가득한 들판으로 몰려나왔다. 말들은 오랜만에 만나 반갑다고 좋아라며 서로 얼굴을 비비고, 뒷발질 장난을 치고, 갈기를 날리며 떼지어 풀밭을 내달렸다. 말들은 목장의 새 풀을 먹고 이내 원기를 회복했다. 번식 활동이 왕성한 봄은 말에게 환희의 계절이었다. 새로 자란 싱싱한 풀과 새 생명의 잉태와 함께 활기차게 뛰노는 시간이었다.

양산도는 상뒷동산 풀밭에 말떼를 풀어놓고 동네 사람들과 함께 그 동산 밑 솔숲에 묘목을 심었다. 숲은 일본군의 땔감용으로 벌목되어 많이 훼손되어 있었다.

마소 방목과 함께 고사리 철이 시작되었다. 미역이 풍년인 해에는 고사리도 잘된다고 했는데, 과연 목장에 고사리 새순이 지천으로 돋아났다. 고사리는 미역만큼이나 돈이 되는 물건인지라 중산간은 물론 해변 마을 사람들도 많이 목장에 올라가 고사리를 꺾었다.

고사리 장사를 하는 외할머니를 돕기 위해 만옥과 창세도 목장에 올라갔다. 고사리 꺾기는 안개가 걷히기 전의 아침 시간이 좋았다. 창세는 고사리 꺾기가 재미있었다. 푸른 나무들이 수묵색 물감처럼 풀려 있는 안개 속 풍경도 신기했다. 고사리는 오히려 하얀 안개 속에서 눈에 잘 띄었다. 안개가 젖물처럼 흐릿하게 초원을 적시면

쥠쥠 아기의 주먹처럼 윗부분이 동그랗게 말린 고사리 순이 여기저기서 쏘옥쏘옥 솟아올랐다.

해가 더 높이 떠오르자 안개는 서서히 물러났다. 외할머니가 일본군이 남기고 간 드럼통을 풀밭에 세워놓고 불을 때면서 고사리를 삶았다. 마을 사람들이 꺾어온 고사리를 사들여 드럼통에 넣어 삶고, 삶은 고사리는 건져내서 풀밭에 널어 말렸다. 글과 숫자를 몰라도 셈을 잘하는 외할머니는 거칠고 두툼해 둔하게 보이는 손으로 날렵하게 돈을 셌다. 외할머니가 창세에게 말했다. "고사리는 꺾고 꺾어도 다시 돋아난다. 아홉번까지 꺾어도 다시 돋아나는 것이 고사리여. 그래서 고사리를 제상에 올리는 거다. 고사리처럼 자손들이 무병장수하라고."

그렇게 온 제주섬이 봄기운으로 활기 넘치던 그해 3월, 사회적으로 큰 변화가 있었다. 학교와 학생 수가 해방 전보다 두배로 증가하여 오십여개였던 소학교 수가 백여개로, 학생 수 이만명이던 것이 사만명으로 되었고 중학원도 다섯개나 생긴 것이다. 해방의 감격이 만들어낸 현상이었다. '아는 것이 힘, 배워야 산다'가 모두의 의지를 일깨워 그야말로 비 온 뒤 대밭에 죽순 돋듯이 이 마을 저 마을에서 경쟁적으로 새 학교를 만들었다. 배움에 대한 욕구는 누구라 할 것 없이 목마른 자가 물 찾듯 절실한 것이었다.

조천중학원은 흙질한 벽과 천장이 채 마르지 않아 흙냄새가 물씬한 상태에서 3월 1일에 개교했다. 서쪽 옆 마을 신촌리에서도 주민들이 십시일반으로 돈과 노동력을 모아 소학교를 개설했다. 조천중학원의 모표는 박털보의 대장간에서 제작되었다. '中' 자를 맵시 있게 도안한 틀에다 탄피 녹인 놋쇠물을 부어 만든 것이었다.

교원들은 대개 서울이나 일본에서 대학이나 전문학교를 나왔거나, 재학 중에 학병으로 징집당했던 혈기 왕성한 청년들이었다. 제 고장 후배 육성의 뜨거운 열정을 지닌 그들은 모두가 무보수로 일했다. 그들 중에 삼십대 중반으로 제일 나이가 많은 현복유가 원장을 맡았는데, 그는 변호사 자격증까지 갖춘 실력자였다. 과학 선생도 의사 면허를 갖고 있었다. 수학 선생 김민학만이 통신강의록으로 공부한 독학파였고, 풍금을 칠 줄 아는 사람이 드물어 음악은 조천소학교의 정두길이 임시로 맡았다. 교과서가 따로 없어 매일 철필로 긁어 등사기로 찍어낸 인쇄물을 한장씩 나눠주고 나중에 그것을 합치면 한권의 교과서가 될 수 있도록 했다.

마을 유지들과 교원들은 읍내 농업학교에 못지않은 우수한 중학원을 만들어야겠다는 포부와 열정으로 한껏 들떠 있었다. 마을 유지들은 학교 운영에 필요한 물질적 지원을 아끼지 않았고 교원들은 열성적으로 봉사했다. 읍내의 농교는 각 마을 소학교에서 성적이 우수한 사람만 입학할 수 있는 도내의 유일한 중등학교였다. 창세는 그 학교에 합격하고도 남을 실력이었지만 그곳을 마다하고 조천중학원을 선택했다. 마을 학교에 훌륭한 선생님들이 있는데 굳이 삼십리나 떨어진 읍내에 방을 빌려 자취까지 하면서 다닐 필요가 있겠느냐고 생각했다.

입학생은 주간 오십명, 야간 백명이었다. 주간반은 주로 그해 소학교를 졸업한 학생들로 이루어졌는데, 그중 삼분의 일은 이웃 마을인 함덕, 북촌의 소학교 출신들이 차지했다. 야간반에는 주로 낮에 생업에 종사해야 하는 스무살 넘은 청년들이 입학했다. 그들은 대개 소학교를 졸업한 지 오래된, 말하자면 늙은 중학생이었다. 그중에는 정규 학생이 아니라 청강생으로 등록한 이들도 적지 않았다. 면서기, 금융조합과 어업조합의 서기, 그리고 다른 마을의 소학교 교원과 중산간의 간이학교 교원이 그들이었는데, 대부분이 농교나 목포상업학교 출신으로 중학 과정을 마친 터라 다만 한글 맞춤법과 문법을 공부하러 왔던 것이다.

창세와 행필이 들어간 주간반도 절반쯤은 나이 많은 학생들이었다. 많게는 다섯살이나 나이 차가 있다보니 일찍 장가든 아기 아방들도 있었고, 삼촌 조카가 같은 교실의 동급생이 된 경우도 있었다. 그중에는 골초들이 몇 명이나 있어 나이 어린 창세들에게 바로 옆에 있는 교무실에 가서 선생이 피우다 버린 꽁초를 몰래 주워오라고 시키기 일쑤였다. 그러나 나이 많은 학생들은 공부도 열심히 해서, 소학교에서 우등생이었던 창세도 따라잡기가 힘들었다. 주간과 야간을 통합한 자치회 회장은 창세보다 네살 위인 열여덟살 김용철이 맡았는데, 그는 공부도 일등, 웅변도 일등, 달음박질도 일등, 축구도 일등이었다.

동급생이라도 교외 활동에서 나이 많은 학생들은 따로 놀았다. 열여섯살 이상은 인민위원회 청년부, 열다섯살까지는 소년부 소속으로 활동했다. 새해 들어 한살을 더 먹어 열일곱살이 된 행필은 청년부 소속이 되었는데, 교복 대신에 별세한 부친의 검정 두루마기를 입고 학교에 다녔다.

소년부는 소학교 상급반과 연결되어 있어서 샛별소년대라는 별칭을 그대로 사용했다. 웅변을 잘하는 찬일이 샛별소년대의 대장이 되었다. 학업에서 또래의 누구한테도 져본 적이 없는 창세는 웅변에 소질이 없는 것이 못내 아쉬웠다. 일요일 새벽에 열리는 샛별소년대의 조기회는 정두길의 지도 아래 계속되고 있었다. 집이 아주 멀지 않은 학생들 십여명이 샛별이 빛나는 새벽에 비석거리에 모여 마을 길을 청소했고, 청소가 끝나면 바닷가의 두말치물에 내려가 찬물에 세수하고 나서 밀려오는 파도를 향해 목청껏 함성을 질렀다. 솟구치는 태양을 향해, 늘 그랬듯이 선생의 선창에 따라 "동이 튼다! 빛이 솟구친다! 승리가 오고 있다!"라고 외쳤고 「핀란디아」를 합창하기도 했다. 정두길은 소년들에게 늘 말했다. "입을 헤벌리지 말고 꼭 다물고 다녀라. 눈을 똑바로 뜨고, 잡아먹을 듯이 부릅뜨고, 좌우를 살피며 걸어라!"

중학생이 된 창세는 이제 자기 몸과 정신이 탈바꿈하고 있음을 느꼈다. 코밑 솜털이 거무스름해지고 목소리도 굵어졌으며 걸음걸이가 어색하게 느껴질 정도로 다리가 갑자기 길어졌다. 이제는 교실 칠판의 가장 높은 데 쓰인 백묵 글씨를 지울 수 있을 정도로 키가 커졌다. 칠판에 가득 쓰인 글을 지우개로 지우는 것은 나이 어린 학생들에게는 재미있는 일이어서, 수업이 끝날 때마다 앞다퉈 칠판으로 달려가곤 했다.

학생들에게 제일 인기 있는 수업은 역사 시간이었다. 망각을 강요당했던 제 나라 역사를 되찾는 것이 중요하다는 것을 모두가 가슴에 새기고 있었다. 역사 선생은 이웃 마을 신촌리의 청년 이덕구였는데, 학병 장교 출신인 그는 조천면 치안대 대장이기도 했다. 어릴 적 마마를 앓은 탓에 자국이 남아 얼굴이 유자 껍질처럼 우툴두툴했다. 그는 첫 수업 시간에 자기를 소개하면서 박박 얽은 얼굴을 신화에 빗대어 농담할 정도로 소탈한 인물이었다. 마마신이 강풍을 타고 빗발같이 화살을 쏘아대면 그 화살을 맞고 아이들이 죽거나 곰보가 된다고, 제주도의 돌이 우툴두툴 구멍이 팬 것도 마마신이 쏜 화살을 맞아서 그렇다고 그는 껄껄 웃으면서 말했다. '육성 마이크'라는 별명이 붙을 정도로 수업할 때 목소리가 유별나게 우렁우렁했다.

그는 역사 과목 외에 체육도 가르쳤다. 창세가 어머니에게 그 선생 자랑을 했다.

"얼굴은 살짝 곰보, 하지만 잘생긴 얼굴이라." 창세는 엄지손가락을 세워 보였다. "넘버 원! 인기가 최고! 학생들이 막 좋아해여마씸. 실력도 좋고, 재미진 말도 잘하고예. 칠판 글씨는 나쁘지만 실력은 최고라. 지도를 기가 막히게 잘 그려마씸. 우리나라 지도를 그리는데, 분필로 칠판에서 손 한번 떼지 않고 쫘악 빠르게 그려냅주게. 그런데 말은 잘 못해여마씸. 수업할 때 보면예, 말을 막 버벅거리는 거라예. 입가에 흰 거품이 생기고예, 앞에 앉은 아이들이 침 튄다고 막 웃으멍 엄살떨어마씸. 하하하!"

어머니가 같이 웃으면서 말했다.

"그 선생, 앞니가 뻐드렁니가?"

"아니, 그렇게 튀어나온 건 아닌데……"

대충의 윤곽 정도였지만 그는 세계지도도 보지 않고 그렸다. 프랑스 남단 코르시카섬을 그려놓고 한반도의 남단 제주도와 비교하면서, 유리창 너머 제주 바다의 수평선을 가리키면서 학생들에게 수평선의 의미와 나폴레옹의 세계관에 대해 말했다. "나폴레옹은 느네들처럼 섬 출신이여. 프랑스의 코르시카섬 출신이지. 느네들도 나폴레옹처럼 야심을 갖고 저 수평선을 뚫고 나가란 말이다. 수평선에 갇혀 있지 말고 뚫고 나가란 말이여! 저 바다를 성큼 뛰어넘으란 말이여!"

우리 제주도는 바다로 막혀 있지만 동시에 다른 세계와 바다로 연결되어 있기도 하다고 그는 말했다. 그 말을 들으면서 창세는 장차 무역선 선장이 되어 저 수평선을 넘어가는 자신의 모습을 그려보았다. 그런데 선생은 이렇게도 말했다. "그렇다고 저 수평선을 꼭 몸으로 뚫고 나가라는 말은 아니다이. 책을 통해서도 얼마든지 넓은 세계로 나갈 수 있는 거여." 책 속에 미지의 세계가 응축되어 있다는 것이었다. 사실 창세는 무역선 선장이 되고 싶기도 했고, 책을 쓰는 시인이나 소설가가 되고 싶기도 했다. 어느 쪽을 선택할까? 아, 그렇지! 글 쓰는 선장이 되어야겠다.

학생들은 그를 매우 좋아해서 노래까지 만들어 불렀다. "박박 얽은 그 얼굴 덕구 덕구 이덕구 우리 대장 이덕구."

그의 역사 수업은 주로 인물 중심의 수업이었는데, 자주 촌극 형태로 재미있게 꾸미곤 해서 학생들의 호응이 좋았다. 촌극을 통해 어둠 속에 묻혀 있던 안중근, 윤봉길, 이봉창, 정몽주, 성삼문 같은 역사적 인물들이 환하게 얼굴을 빛내며 학생들 앞에 나타났다. 학생들은 역사 시간에 차례차례 그들을 무대에 올렸다. 「안중근 의사와 이등박문」에서는 자치회장 김용철이 주인공이었는데, 총을 쏘는 장면에서 교탁 뒤에 숨어 판자를 망치로 때려 탕탕 총소리를 내기로 된 녀석이 너무 늦게 때리는 바람에 낭패를 보기도 했다. 「성삼문」에서는 강행필과 안창세가 등장했다. 고문 도구로 숯불 피운 돌화로와 불에 달구어 옷을 다리는 인두가 등장했고, 그보다 더 기막힌 소도구는 옆에 놓인 손바닥 크기의 돼지고기 살점이었다.

성삼문 역의 행필이 웃옷이 벗겨져 상체가 드러나고 두 손이 뒤로 묶인 채 바닥에 꿇어앉아 있다.

의자에 앉은 수양대군 역의 창세가 행필을 노려보며 무섭게 닦달한다.

"이놈, 너는 어찌하여 임금인 나를 배신했는가?"

행필이 숙였던 얼굴을 쳐들고 자못 비통한 목소리로 외친다.

"나는 나의 임금을 배신한 적이 없소! 나의 임금은 단종 임금뿐이오!"

창세가 이를 딱딱 마주치며 불같이 화난 시늉을 한다.

"고얀 놈! 어디라고 함부로 입을 놀리느냐? 저놈을 불에 달군 인두로 지져라!"

형리 역할을 맡은 학생이 돼지고기 살점을 숯불 위에 슬쩍 올린 다음 인두로 지지는 시늉을 하면서 "지지직 지글지글! 지지직 지글지글!" 입소리를 낸다. 행필의 등을 지지는 셈 치는 것이다. 돼지고기 타는 냄새가 교실 전체에 번지자 학생들이 깜짝 놀라 아아아 탄식을 연발한다. 행필이 고문에 못 이겨 비명을 지르며 까무러친다.

바가지로 얼굴에 서너번 물을 끼얹자 축 늘어졌던 행필이 몸을 꿈틀거리며 일어나 앉는다. 벗은 상체에 물이 줄줄 흐른다.

수양대군 창세가 의자에서 벌떡 일어나 다그친다.

“이제 말해봐라! 이래도 단종이냐? 네 임금이 누구냐?”

“하늘엔 두 해가 없고, 백성에겐 두 임금이 없소! 천하에 누가 자기 임금을 사랑하지 않는 자가 있겠소? 나에게 임금은 단종 임금만이 있을 뿐이오!”

“뭐라고? 인두를 다시 달궈 저놈을 지져라, 굴복할 때까지!”

형리가 다시 돼지고기 살점을 숯불에 얹고 인두로 행필의 등을 지지는 시늉을 한다. 살 타는 냄새가 진동하고, 행필이 비명을 지르며 몸을 비튼다. 학생들이 다시 깜짝 놀라 탄식을 터뜨린다. 이번에는 행필이 까무러치지 않고 고문을 끝까지 견뎌낸다. 수양대군 창세가 너무 놀라서 입이 딱 벌어졌는데, 행필의 입에서 피맺힌 절규가 터진다.

“쇠가 식었다! 철랭(鐵冷)하니 다시 달궈오라! 어서 다시 달궈 나를 지져라!”

그러고 나서 그는 물이 줄줄 흐르는 얼굴을 쳐들고 비

장하게 시 한수를 읊는다.

이 몸이 죽어 가서 무엇이 될꼬 하니
봉래산 제일봉에 낙락장송 되어 있어
백설이 만건곤할 제 독야청청하리라

"철렁하니 다시 달궈오라!" 이 대사는 인기가 있어서 한동안 학생들의 입에 즐겁게 오르내렸다.

그 무렵에 장영발의 딸 장영주가 일본에서 돌아왔다. 창세와 동급생이던 영주는 삼년 전 오사카로 건너가 외갓집에 머물면서 그곳 소학교에 편입해 공부하다가 이번에 졸업했는데, 졸업하자마자 고향으로 돌아온 것이다. 창세는 영주를 다시 만나게 되어 여간 기쁘지 않았다. 세일러복에 흰 머플러 차림으로 나타난 그녀는 몰라보게 자라고 예뻐져 있었다. 영주는 돌아온 즉시 조천중학원에 입학하여 다시 창세와 동급생이 되었다. 아직 한글 맞춤법을 익히지 못한 상태여서 창세가 공부를 도와주었다.

그 봄에 여맹 총무 김옥희가 신촌소학교 교원으로 임

용되었다.

해방 후 맞는 첫 봄, 신생의 기운이 제주섬 도처에서 샘솟듯 기운차게 솟아나고 있었다. 새봄, 새 학교, 새 일꾼, 새 나라, 새 희망! 그 모든 것이 청년들, 소년들의 것처럼 생각되었다. 꽃들도 일제히 꽃망울을 터뜨리면서 해방의 노래를 부르고, 침울했던 청년들의 가슴도 꽃망울 터지듯이 세상을 향해 활짝 열렸다. 해방 직후 시작된 집단적 열광에 불쏘시개 역할을 한 것은 물론 전장과 탄광 등 죽음의 구렁텅이에서 살아 돌아온 귀환 청년들이었다. 그들이 겪은 지독한 절망감이 이제 급격하게 강력한 에너지로 바뀌어 그들을 추동했다. 그들은 생각했다, 지금은 귀향민이 한꺼번에 쏟아져 들어온 상태라 취직난이 극심하지만 친일파들이 물러나면 자리가 생기리라고. 그러한 집단적 열광은 곳곳에 신설 중학원이 등장함으로써 더욱 증폭되었다.

조천중학원 자치회는 개교 즉시 도내 영재들이 모였다는 읍내 농교와 자매결연을 맺고 일정 부분 지도를 받으면서 학생들의 활동이 더욱 적극적이고 열정적이 되었다. 육개월 전만 해도 일제의 황민화교육에 찌들어 다른 아무것도 생각할 수 없었던 그들이었다. 노예의 비참한 생활 속에서 자신의 욕망이, 자신의 꿈이 얼마나 가난했던가! 해방된 지금에야 갑자기 생각하기 시작한 그들이었다. 해방은 그들에게 일제에 의해 세뇌되었던 정신을 깨는 무서운 천둥벼락이었다. 갑작스러운 깨달음만큼이나 그들은 모두 열정적이었고, 때로 과격해지기까지 했다.

수업 시간에 선생들은 자주 신문 사설과 시사평론을 읽어주었다. 천대받던 조선 역사, 조선의 글을 재발견하고, 금서였던 사상서와 교양서를 함께 읽었다. 특히 사상서는 급진적 청년들의 정열을 태우는 불쏘시개가 되어, 그들은 자주 토론회를 열어 사상을 논하고 미국과 소련의 한반도 분단 음모를 규탄했다. 그들의 얼굴은 늘 붉게 상기되어 있었다.

그것은 자신의 굴욕적이고 누추한 외피를 찢어버리고 새롭게 태어나는 것 같은 낯선 감동이었다. 눈빛이 달라지고 숨 쉬는 것이 달라졌음을 스스로 느꼈다. 찌푸렸던 이마가 맑게 트였다. 그들은 자신을 뛰어넘는 더 큰 무언가를 하고 있다고 생각했다. 나 자신을 벗어나 자신의 조그만 실존보다 더 큰 것, 더 집단적인 것을 향했다. 집단의 열광적 분위기가 '나'를 집단 속에 용해시켰다. 집단이 나를 들이마시고, 나 또한 집단을 얼싸안는 격이었다. 거기에는 알 수 없는 두려움이 있었고, 그 때문에 그 열광과 흥분이 더욱 짜릿했다. 그들은 그렇게 급격한 정체성의 변화를 겪고 있었다. 내일이여, 오라! 거친 파도여 오라! 시련이여 오라! 그들의 마음은 급하게 미래를 향해 달려가고 있었다.

밝은 미래가 바로 눈앞에 있으니, 이제 그 미래를 향한 행동만이 남은 듯이 여겨졌다. 지금이 바로 그 미래, 새 나라, 새 시대의 위대한 전야였다. 식민지 생활 속에서 애국심이 뭔지 몰랐던 그들이었다. 이제 그들은 온몸으로 깨달았다. 자기 나라를 갖는다는 것이 얼마나 중요한가, 몸 바쳐 사랑할 나라를 갖는 것이 얼마나 대단한 일인가! 선생이 학생에게, 선배가 후배에게 말했다.

"일제의 노예 경험이 너의 마음에 무엇을 가르쳐주었는지 생각해보아라. 무엇을 가르쳐주었는가? 그렇다, 내 나라, 내 땅을 다시는 빼앗겨서는 안 된다는 것이다! 비록 지금은 미국과 소련이 한반도를 점거하여 신탁통치 운운하면서 남북분단을 획책하고 있지만, 그것은 열화같이 일어난 거족적 반대 투쟁에 의해 반드시 분쇄될 것이다."

비석거리 위쪽에 오일장이 열려 타 지역 장꾼들까지 모여들어 홍청거리는 날이면 학생자치회 회장 김용철 등 나이 많은 간부 학생들이 장터에 나가 계몽 연설을 했다. 리베라 상회에서 나무의자 하나를 빌려다놓고 그 위에 서서 목청껏 '새 나라, 새 일꾼, 새 희망'을 외치고 노래도 불렀다. 제일 많이 불린 노래는 그 무렵에 발표된 「독립행진곡」인데, 「해방가」로 널리 알려져 있었다.

어둡고 괴로워라 밤이 길더니
삼천리 이 강산에 먼동이 튼다
동무야 자릴 차고 일어나거라
산 넘어 바다 건너 태평양 넘어
아아 자유의, 자유의 종이 울린다

조천중학원 학생들을 비롯한 청년들의 이러한 집단적 열광은 그들 자신에게도 참으로 낯선 경험이었다. 말하자면 집단적 자아도취였던 셈인데, 그런 현상이 8·15 해방 이후 반년 넘게 지속되고 있다는 것에 그들 스스로도 놀라워했다.

젊은이들의 그러한 열정을 한의사 한봉 어른은 못 미더워했다. 그들 중에는 어려서 그 어른으로부터 천자문을 배우거나 아플 때 침을 맞으면서 자란 이들이 적지 않았다. 그 어른은 청년들을 만나면 꼭 잔소리를 했다. 목소리가 너무 높다고, 말이 빠르다고, 행동이 급하고 화를 잘 낸다고. "느네들은 무사 맨날 그렇게 성난 얼굴을 하고서 뛰어댕기는 것고? 느네들과 생각이 다르면 막 성질내고. 꼭 그렇게 말해사 애국자냐? 뛰어댕기지 마라. 뛰지 말고 좀 천천히 댕겨라. 땅이 두껍다고 그렇게 함부로 쾅쾅 뛰어댕기는 거 아니다. 일을 너무 급하게 해서는 안 된다. 천천히, 뜨거운 죽 먹듯이 해사 해여. 뜨거운 죽 급히 먹다간 목구멍을 데어 죽을 수도 있는 거여!"

그래서 청년들은 한봉 어른이 나타나면 슬그머니 자리를 피했다. 물론 창세도 그런 꾸중을 들었지만 귀담아듣지는 않았다. 창세는 달려야 했다. 선배들을 뒤쫓아 달리고, 신문 배낭을 메고 달렸다.

오늘도 창세는 달린다. 검정색 교복에 조천중학원 모표가 붙은 모자를 쓰고서 신문 배낭을 지고 달려간다. 달리지 않고는 못 배길 지경이 되었다. 요 몇달 사이에 다리가 눈에 띄게 길어졌다. 다리는 길어졌지만 뼈는 아직 가늘고 여물지 않아서 달리기로 다리통을 단련해야 한다. 키가 커짐과 동시에 내면에서 어떤 낯선 자아가 얼굴을 내밀어 마음이 몹시 싱숭생숭하다. 어쩐지 허전해서 자꾸 뭔가 채우고 싶다. 장차 나는 무엇이 될까? 무역선 선장? 시인? 소설가? 어쨌든 창세는 달린다. 미래를 향해 달린다. 내일이여, 오라! 어서 오라!

해변 길을 달려간다. 신흥을 거쳐 함덕까지 가야 한다. 사흘에 한번꼴로 하는 마라톤이다. 보폭이 일정하게, 규칙적인 리듬에 맞춰 달린다. 턱턱턱턱, 메마른 땅에 부딪는 발자국 소리. 팔과 옆구리가 맞비벼지는 마찰의 감촉. 십분쯤 달려 연대 앞을 지나칠 즈음엔 몸이 달리기에 익숙해져 가뿐해진다. 앙가슴에 바람을 안고서 달려간다. 푸른 보리밭은 해풍에 물결치고, 검은 현무암의 해변에 부서지는 파도는 하얗게 눈부시다. 그 풍경이 손뼉 치며 달리는 창세를 격려하는 것 같다. 달릴수록 몸이 더 가벼워지는 것 같고 마음도 편안해진다. 점점 발바닥의 감촉도, 팔다리의 움직임도 느껴지지 않는다. 달리고 있다는 사실조차 잊어버린 듯 무아지경에 가까워진다. 그 무아지경에서 이 생각 저 생각, 이 얼굴 저 얼굴이 두서없이 흐릿하게 출몰한다. 마소 방목이 시작되는 봄철을 맞아 와흘리 목장에 올라가 있는 누나의 얼굴이 떠오른다. 트럼펫 연습을 하는 정두길 선생, 양쪽 볼을 맹꽁이배처럼 잔뜩 부풀려 트럼펫을 부는 그 우스꽝스러운 모습이 떠오른다. 그리고 동갑내기 장영주! 신문 배달 때문에 사흘에 한번꼴로 리베라 상회에 드나들면서 그녀와 친하게 지내고 있다. 요즘은 그녀에게 한글 맞춤법을 가르쳐주느라고 더 가까워졌다. 며칠 전 상점 안방에서 호박씨를 까먹으면서 맞춤법 공부를 할 때 호박씨를 똑똑 소리내어 까먹으니까 꼭 새가 된 기분이라고 말했더니, 영주가 그 말이 무척 재미있다고 까르르 웃는 바람에 창세는 그만 얼굴이 빨개지고 말았다. 그게 뭐 그렇게 재미난 말인가? 어리둥절해지면서 기분이 야릇했다. 영주 생각에 기분이 좋아진 창세가 「산타 루치아」를 부르면서 달린다. 달리면서 그 노래를 부르는 것이 버릇이 되어버렸다.

조천중학원은 개설되고 보름쯤 지났을 때 불시에 미군정으로부터 교육 검열을 받았다. 수업 중에 느닷없이 한길 쪽에서 자동차 경적 소리가 요란하게 들려왔다. 놀란 학생들이 앞다퉈 북쪽 창가로 몰려가 밖을 내다보았다. 뿌옇게 흙먼지를 일으키면서 학교 정문을 통과해 나타난 것은 성조기와 무선안테나를 단 미군 지프차였다. 그 뒤로 한떼의 동네 조무래기들이 차 꽁무니에 따라붙으려 기를 쓰며 달려오고 있었다. 차에는 모두 네명이 타고 있었는데, 미군 세명과 조선인 한명이었다. 몇달 전만 해도 포스터에 악마로 그려져 있던 미국인들이었다. 세 사람 모두 카키색 군복에 챙 없는 헬로 모자를 삐딱하게 쓰고 있었다. 두명은 백인이고 나머지 한명은 흑인으로 운전병이었으며, 조선인은 통역관인 듯했다. 백인 미군 두명은 뭔가를 계속 질겅질겅 씹고 있었다.

조무래기들은 연방 "할로 오케이! 만세!"를 외치면서 흙먼지 속을 달려 차 뒤를 좇아가고, 지프차의 미군들은 그 꼴이 재미있다고 경적을 빵빵 울리면서 낄낄댔다. 아이들을 꽁무니에 달고 운동장을 한바퀴 신나게 돌고 난 지프차는 느닷없이 학생들이 내다보고 있는 교실을 향해 들이받을 듯이 돌진하다가 창가 바로 앞에서 끼익 하고 급정거했다. 교실 옆 교무실에 있던 원장을 비롯한 교원 세 사람이 그들을 맞으러 서둘러 나갔다. 길 건너 조천 지서의 순경 세명도 허겁지겁 달려왔다. 지서 주임 김기호, 한쌍백과 신출내기 송광일이었다. 창세가 옆에 선 찬일의 옆구리를 팔꿈치로 툭 치면서 짓궂게 말했다.

"야, 찬일아, 저기 느네 성 왔져. 아따, 뛰기도 잘도 뛰네, 하하!

찬일이 자기 형을 놀린다고 눈을 흘겼다.

"미군정 경찰인데 할 수 없잖아, 씨!"

"하여간 느네 성이 순경 옷 입으난 막 멋지다야!"

이번엔 행필이 놀렸다.

지프차가 바로 코앞에 멈춰 미군들의 생김새를 잘 살펴볼 수 있었다. 대부분의 다른 학생들과 마찬가지로 창세도 백인과 흑인을 난생처음 보았다. 행필의 말대로 백인은 머리칼이 소꼬리 색깔처럼 노랗고 얼굴이 양초처럼 희었고, 눈은 깊숙하고 코는 길쭉했다. 흑인은 행필도 처음 보는 별종이었다. "와아, 까맣다! 숯 굽다가 나온 숯쟁이 닮았네. 혓바닥은 새빨갛고." 뒤따라 달려온 조무래기들이 약간 거리를 둔 채 모여 서서 "만세! 할로 오케이!"를 연발했다. 미군들이 허리에 찬 권총을 털썩거리면서 차에서 뛰어내렸다. 몸집이 엄청나게 컸다. 창가에 몰려 있던 학생들은 미군들의 그 괴상하게 생긴 모습에 압도되어 눈이 커졌다. 숨차게 달려온 세명의 순경이 미군들에게 절도 있게 팔을 꺾어 거수경례를 올려붙였다. 창세가 또 실실 웃으면서 약을 올렸다.

"야, 느네 성 거수경례 멋들어지게 하네!"

찬일은 자기 형이 미군들 앞에서 쩔쩔매는 꼴이 싫었던지 "에이, 씨팔!" 하면서 눈살을 찌푸렸다.

그때, 소문으로만 듣던 장면이 벌어졌다. 교실 안의 학생들과 운동장의 선생들, 순경들이 지켜보는 가운데 백인 한명이 "후레이! 후레이!" 하고 소리치면서 아이들을 향해 알사탕 두움큼을 휙휙 뿌렸다. 그러자 아이들이 달려들어 그것을 주우려고 땅바닥을 기는데, 그 장면을 향해 다른 미군이 연신 카메라 셔터를 눌러대는 것이었다. 참으로 보기 언짢은 장면이었다. 저런! 아이고! 학생들의 입에서 탄식 소리가 새어나왔다. 보다 못해 누군가 버럭 소리쳤다. “나쁜 놈들! 우릴 거지 취급하고 있어!” 창세도 부지중에 주먹이 꽉 쥐어졌다.

그날 교무실에서 관계 서류와 학습 교재를 제출받은 미군들은 학교를 떠나기 전에 학생들이 일차방정식 문제를 풀고 있는 교실로 들어왔다. 통역관을 앞세우고 무작위로 대여섯명을 선택해 책상 속을 뒤져 교재와 공책 따위를 검열했는데, 자치회장 김용철은 아끼는 책 『빈곤자의 이야기』를 압수당했다. 그 책을 불온서적으로 판단한 자는 물론 통역관이었다. 그날 미군의 돌연한 출현은 학생들에게 여러모로 적잖은 충격을 안겨주었다.

김용철 통역, 그 새끼 말이여, 알아보난 저기 함덕리 출신이랜. 나쁜 새끼! 남의 책을 함부로 압수해가고, 미국 놈 사냥개여!

학생 1 영어는 잘하데, 쏼라쏼라.

김용철 야, 넌 에이비시디 뒷다리도 모르면서 그 새끼가 영어 잘하는지 못하는지 어떵 아나? 그 새끼 영어 순 엉터리여. 일본군 군속으로 자바섬에서 영국 포로 감시하멍 귀동냥으로 배운 영어랜 하더라.

학생 2 하여튼 그 할로 오케이들 되게 괴상하게 생겼더라이.

학생 1 세상에, 그런 머리칼도 있나? 누런 보릿짚 색깔이더라.

학생 2 누리끼리한 것이 썩은 보릿짚 색깔!

학생 3 몸 냄새도 지독하더라! 토할 것 같았주. 어이구, 그 고약한 노린내!

학생 1 근디 그 사람들 입에 넣고 계속 씹어대는 거 뭣고?

학생 3 껌, 껌이란 거여.

학생 1 껌? 껌이 뭐라?

학생 3 사탕은 아니고, 그냥 씹는 거랜 하더라.

학생 2 하여간에 그렇게 덩치 큰 사람들 첨 봐. 난 이제 키가 자라서 우리 아방 키와 맞먹는데 말이여, 그 미국 것들한테는 내 키가 그 가슴팍 아래란 말이여, 거참!

학생 3 맞아. 그 사람들 얼굴을 보려면 고개를 뒤로 발딱 젖히고 올려봐사 하는디, 눈은 저 위에 있어 보이지 않고 큰 콧구멍 두개가 눈이 돼서 날 내려다보는 것 같더라니까, 낄낄낄!

학생 2 코가 크니까 콧구멍도 길쭉하더라야, 낄낄낄!

학생 1 눈알이 눈썹 밑으로 푸욱 꺼져 십리쯤 들어가고 말이야. 눈이 그렇게 깊어놓으니 눈물이 나도 거기에 고였다가 밖으로 떨어지려면 반나절은 걸리겠더라야, 낄낄낄!

학생 2 눈 색깔이 참 요상하더라, 한 놈은 노랗고, 한 놈은 파랗고. 사람 눈이 아니고 색깔이 꼭 고양이 눈 닮았주기. 나를 보는데, 나를 보는 건지 어디 딴 데를 보는 건지 모르겠더라니깐.

학생 1 맞아, 맞아, 사람 눈이 아니라 고양이 눈! 그런 눈으로 사람을 제대로 볼 수 있으카이? 아마 보이긴 해도 거꾸로 보일 거라.

김용철 그런 눈으로 어떻게 우리 조선 백성을 올바로 볼 수 있겠느냐 말이여!

학생 2 야, 느네들도 이 말 들었주이, 저기 저 면사무소 앞길에서 어떤 여자가 미군한테 당했다는 거? 미군 놈이 지프차 타고 가다가 지나가는 여자를 덥석 안아 들고 두바퀴 돌면서 입을 맞췄다는 거라. 그 바람에 여자가 넋이 나가서 새콧알할망당에서 넋들임 했댄.

학생 1 야, 그뿐인 중 아나? 길 가다가 미군한테 납치 당한 여자들도 있댄 하더라.

한편 연대 밑 바닷가에서는 양갑추네 동아리 해녀들이 이제 막 물질을 끝내고 뭍으로 나왔다. 파도가 거세져 더이상 작업을 할 수 없었다. 물에 젖은 흰 저고리와 검은색 고쟁이에서 바닷물이 줄줄 흘러내렸다. 불턱으로 몰려간 그들은 해물이 든 망시리를 내려놓고 서둘러 모닥불을 피웠다. 옷을 갈아입기 전에 몸을 덥히고 말려야 했다. 4월이지만 흐린 날씨여서 물에 젖은 몸이 오슬오슬 떨렸다. 말테우리 노릇을 하러 여러날 목장에 올라가 있던 안만옥도 그날은 오랜만에 그들과 어울렸다. 그들은 모닥불 주위로 서로 몸을 붙이고 둥그렇게 모여 앉았다. 막내 오숙희가 맨 나중에 물 밖으로 나왔는데, 나오면서 무거운 망시리를 어깨에 올려 메다가 물적삼 단추가 툭 떨어져 한쪽 가슴이 비어져나왔다. 그런 줄도 모르고 언 몸을 불에 쬐려고 허겁지겁 반달음질로 불턱으로 달려왔다. 갑추가 숙희를 보고 깔깔 웃었다.

“아이고, 저 비바리, 젖 나온 거 보라. 젖 나왔저!”

다른 여자들도 재미있다고 웃었다.

“아따메, 저 젖꼭지, 곱기도 하네. 아기 한번 못 먹여본

젖꼭지로구나."

"아이고메!"

숙희가 비명을 지르면서 터진 앞섶을 얼른 손으로 여몄다.

미리 집에서 가져온 조짚, 콩짚을 마른 해초와 함께 태워 모닥불을 만들었다. 여자들은 선 채로 불을 쬐면서 물에 젖어 찰싹 달라붙은 고쟁이를 잡아당겨 엉덩이 가운데 홈의 곡선을 지우고, 적삼 앞섶도 당겨 가슴의 윤곽을 지웠다. 강월아가 머리가 좀 아프다고 테왁을 베고 누웠다. 망시리 속의 채취물은 주로 미역과 소라였는데, 흐린 날씨에 물속이 어두워 많이 잡지 못했다. 그래도 갑추는 상군 해녀답게 문어 큰 놈을 한마리 잡았다. 문어의 굵고 긴 발 여덟개가 망시리의 그물코 여기저기로 빠져나와 꿈지럭거렸다. 바다에는 갈매기들이 수면을 스치며 날고 있었다.

"하이고, 안녕들 하시우꽈? 나 왔수다."

등짐을 진 행상 아주망이었다. 한달에 두번쯤 찾아오는 그 아주망은 서쪽 화북리에서 시작해 저 멀리 동쪽 종달리까지 해안선을 따라 이 마을 저 마을의 불턱을 찾아다니면서 해녀들에게 무명을 팔았다. 그녀가 등짐을 벗어 작은 바위 위에 내려놓는데 보니 넉자짜리 무명 넉장이 차곡차곡 포개져 있었다. 중산간 마을 여자들이 베틀에서 짠 거친 무명이었다. 모두들 무명 끝자락을 펼쳐 만지작거리면서 흥정을 벌였다. 무명을 쓰다듬던 막내 숙희가 무심코 중얼거렸다.

"아따, 이 무명 참 좋다! 기저귓감 하면 좋으켜."

모닥불에 말린 머리를 소라 알맹이 모양으로 뱅뱅 말아 똬리를 틀어 비녀를 꽂던 고염숙이 그 말을 듣고 웃으며 짓궂게 한마디 했다.

"하이고, 요 비바리 하는 말 들어봅서. 이 무명천으로 아기 기저귓감 하면 좋겠댄 햄수다."

"홈마, 홈마, 이 아이가 시집가기도 전에 기저귀 타령부터 하네!"

만옥이 맞장구치자 모두들 깔깔 웃었다. 얼굴이 빨개진 숙희가 심통이 나서 입을 삐죽 내밀었다.

"웃지들 맙서, 내 참! 거 무슨 말을 못 하겠네. 나, 다음 달에 시집감수다!"

"어, 참말로? 날 잡았어? 무사 지금까지 말 안 했? 다음 달 언제라?"

"그러잖아도 오늘 그 말을 하젠 했는디…… 음력 4월 10일이우다. 어제 결정 봤수다게."

"아이고, 잘됐져!"

"저 아인 엉덩이 크니깐 아기도 잘 낳을 거여."

"여잔 엉덩이가 커야 좋아. 그래야 아기를 잘 낳고 등짐도 잘 받쳐주주. 숙희야, 시집강 아기 펑펑 많이많이 낳으라이!"

갑추가 그렇게 말하자 웃음을 참지 못한 만옥이 자지러졌다.

"펑펑? 아이고, 우스워! 아기를 펑펑 많이많이 낳아마씸? 고사폰가, 펑펑? 아이고, 우스워 죽겠네."

모두들 깔깔 웃었다. 고쟁이 바람에 돌을 깔고 앉은 숙희가 몸을 사렸다.

미군들이 나타난 것은 바로 그때였다. 학교 시찰을 마친 그 미군들이었다. 불턱을 가린 큰 바위 뒤에서 큰 몸집을 드러낸 세명의 미군들과 통역관이 히물히물 징그러운 웃음을 입에 물고 불턱 안을 들여다보았고, 그중에 카메라를 가진 자가 반라의 여인들을 향해 연방 셔터를 눌러댔다. 함덕리 출신의 통역관이 사뭇 명령조로 말했다.

"이 귀한 분들이 해녀 물질을 보고 싶다고 해서 모시고 왔소. 그러니 다시 물에 들어가서 멋있게 자맥질 한번 보여주시오!"

"안 됩니다. 우린 작업이 다 끝났수다."

갑추가 단호하게 거절했다.

그 말을 전해 들은 미군들이 서로 마주 보며 끼들끼들 웃더니, 어쩌자는 셈판인지 갑자기 바위를 넘어 불턱 안으로 뛰어들었다. 반라의 해녀들이 화들짝 놀라 비명을 지르면서 한쪽으로 몰려가 몸을 웅크렸다. 무서웠다. 만옥은 등허리에 뱀의 혓바닥이 스치고 지나간 듯 소름이 쫙 끼쳤다. 재작년에 그 자리에서 일본인들한테 급습당했던 일이 떠올랐다. 여자를 사냥해 군대에 위안부로 팔아먹는다고 했다. 미군들도 지프차를 타고 가다가 길 가는 젊은 여자를 납치한다는 소문이 있었고, 실제로 면사무소 앞에서 어느 처녀가 그렇게 당했다고 들었다. 그녀는 미군이 달려들어 와락 껴안고 두어바퀴 돌리는 바람에 까무러치고 말았는데, 까무러쳤으니 망정이지 그러지 않았으면 납치당하고 말았을 거라고 했다. 그 때문에 그녀는 넋이 나갔고, 심방을 불러다 굿을 해보았지만 낫지 않고 지금도 시름시름 앓고 있다고 했다. 그런 생각들이 빠르게 모두의 머릿속을 스쳤다.

그때 갑추가 소리쳤다.

"모두 물에 뛰어들라!"

해녀들이 황급히 내달려 바닷물에 뛰어들었다. 뒤에서 미군들이 휙휙 휘파람을 불면서 뭐라고 연신 소리를 질러댔다. 여자들은 100미터쯤 떨어진 곳, 수면 위로 솟아 있는 새똥여로 헤엄쳐 갔다. 재작년에 일본인들에게 쫓겨 피신했던 그 바위였다. 다섯 여자는 새똥여에 올라 서로 몸을 붙이고 웅크리고 앉았다. 때마침 하늘 한쪽에서 구름이 걷히면서 반짝 해가 나타났다. 햇볕이 물에 젖어 떨리는 몸을 따뜻하게 감싸주었다. 미군들이 불턱을 떠나는 것이 보였으나, 어떨지 몰라 좀더 기다려보기로 했다. 난생처음 보는 별종의 인간들에게 무척이나 놀란 그들이었다.

"그 하얀 코쟁이들 되게 무섭게 생겼더라! 키가 엄청 크고 눈은 파랑, 머리는 노랑."

"이 세상 사람이 아닌 것 같더라."

"저것들, 사람이 아니라 도체비(도깨비)여, 도체비!"

"흑인도 무섭더라, 불에 탄 낭토막같이 얼굴이 시커멍한 것이!"

"하이고, 이거 무슨 꼴이고? 재작년엔 왜놈들한테 쫓겨 이 바위에 오더니, 이번엔 미국 놈들이여!"

영미야, 창근아, 그런디 그날 그 미군들 말이여, 연북정 앞에 세워둔 지프차로 돌아가다가 또 한번 지랄을 쳤어. 조선인들 생활 풍습을 구경한답시고 연북정 근처 아무 집이나 골라 불쑥 들어갔는디, 아, 글쎄, 그중 한 놈이 통역관이

랑 함께 군화를 신은 채 마루까지 쳐들어갔더라는 거여. 그 때 그 집의 젊은 아주망이 마루에 누워서 아기에게 젖을 먹이고 있던 참인디, 흙 묻은 군홧발로 마루를 쾅쾅 찍으며 들어오니 너무 놀라고 황당할 거 아니라. 그래서 "이거 뭐우꽈? 신 벗고 들어옵서! 군홧발로 이 아기를 밟으려고 햄수과?" 하고 항의했더니, 조선말 모르는 미군을 대신해서 통역관이 군홧발로 그 아주망을 걷어차더란 거여. 개아들 놈의 새끼!

개교한 지 열흘도 지나지 않아 행필이 주간반에서 야간반으로 옮겨갔는데, 졸지에 부친이 세상을 뜬 뒤로 집에 일손이 모자랐기 때문이었다. 모친이 두어번 수업 시간에 나타나 밭에 가자고 교실 밖으로 불러내는 일을 겪은 뒤로는 어쩔 수 없이 낮에는 일을 해야 했다. 죽은 아비를 대신해 그가 밭에 쟁기를 꽂아야 했다. 행필이 창세에게 말했다. "우리 누나는 시집가고 집에는 어머니뿐인디, 여자가 무슨 힘이 있나? 남자는 나 혼자뿐, 아버지를 대신해서 나가 밭일을 해사주. 왕눈아, 느도 집에서 느 혼자 남자 아니냐? 그러니까 느도 책임이 크다이. 알았주이?"

미군들이 불시에 학교에 쳐들어온 이튿날, 행필은 돌아가신 부친을 대신해 난생처음 쟁기질을 했다. 그날은 날씨가 화창했다. 일을 시작하기 전에 먼저 밭 한쪽 구석에 자리 잡은 부친의 봉분에 엎드려 절했다. 아래만 갈옷 바지를 입었을 뿐 위는 학생복 그대로 검정색 상의에 교모를 쓴 차림새였다.

간밤에 온 비로 촉촉하게 젖은 땅은 마침 쟁기 꽂기가 좋았다. 아침에 시작한 쟁기질이 오후로 접어들자 지치고 따분해졌다. 비석거리 철봉대에서 단련한 근육이지만 처음 하는 일인데다 돌이 많은 밭이라 무거운 쟁기를 다루기가 쉽지 않았다. 땅속의 돌멩이나 억센 풀뿌리에 걸릴 때마다 쟁기 날이 부러질까봐 멈칫거렸고, 날이 너무 깊게 들어가지 않도록 계속 신경 써야 했다. 너무 깊게 쟁기질하면 소가 빨리 지친다고 아버지는 말했었다. 한 이랑을 일구고 나서 다른 이랑으로 옮아갈 때 무거운 쟁기를 들어 방향을 바꾸는 일도 힘들었다.

힘든 것보다 더 견디기 어려운 것은 적막감과 지루함이었다. 혼자서 말 한마디 않은 채 쟁기를 잡고 서쪽 밭담과 동쪽 밭담 사이를 왕복하는 일이다보니 심심하고 지루할밖에. 네시간쯤 왔다 갔다 했으니 일주도로 한길을 걸었다면 삼십리 떨어진 읍내에 갔다 올 만한 시간이었다. 쟁기를 끄는 소한테 말을 걸 수도 없고, 무료한 마음을 달랠 거라곤 하늘에 뜬 구름이나 솔개, 쟁기로 파놓은 고랑에 꿈틀거리는 굼벵이, 지렁이, 땅강아지 따위와 그것들을 쪼아 먹으려고 날아드는 까마귀들뿐이었다. 갈아놓은 이랑은 겉 부분이 햇볕에 마르면서 짙은 갈색에서 옅은 갈색으로 변하고 있었다. 그때 꿈결인 듯 아버지의 목소리가 들려왔다. "행필아, 힘들지야? 첫해라 힘든 거다. 처음엔 서툴러서 쟁기가 무겁게 느껴지지만, 내년이면 익숙해질 거여. 쟁기 손잡이가 손에 길들여지면 흙도 느 손에 길들여지고, 소도 말도 느 손에 길들여지는 것이다." 예예, 알았수다, 아버지! 행필이 고개를 주억거렸다. 그렇지! 쟁기질을 잘할 줄 알아야 진짜 사내지! 행필은 쟁기 손잡이를 더욱 힘주어 잡으면서 소를 다그쳤다.

"화앙! 머식게! 어려려, 허잇! 어서 가자!"

쟁기 날 양옆으로 흙 넘어가는 부드러운 소리와 함께 흙냄새가 향긋하게 풍겨왔다. 맨발에 밟히는 흙은 살결처럼 부드러웠다.

그때 적막을 깨뜨리며 창세가 나타났다.

"어험, 왕돌이 성, 나여, 나! 그사이 몸 성히 강녕하셨는가? 핫핫핫!"

"이크, 깜짝이여! 어허, 왕눈이네. 으흠, 이 몸은 옥체

만강하시다만, 무슨 일로 왔는가? 하하!"

무료해서 죽을 맛이던 행필이 너무 반가워 허우덩싹 함박웃음을 지었다.

"성이 쟁기질한다니까 응원하레 왔주게. 왕돌이 첫 쟁기질하는 날인데 왕눈이 안 오면 되나, 핫핫핫! 흠, 응원가 부를 테니 들어봐. '삼천리강산에 새봄이 왔구나 왕돌이가 밭을 갈고 씨를 뿌린다.'"

"야, 그 곡조, 「적기가」 아니냐? '비겁한 자야 갈 테면 가라 우리는 붉은 기를 지킨다……'"

"성, 요새 「적기가」를 가사 바꿔 부르는 거 몰라? '삼천리강산에 새봄이 왔구나 농부는 밭을 갈고 씨를 뿌린다.'"

"어허, 그거 재미있네!"

"성이 우리 모임에 안 나타나서 세상 돌아가는 걸 모르는 거라."

"난 농사일이 바쁘니까. 그래서 학교도 주간에서 야간으로 옮긴 거 아니가. 일을 해야기 때문에 그런 모임에 나가 놀 틈이 없어."

"노는 게 아니라니까. 책 읽고 토론하고……"

"하여간 난 바빠서 안 되여. 우리 밭 다 갈면, 처갓집 밭도 갈아주어사 하거든."

"뭐, 처가?"

"처가도 모르냐?"

"숙희 누이네? 하지만 아직 장가도 안 갔잖아. 장가를 가야 처가가 있는 거주."

"으흠, 그저께 확정했어. 다음 달, 음력 4월 10일! 그날 혼인식을 올리기로 했단 말이다."

행필이 혀로 입술을 핥으면서 씽긋 웃었다. 창세가 환호성을 질렀다.

4월 초에 안만옥의 애마 자청비가 새끼를 낳았다. 망아지는 어미를 닮아 콧등에 흰 줄이 있고 털빛이 붉은 적다마였다.

1946년의 봄은 모두에게 새 희망의 봄이었다. 빼앗겼던 진뜨르 땅에 다시 농사를 짓게 되고, 자력으로 중학원을 세운 마을 사람들의 마음은 밝은 미래에 대한 꿈으로 한껏 부풀어 있었다. 그러나 5월에 들어서면서 어두운 그림자가 드리웠다. 가뭄이 예상 외로 오래 계속되었던 것이다. 보리 이삭이 패는 5월 초가 되어도 비 소식이 없었다. 소소한 봄 가뭄은 으레 있는 것이지만 그렇게 비 한방울 없이 한달 이상 계속되기는 드문 일이었다. 가뭄

타는 보리밭은 목말라하는데 밭담 가의 찔레 덤불은 도리어 기세등등 흰 꽃무더기를 흐드러지게 피워놓아 대기가 꽃 냄새로 묵직하게 느껴졌다. 찔레꽃 냄새가 강한 햇빛과 뒤섞여 어지럼증을 일으킬 정도였다.

그 무렵 정두길은 친구의 혼인 잔치에 가서 오래간만에 술을 마셨다. 신랑이 얼마 전에 좋은 직장을 구했고 게다가 예쁜 각시를 얻을 수 있었으니 그만하면 마을의 청년들이 부러워할 만한 혼사였다. 귀향민 오만명이 들어와 취직난이 극심해진 상황에서 읍내 금융조합에 서기로 취직한다는 게 어디 쉬운 일인가. 혼인 잔치에서 술을 몇잔 마시고 발동이 걸린 정두길은 문상옥, 부대림, 양순태, 고승우, 초짜 순경 송광일과 함께 더 마시기 위해 비석거리 리베라 상회로 몰려갔다. 문상옥은 전과 마찬가지로 10톤짜리 통통배로 화물 운송업을 하고 있었고, 양순태는 어업조합 서기로 들어갔고, 돛배를 소유한 고승우는 고기잡이를 했다.

정두길은 침침한 가게 안으로 들어가기 전에 잠깐 멈춰 서서 해묵은 팽나무가 붉은 노을빛 배경에 검은 실루엣으로 서 있는 아름다운 정경을 감탄하면서 바라보았다. 아름다운 것을 보면 반사적으로 떠오르는 얼굴! 따알리아는 지금쯤 병원에서 퇴근해서 무엇을 하고 있을까? 노을빛에 물든 앞바다에 통통배 한척이 꽁무니로 황금빛 물이랑을 일으키면서 서쪽을 향해 가고 있었다.

주인 장영발이 박털보와 마주 앉아 이제 막 술을 시작하다가 환성을 지르며 그들을 맞았다. 그들은 목로 양옆의 송판때기 긴 의자에 비좁게 엉덩이를 붙이고 앉아 장영발이 공짜로 내놓은 소라 통조림을 안주로 막소주를 마셨다. 통조림 공장 일본인 사장이 떠나면서 남기고 간 소라 통조림들이 아직도 덜 팔린 채 남아 있었다. 날이 저물고, 석유램프에 불이 켜졌다. 까마귀 죽지같이 검고 긴 머리의 마흔한살 장영발이 앞에 나란히 앉은 스물여덟살 문상옥과 스물두살 양순태를 번갈아 바라보면서 물었다.

"느네 대장 요새 어떵 지냄시니?"

양순태가 말을 받았다.

"우리 대장? 누구 말이우꽈?"

"이민하 말이다."

문상옥이 대답했다.

"아, 예, 그 성님은 읍내에서 눈코 뜰 새 없이 바쁜 모냥입디다. 무슨 조직체를 만든다고……"

양순태가 술잔을 쪼옥 소리 나게 빨아 마시곤 진저리

를 쳤다.

“어이구, 오래간만에 먹으난 술맛 좋수다!”

“저 녀석 좀 봐. 여자 입술 빨듯이 술잔을 빠네. 하는 꼴 보니 느도 빨리 장가가야지?”

박털보가 웃으면서 말했다.

이번에는 고승우가 술잔을 들고 쪼옥 들이켰다. 검은테 안경의 올빼미 눈이 술이 들어가자 더욱 똥그래졌다. 그가 붕대 감긴 검지손가락을 까딱거리면서 말했다.

“거 술맛 참 좋다! 세상사는 치사하고 술맛은 좋다, 이거우다, 하하하! 거시기, 수수께끼 하나. 술은 술인디 못 먹는 술은 뭐우꽈? 몰라? 하하, 술은 술인디 못 먹는 술, 아, 그거 기술 아닙니까? 나가 철공 기술을 배우젠 일본에 갔단 손가락 잘라먹는 바람에 기술은 못 배우고 홧김에 술만 배우다 왔단 말이우다. 번듯하게 철공소 하나 지으려고 했는디, 하하하!”

장영발이 엉덩이로 옆 사람을 밀어 자리를 내면서 벽에 기대고 서 있는 송광일을 불렀다.

“야, 광일아, 이리 오라. 다리가 불쌍하지도 않애? 여기 왕 앉으라.”

“비좁은디 뭐, 난 됐수다.”

“역시 옷이 날개여. 경찰 제복 입으난 막 멋들어 보염져. 놋쇠 단추가 줄줄이 달렸네."

고승우가 부러운 듯이 말했다. 송광일은 놋쇠 단추가 다섯개씩 두줄이 달린 검정색 제복에 빵빵하게 쇠테를 넣은 정모를 쓰고 있었다.

"야, 광일이, 여기 왕 앉으라야. 경찰 옷 입고 그렇게 뻣뻣하게 서 있으니까 꼭 우릴 감시하는 것 닮다."

양순태가 비아냥거리자 송광일이 마지못해 끼어 앉았다.

그들은 술이 어지간히 들어가자 으레 그렇듯이 정치 논쟁에 열을 올렸다. 막소주가 불쏘시개가 되어 논쟁을 뜨겁게 달궈주었고, 간간이 즐거운 농담도 끼어들었다.

양순태 그런디 보리농사가 큰 걱정이우다. 비 안 온 지가 벌써 한달째 아니우꽈.

부대림 실업 문제도 큰일이주. 귀향민 오만명이 왈칵 들어왔는디, 일자리가 없단 말이여. 친일파 놈들이 다시 들어가 자리를 꿰차고 앉았으니. 개새끼들!

정두길 배신자들이여, 배신자! 친일파라도 죄질이 좀 가벼우면 우리가 군소리 없이 받아주지 않았수과. 그런디 허 참, 그자들이 인민위원회에 들어와서 같이 일하는 척하더니, 미군정이 부르니까 얼씨구나 하고 달려가버렸단 말이우다.

박털보 (텁석부리 검은 수염 속에서 이를 하얗게 드러내면서) 진짜 배신자는 미군정 양키들이주. 우리가 철석같이 믿었는디, 우릴 배신한 거라. 미군정은 친일파 중에도 악질분자를 더 좋아해. 악질일수록 일을 잘한다고 대환영이라네!

문상옥 왜놈들이 했듯이 양키 놈들도 친일 악질분자를 앞세워 우릴 탄압하려는 거주.

박털보 (웃으면서 장난으로) 하하하! 야, 상옥아, 넌 코가 커서 별명이 '할로 오케이' 아니가. 코 큰 놈이 코 큰 족속을 욕하네,

문상옥 (화난 목소리로) 거참, 털보 성님, 이젠 그 별명 부르지 말랜 나가 말했잖수과!

박털보 흐흐흐, 알았져.

부대림 짝귀, 그 악질 새끼도 읍내 경찰서에서 승진핸 무슨 계장 노릇 한댄 하는디……

고승우 거시기, 그 새끼가 우리한테 당한 거 분풀이를 하젠 이를 갈고 있을 거여. 미군정을 등에 업고서 말이여.

박털보 (눈썹을 꿈틀거리며) 무스거, 분풀이? 감히 제가 우리한테 덤벼?

부대림 요사이 갑자기 읍내에 우익단체들이 네댓개

생긴 모냥입디다.

문상옥 미군정이 그놈들을 키우고 있주. 이것저것 이권을 막 몰아주면서!

장영발 (웃는 얼굴로) 하하하, 그런디 자네들, 이 이야긴 못 들었을 거라이. 바로 그저께 일어난 일이주. 나가 기자라 소식이 빠르잖아. 읍내 칠성동 상점가에 그런 단체들이 사무실을 내어 간판을 걸어놨는디, 그 간판들이 밤중에 봉변을 당했다는 거라. 밤중에 누군가가 몰래 그 간판들을 바꿔치기해버렸댄. 나무 간판이라 대개 못에 걸어놓기 때문에 떼기 쉽지 않은가? 그 간판들을 떼어다가 멀리 떨어진 상점들 간판하고 바꿔치기했단 말이여. 그러니 그 사람들이 아침에 사무실에 출근해서 얼마나 황당했을 거여. 사무실 간판이 죄다 무슨 푸줏간, 무슨 철물점, 무슨 청요릿집으로 되어 있으니 말이여, 하하하!

"와아, 누군가 기발하게 장난쳤네!" "기똥차네!" 모두들 눈이 휘둥그레져 감탄사를 연발했다.

양순태 (표정을 굳히면서) 그거 그냥 웃고 넘어갈 일이 아닌 것 같수다. 문제는 미군정을 지지하는 세력들이 나타났다, 이거 아니우꽈?

장영발 하여간에 지금은 과도기여. 우리나라가 장차 어떻게 될지 몰라. 말의 갈기가 어릴 때는 꼿꼿하게 서

있지만 나중에 자라면서 어느 한쪽으로 눕는디, 그것이 왼쪽으로 누울지 오른쪽으로 누울지 모른단 말이여. 왼쪽이냐 오른쪽이냐, 좌파가 이길 거냐 우파가 이길 거냐……

문상옥 그러니까 이 과도기를 우리 것으로 만들어사 합니다, 투쟁해서! 참, 승우야. 우리 독서회에 좀 나오라야. 새 시대 일꾼이 되기 위해서는 사상서 공부가 필수여. 『자본론』도 읽고, 『빈곤자의 이야기』도 읽고……

고승우 아이고, 미안하우다. 거시기, 난 워낙 공부에 취미가 없고예, 공부하젠 하면 머리만 아파마씸.

박털보 (귓바퀴에 끼웠던 담배 개비를 빼 입에 물고) 상옥이 넌 나보고도 『자본론』을 안 읽는다고 흉보는 모냥인디, 나가 왜 안 읽어, 읽어봤주. 나가 이래도 돌대가리는 면한 사람이여. 그런디 말이여, 무정부주의는 읽기 쉬운디, 그쪽 책은 읽어도 머리에 잘 안 들어오더라. 하지만 읽지 않아도 나가 알 건 다 알아. 미군정 하는 일이 뭐뭐가 나쁘다는 거 다 알아. 그러면 되는 거 아닌가? 지금 상황이 뻔한디 무슨 사상을 따져? 지금 당장 코앞에 닥친 문제는 바로 미소 양군 철수가 아니냐, 이 말이다. 느처럼 말을 멋지게 하기 위해서 『자본론』을 읽어야 하나? 그거 다 뜬구름 구워 먹는 소리여.

문상옥 아, 털보 성님, 사상 없이는 싸움에서 한발짝도 전진하지 못한다는 거 모르우꽈? 이론 없이 바른 실천 없는 거주! 사회주의는 모든 노력이 평등하게 보상받는 그런 사회를 지향하는 사상이우다. 사회주의는 가난한 사람들을 위한 사상이고 가난을 없애는 방법은 사회주의밖에 없다, 이거우다.

양순태 (맞장구치면서) 예, 공동생산, 공동소유!

부대림 하지만 상옥이 성님, 그런 세상이 참말로 있으카마씸? 그 사상이 너무 근사해서 거짓말 닮수다마.

박털보 (혀를 끌끌 차며) 야, 할로 오케이, 너무 사상 좋아하지 마라.

문상옥 (화를 내며) 성님, 이젠 그 별명 부르지 말랜 했잖수과!

양순태 (선언하듯이) 공장은 노동자에게! 토지는 농민에게! 공동생산, 공동소유!

고승우 (농담조로) 공동생산? 공동소유? 거시기, 모든 걸 나눠 가지라고? 모두 똑같이 한솥밥 먹어? 게민, 마누라도 나눠 갖는 거여? 난 그건 못 해여. 내 마누라는 나만 가져야 해, 하하하!

양순태 (화가 나서) 너 시방 날 놀리는 거냐?

고승우 아니, 농담도 좀 못 하나?

정두길 순태 너는 박헌영파지만 난 여운형이 맘에 들어. 그가 말하는 좌우합작에 나는 찬성이여.

부대림 나도 여운형이 좋아. 한독당 김구 선생의 노선도 좋아 보이고.

박털보 미국이나 소련이나 우리에겐 해방군이 아니라 훼방꾼이여. 독립의 훼방꾼!

양순태 하아, 해방과 훼방! 거참 딱 맞는 말이네예. 해방군이 아니라 훼방꾼!

정두길 그래서 온 나라 온 백성이 이렇게 외치는 거 아니우꽈? (구호를 외치듯이 큰 소리로) 미국을 믿지 말고, 소련에 속지 말고, 조선 사람 조심하자!

장영발 옆에 끼어 앉은 송광일은 이제껏 말이 없고, 술이 약한 부대림은 앉은 채 꾸벅꾸벅 졸기 시작한다.

양순태 (말없이 술만 홀짝거리고 있는 송광일에게) 어이, 순경, 이녁도 뭐라고 한마디 해봐. 꾸어다놓은 보릿자루마냥 앉아서 왜 말이 없냐?

송광일 허 참, 꾸어다놓은 보릿자루가 뭐 특별히 할 말이 있나, 하하하! 글쎄, 뭐, 내 생각에는…… 미국, 소련 두 나라가 지금 미소공동위를 통해서 우리나라 독립을 의논 중에 있고, 서울에서도 민족지도자들이 서로 만나 의논 중이고, 그러니 잘되지 않으카?

양순태 (어이없다는 듯이) 너, 그걸 믿나?

송광일 게민, 믿어사주 어떵 하나?

양순태 야, 송광일, 미군정 꼬붕!

송광일 뭐, 미군정 꼬붕? 이 새끼가!

양순태 어이쿠, 요놈의 주둥이, 또 실수했네. 어어, 미안, 미안!

정두길 야, 광일아, 참아라! 순태, 느가 잘못했다. 조금 있으면 새 나라 민주 경찰이 될 사람한테 그런 말 하면 안 되주기.

박털보 어이, 상옥이, '공장은 노동자에게! 토지는 농민에게!' 그거 좋은 말이긴 한데, 우리 제주도 실정에 맞는 소리도 좀 해보라게. 그 말은 우리 제주도엔 맞지 않아. 우리 제주도는 공장도 없고, 농민 대부분이 자작농이란 말이여, 자작농! 소작농이 없어. 여기는 육지부와 달리 빈부격차가 별로 없는 곳이여.

문상옥 (비웃으며) 평등? 그건 가난의 평등일 뿐이우다!

박털보 상옥이 너 자꾸 사상, 사상 하는디, 사상은 너 같은 멋쟁이나 하는 놀음이여. 사상이 뭐 밥 먹여주나? 곡식은 사상이 키우는 게 아니여. 곡식을 키우는 건 그런 거창한 사상이 아니라 적당한 햇빛과 비, 그리고 사람의 손이여. 장발이 성님, 그렇지 않우꽈?

문상옥 (비아냥거리면서) 또 무정부주의 타령이네.

박털보 (혀끝을 내밀어 콧수염을 핥고는) 난 장발이 성님의 무정부주의가 마음에 들어. '우리는 북조선도, 남조선도 아니고 제주도다'라는 말이 난 좋아. 작년에 삼팔선이 그어진 직후에 일본에서 귀향민이 들어올 때 맥아더 사령부가 물었주, 남과 북 중에 어느 쪽으로 가겠느냐고. 그때 우리 제주 백성들은 이렇게 대답했주. '우리는 북조선도, 남조선도 아니고 제주도다!'

고승우 맞수다! 우리 제주도는 북조선도 아니고 남조선도 아니고 거시기, 바로 우리 자신입주. 장발이 삼춘, 이 과도기를 이용해서 우리 제주도가 육지부로부터 독립해사 되는 거 아니우꽈?

양순태 야, 올빼미, 제주도 독립? 야가 또 미친 소리 하네!

문상옥 (냉소적으로) 제주 독립? 미친놈이나 할 소리주. 저번에 읍내에 갔더니 어떤 정신이상자가 동문시장 앞에 서서 '제주도는 독립해야 된다!' 하고 외치고 있더라. 거의 매일 그런다는 거여.

박털보 나도 정신병에 걸린 그 청년 얘기를 들었주. 허허, 제주 독립이라. 물론 엉뚱한 소리주. 하지만 상옥이, 그게 비웃을 일은 아니지 않은가? 우리 제주도민은 대부분 '우리는 북도 남도 아니고 제주도다' 하고 생각하는 사람들 아닌가.

정두길 나도 저번에 읍내에 갔을 때 그 청년을 봤수다. 그 청년이 읍내 명물이 되어 있습디다. 입은 옷도 깨끗하고 용모도 단정하니 멀쩡하게 보였어마씸. 제주도는 독립해야 된다고 외치는디, 그 외침이 이상하게 내 가슴을 저릿저릿하게 만듭디다. 다른 행인들도 말은 없었지만 무슨 어려운 질문을 받은 것처럼 어리둥절한 표정이었고.

장영발 지금 이 과도기에 우리 도민들은, 독립은 못 하더라도 행정적으로 전라남도에 예속된 현재의 상황에서 벗어나고 싶은 거여. 잃어버린 자치 공동체를 회복하고 싶은 거라.

박털보 성님, 그 자치 공동체 이야기를 좀 해줍서.

장영발 자네도 제주 공동체에 대해서 연구하지 않았는가. 자네가 말해보게나.

박털보 아이, 성님도! 난 초보 아니우꽈게, 말주변도 없고. 성님이 말해줍서.

문상옥 아이고, 장발이 삼춘, 또 그 무정부주의 얘기할 거우꽈? 이제 무정부주의는 작년에 울던 매미가 되어부렀는디……

박털보 (화를 내며) 이놈, 어른한테 말하는 본새 보라! 너, 어디서 배워먹은 버르장머리냐? 삼춘 앞에서, 무스거? 작년에 울던 매미?

문상옥 (얼른 꼬리를 내리면서) 아이고, 죄송하우다! 꼭 그런 뜻은 아니고예……

장영발 허허, 상옥이 말이 틀린 건 아니주. 무정부주의는 작년에 울던 매미 신세가 돼버린 게 사실이여. 나는 다만 그 자치주의 정신은 지금도 이 제주 땅에 살아 있다고 말하고 싶은 거주. 국가 속의 자치 공동체! 그 정신은 죽지 않아. 결코 죽지 않아! (이마에 깊은 골을 만들면서) 물론 제주도 독립은 불가능한 일이주. 그러니 그걸 정치적으로 주장한다면 미친놈의 미친 소리가 되는 거여. 그런디 우린 무슨 본능처럼 은연중에 마음속으로 그것 비슷한 걸 생각한단 말이여. 왜 그럴까? (양미간을 모아 심각한 표정을 지으며) 나가 왜 그런지를 생각해봤주기. 제주인의 성격이 유별나다는 걸 난 일본에서 고학하면서 노동운동 할 때 알았어. 남과 비교해보지 않으면 자기 자신을 잘 모르잖는가. 노동현장에서 보니까, 일본 노동자들은 순종적인 데 반해서 우리 제주 출신들은 결코 고분고분하지 않더란 말이여. 우리 제주인은 성질이 좀 거칠고 완강해. 사람은 자기가 태어난 산천을 닮는다고 하는디,

우리 제주도가 바람 많고 돌투성이에 거친 화산섬이라 그럴까? 그럴지도 모르주. 그리고 제주 출신은 단결심이 좋았어. 똘똘 뭉쳐 있었주. 바로 그런 단결심이 그 많은 노동쟁의를 조직적으로 전개할 수 있게 만든 거여. 제주인은 집단으로 사고하고, 집단으로 행동하는 것에 익숙하거든.

박털보 (감탄하며) 집단 사고, 집단 행동!

장영발 그런 관념은 우리 조상으로부터 유전된 거여. 우리의 정신 깊은 곳에는 우리 자신보다 더 오래된 조상의 것이 박혀 있단 말이여. 정신 속의 굳은살이라고나 할까. 먼 조상, 탐라국 때부터 우리의 정신 속에는 그런 관념이 박혀 있었던 것 같아, 마음속 굳은살처럼! 우리는 아직도 탐라인인 거여. 탐라가 국호를 잃고 고려에 강제로 복속된 이래로 우리 조상은 중앙 권력으로부터 심한 박해를 받아왔주. 오죽 심하게 당했으면 후손인 우리의 정신 속에 그런 관념이 유전되었겠는가? 그래서 우리 제주인은 먼 옛날부터 권력의 지배를 받기 싫어했어.

정두길 예, 마음속 굳은살!

장영발 으음, 호종단 전설, 자네들 다 알지? 술사(術士) 호종단이란 놈이 고려 왕의 명령을 받들고 내려와서 제주 산천의 수많은 수맥을 잘라버렸다는 이야기.

문상옥 그래서 우리 제주에 물이 귀하고 냇물이란 냇물은 다 말라 마른 내, 건천이 되어부렀주마씸.

장영발 아니, 그 물들은 말라서 없어진 것이 아니여. 호종단을 피해 지하로 숨어든 거여! 지하에 수많은 물줄기, 수맥들이 있주. 지하에 숨어서 흐르는 거라. 지하에서 멀리 해변까지 흘러가서, 거기서 용천수가 되어 지상으로 솟아오르는 거주.

양순태 아하, 그러니까 우리 제주에서는 냇물이 지상에서 흐르는 것이 아니고 지하에서 흐른다, 이거네예! 그거참 재미있네예!

장영발 그런디 수맥은 혈맥이기도 하주. 무슨 말인고 하니, 잘 들어봐. 호종단 전설은 탐라가 국호를 잃고 고려에 강제로 복속당한 직후의 정황이 담겨 있어서 흥미로운데, 그후에 나라를 잃은 데 불만을 품은 민란이 몇번 크게 일어났거든. 그러자 고려 왕이 제주 산천의 혈맥을 몰래 끊어버리라고 호종단을 제주에 파견했던 거라. 그 놈이 제주에 들어와 암행하면서 제주 산천의 그 수많은 혈맥을 잘라버렸단 말이여. 수맥이 바로 혈맥이여. (술잔의 술을 입에 탁 털어놓고는) 제주 산천의 혈맥을 자른다, 단혈(斷血)한다, 흠, 이것이 무슨 뜻인가? '신토불이'란 말, 자네들도 들어봤을 거라. 또, 사람은 산천을 좇아 태어난다는 말도 있주. 사람과 땅은 둘이 아니라 하나라는 말이여. 우리 몸은 제주 땅의 일부란 말이주. 그러니까 제주 산천의 혈맥들을 단혈한 목적은 제주 땅에서 비범한 인물이 솟아나지 못하게 하자는 것이었주. 비범한 인물이 나오면 민란을 일으켜 왕에게 대든다고 해서 말이여. 그런 민란을 이끄는 자를 장두라고 했주.

고승우 예, 장두! 장발이 삼촌, 그 이야길 해줍서, 장두 이야기!

장영발 그거사 뭐, 다들 들어서 대충 알지 않는가?

송광일 그래도 공동체 이야기는 그걸 연구한 무정부주의자의 목소리로 들어사 실감이 납주.

장영발 (목소리를 가다듬고 격앙된 어조로) 그래, 제주 공동체, 제주 코뮌! 중앙 권력의 지배 없이 우리끼리 평화롭게 살고 싶다는 생각! 그런 관념은 먼 옛날 탐라국이 망한 뒤 망국한처럼 유전되어왔을 거여. 고려 왕과 조선 왕은 총독을 파견해서 식민지 제주도를 다스려왔주. 이전 시대에는 총독을 목사(牧使)라고 했주. 왕실과 중앙 권력은 호랑이처럼 무서웠고, 그 사나운 권력 밑에서 섬 백성들은 허구한 날 진상과 병역의 무거운 짐을 지고 허덕여야 했어. 섬 밖으로 도망가지 못하게 이백년 동안 출륙금지령이 내리기도 했주, 허허. 그야말로 제주섬 전체가 물

위에 떠 있는 하나의 감옥이었던 거라.

송광일 아아, 출륙 금지 이백년!

고승우 바다 위의 감옥!

정두길 유배 일번지!

양순태 하지만 우리 조상들이 그냥 당하기만 한 건 아니지 않우꽈?

장영발 그렇고말고! 우리 조상들은 심성이 강인했어. 나가 한반도, 일본, 여기저기를 댕겨봤주만 우리 탐라인처럼 정직하고 순박한 사람들을 본 적이 없어. 하지만 한번 성질을 내면 무섭거든. 눈이 확 뒤집혀 물불 안 가리주! 오래 곪은 종기가 터지듯이 견디다 못해 무섭게 터져나오는 것, 그것이 바로 민란인 거라. 집단으로 사고하고 집단으로 행동하는 것이 민란이여. 이때 용감하게 뛰쳐나와 민중을 이끈 사람들이 있었는디, 그들을 부르는 이름이 장두, 장두였어. 제주섬 각처에서 벌떼같이 일어난 수만 민중은 죽음을 각오하고 나선 장두들을 앞세우고 제주성으로 몰려갔주. 그리고 천지를 진동하는 함성과 함께 성을 함락하고, 목사의 수족 몇놈을 장살하고 목사를 성 밖으로 내쫓았던 거라. 목사는 왕의 대리자라 죽이면 큰일 나니까. 그러고서 바다를 건너온 관군과 대치했는디, 장두들은 관군과 담판해서 기어코 요구조건을 관철한 다음에야 순순히 투항해 형장의 이슬로 사라졌주. 허어, 그들이야말로 저 한 몸 죽여 만인을 살리고자 한 영웅들이지, 안 그런가? 임술년과 신축년의 그 장두들을 자네들은 알고 있지 않은가!

그 말에 모두가 감복하여 예예 하면서 고개를 끄덕인다.

정두길 예, 맞수다! 진짜 영웅들입주!

박털보 문행노, 양제해, 강제검, 방성칠, 이재수, 오대현, 강우백……

장영발 민중이 한번 크게 일어나려면 그렇게 장두 몇 사람이 목숨을 바쳐사 했던 거주. 실로 잔혹한 것이 국가 권력이라! 국민을 착취해 도탄에 빠뜨리고 전쟁을 일으켜 국민을 죽음으로 몰아넣는 것이 국가여. 고드윈이 말했주, 국가야말로 모든 악덕을 빚어내는 유일한 원인이요 영원한 원인이라고.

양순태 그러니까 좋은 국가를 만들어사 합주. 프롤레타리아가 주인 되는, 그런 나라를 세워사 합주.

장영발 (화를 내며) 이런, 젠장! 좋은 국가? 좋은 국가란 존재하지 않아!

문상옥 (대들듯이) 게민, 삼춘은 무정부주의가 실현되어야 한다고 아직도 믿엄수과?

장영발 (화를 누그러뜨리면서) 으음, 내 말은 그런 뜻이 아니여. 내 말은, 우리가 어쩔 수 없어 국가 안에 살더라도 가능한 한 국가에 완전히 예속되지 않는 자유인, 자치인으로 살아보자, 이거여. 자연 속에서, 자연에 밀착해서 큰 욕심 없이 농사짓고 물고기 잡으면서 우리끼리 서로 도우며 살자, 이거라.

박털보 우린 북조선도 아니고 남조선도 아니고 제주도란 말이여!

고승우 예예, 맞수다. 우린 남도 아니고 북도 아니고 제주도우다!

밤이 이슥해 술에 취한 주인장 장영발이 안채로 자러 들어간 뒤에도 젊은 축은 그대로 남아 계속 떠들어댔다. 논쟁은 언제나 피장파장, 어제는 갑의 주장이 지지받았다면 오늘은 을의 주장이 지지받는 식이었다. 목청 높여 갑론을박하는 동안 젊은 몸속에서 알코올은 빠르게 연소되었다.

그렇게 떠드는데 갑자기 바깥 어둠 저쪽에서 외마디 외침이 들려왔다. 뭘까? 모두들 긴장해서 대화를 멈추고 귀를 기울였다. 그 외침 소리는 띄엄띄엄 반복되면서 비석거리로 다가왔는데, 자세히 들으니 "달이 떴다!"였다. 김성주의 목소리가 분명했다. "달이 떴다!" 외침 소리는 가게 앞까지 다가왔다가 다시 멀어져갔다. 모두들 야릇한 느낌에 사로잡혀 말을 잃은 채 그 목소리를 들었다. 달이 떴다! 달이 떴다! 정두길이 먼저 일어나 문을 열고 나갔다. 달빛 속에서 김성주가 달이 떴다고 소리치면서, 덩실덩실 춤을 추면서 멀어져가고 있었다. 비석거리 마당에 흰 이불 홑청을 펼쳐놓은 듯 달빛이 하얗게 깔려 있었다.

해방 이후 계속된 열광적 분위기 속에 밝은 미래가 바로 눈앞에 다가온 듯이 모두가 들떠 있는 가운데, 뜻밖에 무서운 재난이 엄습해왔다. 먼저 나타난 것은 육십육일간의 가뭄이었다.

풍년을 기약하면서 잘 자라던 보리밭에 이삭이 팰 무렵까지 비가 내리지 않았다. 날이 점점 더워지면서 지상의 물은 빠르게 말라갔다. 빗물 모인 연못을 이용하는 중산간 마을들이 몹시 힘들어했는데, 나중에는 해변 마을에 내려와 식수를 구하지 않으면 안 되었다. 지상의 물은 말라도 땅속 지하수는 흘러 해변에서 용천수로 솟고 있었던 것이다. 조천리 해변에 자리한 서른세군데의 용천수 물통은 어떤 가뭄에도 고갈되는 일이 없었다.

해변 가까이에 밭이 있는 사람들은 그 용천수를 물허

벅이나 물지게로 날라다 가뭄 타는 밭에 뿌렸다. 밭은 땅속 깊이까지 메말라 물을 뿌려도 흔적도 없이 빨아들였고 거죽은 여전히 푸석푸석했다. 보리밭, 콩밭이 누렇게 변색되어갔다.

만옥은 가뭄에 시달리는 말들을 돌보느라 목장에 올라가 있었고, 창세는 어머니와 함께 물을 퍼다 나르며 연대 남쪽에 있는 콩밭을 돌봤다. 집 근처의 장수물을 물지게로 날랐다. 맨발로 밭고랑을 타고 오가며 물을 뿌렸는데, 걸음을 내디딜 때마다 풀썩풀썩 먼지가 피어올랐다. 반바지를 입은 종아리에도 먼지가 누렇게 올라붙었다. 애써 물을 주어도 누렇게 검불이 되어가는 콩밭을 보면서 창세는 울음을 터뜨렸다. 마른 콩깍지를 손으로 비틀어보면 그 안에 여물지 못한 알맹이들이 납작하게 찌그러져 있었다.

가뭄의 태양이 대지를 뜨겁게 달구었다. 태양은 박털보네 대장간의 도가니 쇳물처럼 이글거렸다. 창세는 밭일을 할 때도 햇볕을 가리려고 교모를 썼는데, 놋쇠로 된 모표가 손이 델 정도로 뜨거워져 있곤 했다. 비석거리의 팽나무, 멀구슬나무에서 매미들이 그악스럽게 울어댔다. 가뭄 타는 들판에는 허깨비같이 아지랑이가 일렁거렸고, 구름 없는 하늘은 무심하게 푸르기만 했다. 바람이 불어도 구름은 잘 오지 않았고, 구름이 나타나도 작열하는 태양이 말려버리기 일쑤였다. 어쩌다 비가 오더라도 그야말로 찔끔, 병아리 오줌만큼이었다. 감질나게 떨어지는 빗방울은 땅에 닿기도 전에 땡볕에 증발해버리는 것 같았고, 맨살에 닿는 빗방울의 감촉은 뜨겁게 느껴지기까지 했다. 마을의 집들은 바싹 말라 지붕 이엉에서 매캐한 마른 냄새가 났고, 바람이 세게 불면 메마른 밭에서 뜨거운 먼지구름이 일어나 하늘을 가리고 휘익휘익 물결치면서 마을로 밀려왔다. 그 흙먼지조차 불이 옮아붙을 듯 캉캉 메말랐다. 창세의 앉은뱅이책상이 자주 흙먼지로 뿌옇게 덮였다. 흙먼지는 눈병과 기침을 일으켰고, 입술마저 메말라 터졌다.

만세동산의 바위틈에 자라던 소나무 두그루가 벌겋게 말라 죽어갔다. 기우제를 올렸다. 수량이 제일 많은 샘물통이 연북정 건너편의 큰물이었는데, 거기에 제물을 차리고 기우제 굿을 벌인 다음, 연대에서 연기 많이 나는 솔가지를 태워 푸른 하늘에 비구름을 만들어달라고 검은 연기를 피워올렸다. 그러나 하늘은 아무런 감응이 없었다.

가뭄은 사람의 마음도 메마르게 하여 이발사 고정오

가 더위에 정신이 나가 자기 집 부엌에 불을 지르는 일이 생겼다. 땔감으로 쌓아놓은 검불에 불을 붙여 하마터면 큰불이 될 뻔했는데, 스스로 깜짝 놀라 황급히 부엌 항아리의 물을 끼얹어 간신히 껐다.

음력 4월 10일에 예정되었던 강행필과 오숙희의 결혼식도 가뭄 때문에 연기되었다.

대지는 그렇게 가뭄으로 바싹 말라붙었는데, 그에 반해서 바다는 무한량의 물을 품고서 태연히 출렁거렸다. 저 바다가 민물이라면 얼마나 좋을까, 쉽게 길어다가 밭에 물을 줄 수 있을 텐데 하고 창세는 생각했는데, 말이 씨가 된다고 어느 날 강풍이 불어 파도 비말이 안개처럼 콩밭을 덮는 일까지 생겼다. 콩잎에 혀를 대니 맛이 찝찔했고, 소금기 때문에 콩밭이 많이 시들었다. 강풍에 밀린 파도 비말은 평소에 바닷물이 닿지 않는 바위들까지 흥건하게 적셔놓았고, 그것이 따가운 여름 햇볕에 바싹 말라 허연 소금이 되어 있었다.

그러나 땅에 가뭄이 들면 바다에도 가뭄이 든다고 했다. 지독한 더위에 수온이 높아져 물고기들이 물속 깊이 내려가버리고 어장에는 해파리만 끓었다. 어장이 안되려면 해파리가 끓는다는 말 그대로였다. 자리돔 그물, 멸치 그물에 물고기 대신 해파리떼가 걸려들었다. 해파리떼는 포구까지 밀려와 뜨거운 갯바위 위에서 죽어갔다. 그것들의 시체에서 썩은 악취가 진동했다. 그래도 싱싱한 해파리는 식용이 되어 주린 배를 다소나마 달랠 수가 있었다.

못물을 식수와 마소 먹일 물로 사용하는 중산간 마을에서는 더 큰 고통을 받았다. 많은 연못의 물이 말라붙었고, 아직 덜 마른 곳도 수질이 나빠져서 악취를 풍겼다. 그래서 중산간 마을 사람들은 곶자왈 속의 물을 찾거나 마차를 멀리 해변까지 끌고 가서 드럼통에 용천수를 날라다 썼다. 창세의 외가가 있는 와흘 마을 사람들은 조천리 용천수를 사용했다. 해가 설핏해지면 식수 운반 마차 대여섯대가 떼를 지어 나타났는데, 덜컹거리는 소리가 여간 요란스럽지 않았다. 한번은 어느 마차에서 바퀴의 쇠테가 떨어져나가기도 했는데, 그것도 가뭄 탓이었다. 바퀴의 나무 부분이 바싹 말라 부피가 줄면서 헐거워진 쇠테가 벗겨졌던 것이다. 그 마차는 바퀴를 떼어 바닷물에 한참 불린 다음에야 다시 쇠테를 씌우고 출발할 수 있었다.

쉰마리 말을 가꾸는 외삼촌을 도우러 만옥은 와흘리

외갓집에 올라가 있었다. 목장의 소와 말은 인간보다 더 혹독하게 가뭄에 시달렸다. 풀로 덮였던 목장의 땅이 바싹 말라서 말떼를 몰고 갈 때면 뿌옇게 흙먼지가 일어났다. 풀은 땅속 깊이 뿌리내리고 있어 가뭄에 죽지는 않았지만 성장이 멈추면서 갈색으로 변색했다. 그런 풀은 질기고 독해 소와 말이 먹기를 싫어했다. 마소용 못물까지 썩어 짐승이 폐사하는 일이 종종 생겼다.

만옥은 애마 자청비를 타고서 다른 테우리들과 함께 먼 곳의 신선한 풀과 물을 찾아 말떼를 몰고 다녔다. 건천의 바위투성이 바닥, 습지, 곶자왈 속을 헤맸다. 와흘리의 마소들은 때때로 조천리 해변까지 내려가서 지하에서 솟구치는 용천수를 먹기도 했다. 사람과 짐승뿐만 아니라 새들도 그 물을 먹으러 멀리서 날아왔다. 가뭄이 오래 계속되자 양산도는 자기 말들 중에도 폐사마가 생길까봐 약한 놈 세마리를 골라 팔지 않을 수 없었다.

그 물 참 풍부했주. 큰물, 두말치물, 장수물! 물이 항상 풍부해서 어떤 가뭄에도 퐁퐁퐁, 밭에 곡식이 다 타 죽어도 쓰다 쓰다 남는 것이 그 물이여. 깨끗한 물이 퐁퐁 솟아오르는 소리! 아, 한여름에 그 물소리만 들어도 오장이 시원했주. 생명수, 생명수여!

어느 날 만옥은 외삼촌과 함께 말떼를 몰고 조천리 해변에 물을 먹이러 가다가 공교롭게도 일주도로에서 미군 지프차와 맞닥뜨렸다. 좁은 마찻길을 가득 채우고 몰려가던 말들이 일주도로로 나와 맞은편 조천리 마을 어귀로 들어가려는데, 뿌연 흙먼지 속에서 그 지프차가 경적을 요란하게 울리면서 무섭게 달려왔다. 만옥이 위험을 직감하고 얼른 타고 있던 말에서 뛰어내렸다. 굉음을 내지르며 달려드는 무서운 괴물에 크게 놀란 말들이 별안간 터진 폭탄의 파편처럼 일시에 산지사방으로 튀어 달아났다. 만옥의 자청비도 그녀의 손에서 고삐를 낚아채고는 급히 앞으로 내달렸다. 어떤 말들은 길가 밭담을 넘어 껑충껑충 밭으로 뛰어들고, 어떤 말들은 왔던 마찻길로 도로 몰려갔다. 서쪽으로 일주도로를 내달리는 말들도 있었다. 난생처음 맞은 날벼락에 만옥도 몹시 놀랐으나, 진정할 새도 없이 흩어진 말들을 모으느라고 거의 한시간 동안을 갈팡질팡 뛰어다니지 않으면 안 되었다. 엉엉 울면서 "개새끼! 나쁜 새끼들!" 하고 욕을 했다. 자청비는 너무 놀란 나머지 연방 부르르 경련을 일으키고 꼬리를 신경질적으로 휘둘러대서 오랫동안 쓰다듬으며 진정시켜주어야 했다.

와홀 마을의 상뒷동산 아래 마소용 버들못도 가뭄에 물이 말라 바닥을 드러냈다. 연못이 바닥을 드러내자 도랑 치고 가재 잡듯이 그 기회에 연못도 치고 미꾸라지도 잡을 요량으로 양산도가 테우리 청년 다섯명을 데리고 작업에 나섰다. 말떼를 몰고 신선한 풀과 물을 찾아다니느라 많이 지쳐 있던 그들인지라 미꾸라지를 잡아 몸보신을 할 필요가 있었다. 작업은 연못 바닥에 쌓인 진흙을 삽으로 퍼내는 것이었는데, 밖에서 빗물에 쓸려든 흙이 바닥에 쌓여 연못이 얕아져 있었던 것이다. 외갓집에 놀러 갔다가 그 작업을 도우면서 미꾸라지를 잡은 창세는 그날 처음으로 드렁허리라는 괴물 물고기를 보았다.

마소 오줌 냄새가 진동하는 연못 안의 흙은 진흙탕이 된 가운데를 제외하고는 마소의 발자국이 무수히 찍힌 채 물기 없이 말라 쩍쩍 갈라져 있었다. 그 갈라진 틈새에 미꾸라지들이 파고들었고, 깊이 파고들지 못한 미꾸라지들은 말라 죽어 있었다. 어떤 틈새에는 도마뱀이 들어가 대가리를 삐죽거리기도 했다.

모두들 팬티만 입고서 작업을 시작했다. 연못 청소가 곧 미꾸라지 사냥이어서 작업이 즐거웠다. 창세는 진흙 속에 잡힌 발목이 잘 빠지지 않아 애를 먹었는데, 얼마 전에 말 두마리가 그 진흙탕의 물기를 빨아 먹으려고 들어갔다가 발이 무릎까지 빠져 나오지 못해 죽을 뻔한 것을 밧줄을 걸어 간신히 끌어냈다는 얘기가 실감이 났다.

모두들 진흙투성이가 된 채 부지런히 삽질을 했다. 삽질을 시작한 지 얼마 되지 않아 수많은 미꾸라지들이 진흙 속에 박혀 있는 것이 보였다. 청년들이 와아, 탄성을 지르면서 삽을 내던지고 미꾸라지 잡기에 덤벼들었다. 그런데 그 미꾸라지들 가운데에서 보기에 징그러운 괴물이 나타났다. 창세뿐만 아니라 다른 청년들도 진흙이 뒤발린 그 생물이 낯설고 징그러워 눈이 휘둥그레졌다. 구렁배암처럼 생겼고, 그만큼 길고 굵었다. "저거 뭣고?" "대왕 미꾸라지?" "배암?" "괴물이네!" "에이, 징그러워!" 그걸 어떻게 처리하면 좋을지 몰라 모두들 눈만 끔뻑거리는데, 양산도가 두툼한 콧수염을 씰룩이며 다가가 그 괴물의 대가리 아래쪽을 덥석 움켜잡았다. 팔뚝만큼 굵은 괴물이 몸을 꿈틀거렸다.

"어허, 느네들 이런 물건 처음 보지?"

양산도가 장난삼아 그것을 채찍처럼 휙휙 휘둘렀다. 모두들 질색해서 어이쿠 비명을 지르며 어깨를 옴츠렸고, 창세는 뒷걸음치려다가 발이 빠지지 않아 그만 진흙탕에 철퍼덕 주저앉고 말았다. 창세 옆에 있던 청년도 동시에 엉덩방아를 찧었다. 다른 청년들이 꼴좋다고 깔깔댔다.

"어이구, 이게 뭐가 무섭다고. 이것이 뭔고 하니, 미꾸라지를 먹고사는 드렁허리라는 거여, 드렁허리! 나도 참 여러해 만에 본다." 양산도가 웃으면서 말했다. "이게 뭐가 무섭나? 이건 괴물이 아니라 사람 몸에 좋은 약이란 말이여. 구하기 어려운 귀한 물건이주. 몸보신에 이만한 게 없어. 종식아, 어머님이 위병으로 고생하신다는데 이거 가지고 가서 고아드려라."

양산도의 손아귀에 잡힌 드렁허리는 뱀처럼 자꾸 징그럽게 꿈틀거렸다.

"어이구, 이장님도! 그거 징그러워서 어떻 먹읍네까게!" 종식이 싫다고 손사래 쳤다.

"이건 괴물이 아니라 약이란 말이다! 약이 무서워? 약이 징그러워?"

양산도가 퍼들거리는 그 진흙투성이를 겨드랑이 맨살에 끼고 두어번 쓱쓱 잡아당겨 진흙을 훑어냈다. 그러자 비늘 없이 미끈둥한 몸통이 드러났는데, 등쪽은 누런 갈색, 배 쪽은 주황색이었다.

"종식아, 자, 어서 가져가라."

"어이구, 징그러워! 그 퍼들거리는 거, 난 싫수다!"

"그럼 퍼들거리지 않게 숨을 끊어주지. 느 삽 여기 엎어놔봐."

종식이 진흙 위에다 삽을 엎어놓자 양산도는 꿈틀거리는 그 생물을 그 위에 두어번 후려쳐서 축 늘어지게 만들고는 자기 삽날로 내리쳐 순식간에 두동강 냈다. 피가 흘러내렸다.

"오, 아까운 피!"

양산도가 잘린 몸통을 양손에 나눠 쥐고 번갈아 피를 쭉쭉 빨아 마셨다. 청년들이 질색하고 머리를 내둘렀다.

육십육일간의 가뭄에 결국 보리농사는 쭉정이만 남은 흉작이 되어버렸다. 쭉정이 보리를 거두고 조를 파종하려고 쟁기로 밭을 간 뒤에야 비로소 비가 왔다. 너무도 늦은 비였다. 동편 하늘 끝에서 천둥소리가 간헐적으로 들리더니, 샛바람이 터져 검은 구름을 몰고 왔다.

바람에 밀린 구름떼가 하늘을 휩쓸며 다가온다. 쟁기로 갈아엎은 들판에 흙먼지가 구름처럼 자욱하게 일어난다. 하늘 전체가 빈틈없이 구름으로 덮이고, 이윽고 기적처럼 빗방울이 떨어진다. 굵은 빗방울들이 메마른 땅에 떨어져 풀썩풀썩 먼지가 일어난다. 그악스럽던 매미 울음소리가 뚝 그치고 나무들이 흙먼지를 털며 술렁거린다. 후드득후드득, 양철 지붕에 떨어지는 경쾌한 빗소리! 야아, 비 온다! 비 왐져! 비 왐져! 집에 있던 사람들이 환호성을 지르면서 밖으로 뛰쳐나온다. 성긴 빗줄기가 잿빛 허공에 흰 빗금을 치면서 내려오고 있다. 메마른 얼굴들 위로 빗방울이 떨어진다. 단비다. 하하하! 핫핫핫! 으흐흐! 호호호! 메마른 입술들이 웃음으로 찢어진다. 사람들은 고개를 젖혀 맨얼굴에 비를 맞으면서, 입을 벌려 빗물을 맛보면서 좋아라고 몸을 흔들며 탄성을 질러댄다. 뜨겁게 달궈진 대지가 내려오는 빗줄기를 향해 메마른 흙가슴을 활짝 열어젖힌다. 은빛 빗줄기가 국수틀에서 국수 가락 빠지듯이, 성긴 대바구니 틈새로 낙지발 빠져나오듯이 미끈둥미끈둥 주룩주룩 내려온다. 말라붙은 연못 바닥의 진흙 속에 파고들어 빠끔히 구멍을 내놓고 간신히 숨을 쉬던 미꾸라지들도 비 냄새를 맡는다. 지독한 갈증이 그들의 몸을 세차게 밀어올린다. 진흙을 떠나 빗줄기를 향해 솟구쳐오른다. 수많은 미꾸라지들이 빗줄기를 잡아타고 미끈둥거리며 우쭐우쭐 하늘로 헤엄쳐 올라간다. 사람들도 빗줄기를 향해 양팔을 뻗고 껑충껑충 뜀질하면서 소리친다. 야아, 비가 온다! 비 왐져! 듬성듬성 성기게 내리던 빗줄기는 바람이 거세지면서 차츰 굵어지고 촘촘해져, 마침내 억수가 되어 쏟아진다. 비바람 속에서 사람들이 쫄딱 젖은 채 기뻐서 껑충거린다. 어른도 아이도, 만삭의 임신부, 배 속의 아기도 좋아라고 뜀질한다. 나무들도 휘휘 낭창낭창 환희의 춤을 춘다.

그 비가 온 다음에야 사람들은 갈아놓은 채 묵혔던 밭에다 좁씨를 뿌릴 수 있었다.

육십육일간의 가뭄으로 그해 보리농사는 수확량이 평년의 삼분의 일에 불과한 쭉정이 농사였다. 육지부도 마찬가지였는데, 제주가 가뭄 흉작이었다면 육지부는 반대로 논밭이 큰물에 휩쓸려버린 수해 흉작이었다. 전에는 한 지역이 흉작이면 다른 지역은 평작이거나 풍작이거나 했는데, 그해는 육지부에도 흉작인 곳이 많았다.

6월 3일, 단독정부 수립을 주장하는 이승만의 정읍 발언이 있었다.

기아의 시간이 시작되었다. 조천리 사람들은 양식을 아끼려고 들나물과 파래, 톳, 넓패 따위 해초를 캐어다가 죽을 쑤어 먹었다. 게나 고둥을 잡으려는 사람들에 의해 해변의 돌이란 돌은 죄다 뒤집혔다. 달개비는 가뭄의 하늘빛을 닮은 푸른 꽃을 계속 피웠는데, 가물어도 잘 죽지 않는 그 풀을 사람들은 식용으로 삶아 먹었다. 칡뿌리, 하눌타리 뿌리, 느릅나무 뿌리도 먹었다. 그런 거친 음식을 먹은 어린아이들은 구토하거나 위경련을 일으키기 일쑤였고, 독버섯을 잘못 먹어 정신착란을 일으킨 사람도 있었다. 돼지 사료인 보릿겨를 사람이 먹느라 창세네는 돼지를 팔아야 했다. 마라톤을 좋아해 함덕리까지 뛰어서 신문 배달을 하던 창세는 이제 걸어서 갔다 오는 것도 힘이 들었다. 제대로 먹지 못한 탓이었다.

해방 후 일년이었지만 나아진 것 하나 없이 도리어 모진 흉년을 만나 굶주리게 되었다. 모두 해방이 곧 밥 먹여주는 게 아니라는 것을 깨달아야 했다. 오직 허기진 입들만 뻥하니 뚫려 있었다. 먹자고 벌린 입은 너무 많고 먹을 것은 너무 부족했다. 해방과 더불어 섬에 왈칵 담긴 오만 귀향민까지 허기진 입을 벌리고 있었다. 고향에 돌아와 오랜만에 지은 보리농사가 쭉정이가 되어버렸으니 앞으로 먹고살 일이 막막했다. 농사 외에는 일거리가 없었다. 공장이 없는 곳이라 노동 품을 팔 수도 없었다. 그래서 일본 노동판으로 다시 돌아가는 사람들이 생기기 시작했다.

흉년에 이어 설상가상으로 제주 경제를 어렵게 만든 것은 일본과의 무역에 대한 가혹한 통제였다. 해방 후 일 년 동안, 불과 두달 전만 해도 일제 때와 마찬가지로 일본과의 무역이 자유로웠는데, 이제는 출입국 사무소와 세관을 통과해야 했다. 문제는 관세가 터무니없이 비싸다는 것이었다. 그래서 사람들은 세관이 있는 산지항을 피해 다른 포구들을 이용했다. 이제 그 배들은 밀항선이 되어버렸고 거기에 실린 승객은 밀항자, 물품은 밀수품이 되었다.

고승우 에구, 이제 내 어업은 아주 망해부렀어. 남북이 가로막혀 카바이드를 구할 수 없는데, 카바이드등이 없이 어떵 고기를 잡나? 이럴 중 알았으면 거시기, 무슨 고생을 하든지 간에 오사카 노동판에서 그냥 굴러먹고 있을 걸, 괜히 나완 신세 망쳤네. 안 되겠어, 다시 일본으로 가야주 여긴 안 되커라. 이 섬 땅은 쥐구멍같이 좁짝한디 어디 먹을 게 있어사주. 난 이 쥐구멍을 떠날 거여.

양순태 일본 가도 마찬가지여. 폭탄 맞아 무참히 다 부서져부렀는디……

고승우 파괴되었으니 거시기, 건설이 있을 거 아니냐. 이것저것 일자리가 많을 거여.

양순태 야, 거기도 굶는다고 하더라. 부족한 단백질 보충한다 하멍 생쥐, 집쥐를 잡아먹는댄. 말려서 육포 만들면 참새고기 맛이 난다고. 허, 거참!

고승우 누가 가고 싶어 가나? 고향이 좋은디, 거시기, 어업은 끝나불고, 일자리가 없단 말이여. 일자리는 친일파 놈들과 그 밑의 떨거지들이 다 차지해불고!

양순태 허 참, 친일파 세상이 되어부렀어! 말깨나 할 만한 젊은 놈들은 흉년에 쫄쫄 굶어 기운을 못 차리고, 이승만이가 단독정부를 주장해도 제대로 목소리를 못 내고 있으니……

창세네 동네에서는 고승우가 먼저 밀항선을 타고 일본으로 떠났다. 없는 돈을 닥닥 털고 아내의 비로드 치맛감까지 팔아 여비를 마련했다. 일본에 빚 받으러 간다고 했다. 해방 전 오사카의 스프링 공장에서 일을 했는데 두 달치 임금을 못 받은 채 귀국했다고, 가서 시간이 걸리더라도 그것을 꼭 받아내겠다는 것이었다. 그가 아내 현옥미에게 말했다.

"흉년에는 밭을 팔지 말고 먹는 입 하나를 덜라고 했어. 나가 먹성이 좋아 많이 먹는 편인디 나가 안 먹으면 그래도 좀 나을 거 아닌가, 허허. 빚을 받아낼 수 있을지

어떨지 모르지만 하여간 일본에 간 김에 부두 노동도 해서 돈 좀 벌엉 올 생각이여. 오래 있지 않고 딱 육개월만! 그동안 어려우면 빚이라도 내서 먹고살고 있어봐. 나가 돌아왕 갚을 테니까."

8월 말경 미 해군 7함대 소속 구축함이 일본으로 향하던 밀항선 네척을 나포했는데, 승객이 백칠십오명이었다.

조천중학원 학생들은 이런 노래를 불렀다.

해방이 되어도 야단났네
이 집 가도 저 집 가도 먹을 것 걱정
감자는 비싸고 보리쌀은 없고
이렇게 살아서는 안 되겠다, 근로대중아

굶주림이 한달쯤 계속되었을 때, 엎친 데 덮친 격으로 또다른 재앙이 나타났다. 호열자(콜레라)의 내습이었다. 전재민(戰災民)들이 들여온 병이었으니, 이 또한 전쟁이 만들어놓은 부산물이었다. 호열자가 육지부에 만연하여 많은 희생자를 내고 있다는 소식을 진작에 듣고 제주 사람이 모두 혹시나 하고 걱정하고 있었는데, 이제 바다를 건너 상륙한 것이다. 부산에 생필품을 사러 갔던 애월리의 어느 장사치가 묻혀 돌아온 것이라고 했다. 가뭄의 갈증과 기아로 인해 면역력이 약화된 상태는 역병이 퍼지기 좋은 조건이었다. 가뭄은 흉작을, 흉작은 굶주림을 낳았고 굶주림 속에 역병이 들이닥쳤다. 마치 불이 마른 검불을 만난 것처럼 감염은 무더위 속에서 빠른 속도로 번졌다. 기근과 역병, 두개의 재앙이 동시에 온 섬을 뒤덮었다. 사람들은 죽음의 공포에 사로잡혔다.

해방 일년 만에 그렇게 되어버린 거라. 처음에 해방이라니까 우리가 얼마나 좋아했나. 얼씨구, 세상에 이런 일도 있구나, 이젠 살았구나, 죽음에서 해방되었구나 했는디, 허참, 이제 다시 죽게 된 거라. 호열자 귀신들도 해방을 맞아 날뛰었던 거라.

호열자 도내 침입! 『제주신보』가 주먹만 한 활자로 보도했다.

호열자의 침입을 막기 위해 본토와 연결된 항로가 차단되었다. 제주섬 일주도로가 차단되고 마을과 마을을 잇는 길도 차단되었다. 사람의 왕래가 금지되었고, 버스 운행이 중지된 일주도로에는 미군 군용차나 화물차만

이따금씩 먼지구름을 일으키면서 다닐 뿐이었다. 마을마다 어귀에 치안대 청년들이 돌담을 쌓고 외부인의 출입을 단속했다. 마을과 마을이, 동네와 동네가, 집과 집이 격리되어 서로 경계하고 의심하는 상황이 벌어지기 시작했다. 학교에서 아이들이 사라졌고, 양식을 싸서 한라산으로, 목장으로 피난 가는 사람들도 있었다. 창세의 신문 배달도 중단되었다. 광주에 시집간 누이의 첫 출산을 돕겠다는 모친을 모시고 잠깐 다녀온다고 갔던 정두길도 돌아오는 길이 막히고 말았다.

사람들은 기아 상태에서 역병과 싸워야 했다. 치안대 청년들은 마을 어귀에 순막(巡幕)을 지어놓고 밤에는 야경꾼이 되어 지서 순경과 함께 마을 순찰을 돌았다. 사흘 굶어 남의 집 울담 안 넘을 놈 없다는 말대로 굶주림은 멀쩡한 사람도 쌀을 훔치는 도둑으로 만들었다. 고구마 밭에도 도둑이 들어 행필은 원두막을 지어 지키지 않으면 안 되었다.

드디어 조천리에도 호열자 환자가 발생했다. 한밤중의 도둑처럼 호열자가 몰래 숨어들었다. 첫 환자는 비석거리 위 장터거리 동네에 사는 일흔살 넘은 노인이었다. 그 소식이 전해지자 온 마을이 발칵 뒤집혔다. 이십여년 전 경신년의 호열자 사태 때 그랬듯이, 호열자 귀신의 침입을 소리로 막아낸다고 이 집 저 집에서 냄비를 쨍쨍 두드리고 바가지로 마루를 박박 긁어대는 소리가 요란했다. 달리 예방책이 없어 마을 사람들은 경신년 그때 그랬듯이 매운 연기를 집 안 가득 피워 소독했다. 호열자가 맵고 독한 것을 싫어할 것이라는 생각에 독주를 마셨고, 식사 때마다 다른 반찬 없이 생마늘과 풋고추만 된장에 찍어 먹었다. 고소한 참기름이 들어가면 호열자가 냄새를 맡고 달려들까 싶었던 것이다.

환자가 발생한 집은 그 즉시 격리 조치되어 환자뿐만 아니라 다른 식구들까지 집 안에 갇혔다. 대문 앞에 새끼줄이 걸리고 통나무 두개가 엑스 자로 엇갈려 걸렸고, 실거리나무, 꾸지뽕나무 같은 가시나무들을 베어다 그 앞에 험상궂게 쌓아놓았다. 그리고 대문 옆으로 돌담 울타리를 조금 터서 그 앞에 큰 물 항아리를 갖다놓았다. 격리된 집이 외부와 연결된 것은 오직 그 물 항아리뿐이었다. 물을 길러 밖에 나올 수 없는 그 집 식구들을 위해 동네 아낙들이 해변의 용천수를 길어다 항아리를 채워주었다.

첫 환자가 발병 이틀 만에 사망하고 곧이어 다른 집들에서 또 한명의 노인과 어린아이가 잇따라 병에 걸려 금세 죽어나가자, 마을 사람들은 온통 불안에 휩싸였다. 사망자의 시체는 가족마저 접근하지 못하게 격리한 채 방역반이 처리했다. 눈만 내놓고 얼굴을 싸맨 방역반 청년들이 시체를 가마니에 묶었다. 장례를 치르지 못한 주검들은 관도 상여도 없이, 굴건제복도, 문상객도 없고 돼지도 잡지 않고 술도, 팥죽도 돌리지 않는 가운데 실려나갔다. 천륜도 인륜도 끊긴 허무한 죽음이었다.

두려운 기운이 숨 막히게 마을을 짓누르고 있었다. 사람들의 입에서 말이 사라졌다. 메마른 입만 뻥하니 뚫려 있을 뿐 웃음소리도 야단치는 소리도 없어졌다. 얼굴은 두려움에 파먹혀 인간을 인간답게 만들어주던 부드러운 눈빛과 미소를 찾아볼 수 없었다.

역병이 무서웠지만 굶는 것은 더 무서웠다. 하루하루 조금씩 살이 깎이고 있다는 공포였다. 역병을 이겨내기 위해서라도 먹어야 했다. 사람들은 낮 동안은 먹을 것을 구하려고 들과 해변을 헤매다녔다. 땡볕에 시들고 배곯아 허리가 굽은 사람들이 괭이를 들고 야산에 올라 칡뿌리를 캐고, 해변에 내려가 갯돌을 뒤집어 게와 고둥을 잡았다. 영춘반점의 중국인과 허서방도 영업을 작파하고 동네 사람들과 함께 먹을 것을 찾아 들과 해변을 헤매다녔다. 허기를 참지 못해 키우던 닭을 잡아먹었고, 개를 잡아먹는 집도 있었다. 닭들이 흉년의 양식으로 사라져 버린 마을에서 새벽을 깨우던 닭 울음소리가 없어지고 그 대신에 이 집 저 집에서 배고파 일찍 잠에서 깬 아이들의 밥 달라고 보채는 소리만이 애처롭게 들려왔다.

당연하게도 면역력이 약한 노인과 어린아이가 그 병에 더 취약했다. 그들은 묽은 좁쌀죽을 먹으면서 간신히 연명했다. 항상 고름 같은 곱똥을 쌌고 그때마다 미주알이 빨갛게 비어져나왔는데, 그러면 따뜻하게 불에 구운 고무신짝으로 미주알을 밀어넣곤 했다. 한의사 한봉 노인은 이질 설사에 효험이 있는 자신만의 비방을 사용해 호열자 환자를 치료했다. 어린아이의 항문에 대롱을 꽂아 그것을 통해서 오년 묵은 진간장을 흘려넣고, 마른 쑥을 빻아 대롱에 넣어 불을 붙인 다음 항문에 꽂고 대롱 다른 쪽에 입바람을 불어 그 연기를 넣는 것이었다.

그러한 상황에서 다행스럽게도 서른세군데 용천수는 여전히 신선한 물을 뿜어냈는데, 끼니를 걸러 쓰린 배를 달래주던 그 물이 이제는 호열자 환자들의 탈수를 막는 약이 되었다. 멀쩡한 사람들도 병을 예방한다고 그 물을 양껏 마시곤 했다. 마을 아낙네들은 장수물, 두말치물, 큰물 등 용천수 물통에 물을 길러 갈 때마다 그 물을 관장하는 여신, 물할망께 촛불을 켜고 치성을 드렸다. "수덕 좋은 물할마님, 이 불쌍한 자손들 돌보아주십서! 병들지 않게 할마님이 도와주십서! 없는 명도 있게 해줍서. 없는 복도 있게 해줍서. 부디 이 자손들 좋게 해주십서!"

무더위 속에서 호열자는 그칠 줄 모르고 기승을 부렸다. 거의 매일 전도적으로 오십명가량의 사망자가 발생하고 있다고 『제주신보』가 알렸다.

도립병원 간호사, 스물두살의 따알리아가 순회진료를 위해 적십자 완장을 차고 차단된 일주도로를 자전거로 거침없이 달려 조천리에 왔다. 도립병원이라도 워낙 의사 두명에 간호사 세명뿐이었는데, 호열자가 여러 마을에 퍼지자 의사들만 남겨놓고 간호사 세명을 지역별로 순회진료에 파견한 것이었다. 따알리아는 다른 마을에도 가야 하므로 조천리에는 이틀만 머문다고 했다. 만옥이 그녀를 얼싸안고 반갑게 맞았다. 둘은 도로 차단 탓에 거의 한달 동안 만나지 못했던 것이다. 그녀를 누구보다도 반갑게 맞을 정두길은 광주의 누이 집에 발이 묶여 있었다. 따알리아는 감물 들인 몸뻬 바지에 흰색 반팔 블

라우스 차림이었는데, 단발머리가 두 눈썹을 가릴 정도로 길어 예쁜 얼굴에 묘한 악센트를 주었다. 호열자 때문에 병원 일이 바빠서 머리 자를 틈이 없었노라고 했다. “아니, 아니, 그 머리가 더 예쁘다야! 자르지 말라게.” 말총머리의 만옥이 말했다.

만옥은 방역반 청년들 서너명과 함께 그녀의 진료를 돕기로 했다. 방역반에는 열일곱살 행필도 끼어 있었다. 진료라야 소금물 주사가 전부였다. 따알리아가 말하기를, 두개의 사립병원까지 합해서 읍내의 의사 수가 모두 네명뿐인데, 어느 병원이나 호열자 백신은 없어 소금물 주사만 놓는다고 했다.

조천리에서 호열자에 감염된 집은 지난 보름 사이에 열세군데로 번져 있었다. 따알리아는 그 집들을 차례차례 여러번 순회해야 했다.

첫번째 집은 울타리 밖이 바로 바다였다. 호열자가 발생한 집들이 그렇듯이 그 집 대문 앞에도 통나무 두개를 엇갈려 걸고 가시나무를 높게 쌓아놓았고, 대문 옆 돌담을 조금 허문 곳에 물 항아리가 놓여 있었다. 따알리아가 포옥 한숨을 내쉬었다. 가슴이 아렸다. 병원에서 돌보던 환자 네명이 지난 열흘 사이에 줄줄이 죽어나가는 것을 보고 펑펑 울었던 그녀였다. 아직 그 충격에서 벗어나지 못했는데 이제 고향 마을에 와서 또 그런 슬픈 일들을 감당해야 하는 것이다. 눈물이 주르륵 흘러내렸다.

모친이 미싱으로 만들어준 마스크를 방역반 청년들에게 나눠주던 만옥이 깜짝 놀라 다가갔다.

"무사? 무슨 일고?"

따알리아가 얼른 손등으로 눈물을 훔치면서 싱긋 웃었다.

"아니, 아무것도 아니라. 그냥 눈물이 나완."

만옥이 그녀의 한쪽 어깨를 부드럽게 감싸안고 다독였다.

"쯧쯧쯧, 요 아이가 울기는! 역시 초짜 간호사라 티가 나네. 따알리아, 정신 바짝 차리라이! 넌 호열자와 싸우는 전사여! 용감한 전사가 눈물을 보이면 되나."

"응, 알았져!"

따알리아가 가방에서 흰 가운을 꺼내서 입었다. 왼팔에 붉은 적십자 완장이 둘려 있었다. 만옥의 입에서 아, 하고 탄성이 새어나왔다. 흰 가운을 입고 청진기를 목에 건 그녀는 전혀 다른 모습으로 보였다. 가운의 흰빛과 완장의 붉은빛이 검은 돌담을 배경으로 빛났고, 그 빛에 싸여 환한 따알리아의 얼굴이 신비롭게까지 보였다.

"야, 따알리아, 참 멋지다야!"

그녀가 만옥을 돌아보며 씩 웃어 보이고는 마스크를 쓰고 터진 돌담을 통해서 안으로 성큼 들어섰다. 모두들 마스크를 쓰고 그 뒤를 따랐다.

마루에 누워 있는 환자는 일곱살의 어린아이였다. 젊은 어멍이 몹시 지친 모습으로 그 옆에 앉아 간호하고 있었는데, 아이 하나는 전염될까봐 친정으로 피신시켰노라고 말했다. 따알리아는 방역반에게 어서 물을 끓이고 바닷물을 퍼오라고 일렀다.

두 다리에 근육 발작이 일어난 아이는 고통에 몸을 비틀면서 물을 달라고 헐떡거렸다. 어멍이 아이의 다리를 주무르다 말고 옆에 놓인 양동이 물을 바가지로 떠 먹였다. 아이는 수건으로 배만 조금 가린 채 발가벗은 몸으로 누워 있었는데, 비썩 마른 몰골이 차마 보기에 끔찍했다. 몸빛은 푸르께했고 계속된 설사와 구토로 인한 극심한 탈수 때문에 피부가 쭈그러들고 눈이 퀭했다. 손바닥과 발바닥, 손톱은 검은 때가 낀 듯 까매졌다. 청진을 해보니 맥박이 느껴질 듯 말 듯 아주 희미했다. 중증 환자였다. 빨리 손을 쓰지 않으면 분명히 이틀 안에 사망하리라고 따알리아는 판단했다.

바닷물은 돌담 울타리 바로 밑까지 와서 출렁거리고 있었으므로 걸려 있던 두레박으로 쉽게 퍼올릴 수 있었다. 따알리아가 끓인 물을 미지근하게 식혀 소금과 설탕을 섞어 주사액을 만드는 동안 아이 어멍은 바닷물을 조금씩 끼얹어 아이의 몸을 깨끗이 씻겼다. 방역반 청년들이 집 안팎을 청소하여 쓰레기를 마당에 모아 태운 다음 소독을 위해 바닷물을 두레박으로 퍼서 사방에 촤촤 끼얹었다.

따알리아는 먼저 뜨겁게 데운 막소주 한잔을 환자에게 먹인 다음, 복사뼈 안쪽을 면도칼로 조금 베어 정맥을 열었다. 혈관을 베었어도 검고 탁한 피가 두어방울 떨어질 뿐 더이상 흐르지 않았다. 피가 수분을 잃어 끈적해진 것이다. 커다란 주사기 끝에 바늘 대신 붙어 있는 대롱을 혈관에 꽂고 미지근한 소금물을 주사했다. 천천히 일곱번 주사를 하자 기적처럼 맥박이 다시 돌아왔다. 근육 발작도 차츰 가라앉았다. 따알리아는 그제야 안도의 한숨을 내쉬고 발목의 상처 부분을 소독하고 흰 붕대로 싸맸다. 아이 어멍이 고맙다고 연신 고개를 주억거렸다. 따알리아가 이마에 흐르는 땀을 손수건으로 훔치면서 말했다.

"응급처치만 했을 뿐이니 아직은 안심할 때가 아니우다. 내일 다시 오쿠다. 그리고예, 아주망, 환자를 돌보는 사람은 전염되기 쉬우니깐 참말로 명심합서예. 틈나는 대로 손을 자주 씻어사 합니다. 호열자는 더러운 걸 좋아하니까 첫째도 청결, 둘째도 청결이우다. 명심합서예."

그렇게 말하고 나서 따알리아는 만옥과 방역반을 데리고 다음 집으로 옮아갔다.

그 무렵 꾀죄죄한 몰골의 귀향민 이십여명을 태운 화물선 한척이 조천포에 들었다. 그들 대부분은 오사카에서 공장 노동자로 일하던 사람들로, 여러가지 피치 못할 사정으로 일년 가까이 늦은 귀향이었다. 그런데 그 배는 호열자 방역을 이유로 입항을 거절당했다. 이웃 마을 함덕 포구로 갔으나 거기서도 똑같은 이유로 거절당하자 배는 두 포구 사이를 몇번 오가면서 붕붕 뱃고동을 시끄럽게 울려대며 한바탕 시위를 벌였고, 그런 뒤에야 조천포에 정박할 수 있었다. 그런데 승객들은 상륙 허가는 받았지만 곧바로 자기 마을, 자기 집을 찾아가는 것은 허락되지 않았다. 방역을 위한 격리 조치가 취해져 세균 잠복기간인 일주일 동안 호열자 증세가 없으면 귀가를 허락하기로 했다. 연락을 받은 승객의 가족들이 이 마을 저 마을에서 옷과 먹을 것을 가지고 급히 달려왔다.

치안대 방역반과 지서 경찰이 서로 협력하여 방역 작업에 들어갔다. 바닷가에 남녀를 구분해 천막 두개를 치고 통조림 공장에서 쓰던 큰 가마솥을 가져와 걸어놓았다. 밥을 짓기 위한 솥이었는데, 밥을 짓기 전에 먼저 한 일은 승객들이 입고 온 옷을 그 가마솥에 넣고 푹푹 삶는 것이었다. 소독을 한다고 그들은 매일 벗은 몸으로 바다에 뛰어들어 짠물에 몸을 박박 문질렀고, 큰물의 용천수를 배가 터지도록 먹었다.

그렇게 격리된 채 일주일을 보냈는데, 선흘리 출신 청년 한 사람만 호열자 증세를 보였을 뿐 다른 사람들은 아무 이상이 없었다. 모두들 돌아가고 바닷가에 혼자 남았던 그 청년도 열흘쯤 뒤에는 모친의 돌봄과 용천수의 효험으로 다 나아 고향으로 돌아갈 수 있었다.

창세의 동급생 신갑송의 부친이 호열자에 감염되었다. 그는 워낙 간염을 심하게 앓아 면역력이 약화된 상태여서 쉽게 감염된 모양이었다. 그 집은 대문이 폐쇄되었고 갑송도 나머지 식구들과 함께 집 안에 갇혀 있어야 했다. 동급생 서넛이 그 집 앞에 가서 힘내라고, 호열자와 싸워 이기자고 큰 소리로 응원했다. 그리고 갑송네 소는 서로 번갈아 밖으로 끌어내 풀을 먹이고 돌보기로 했다. 창세도 그 일을 했다.

그러나 갑송의 부친은 얼마 지나지 않아 숨졌다. 따알리아가 순회진료를 위해 다른 마을로 떠난 직후였다. 호열자 사망자는 감염을 막기 위해 장례 의식 없이 즉시 매장해야 했다. 대문은 여전히 폐쇄된 채 그대로 두고 사람이 드나들 수 있도록 돌담 한쪽을 허물었다. 그러나 창세들은 들어갈 엄두를 내지 못하고 돌담 터진 데를 통해서 집 안을 기웃거렸다. 마당에는 친척들 몇명과 임검 순경 송광일, 그리고 네명의 방역반 청년들이 있었다. 행필도 함께였다. 방역반은 시신을 수습하기에 앞서 예방용으로 독한 소주와 매운 마늘을 먹었다. 각자 막소주 한사발을 들이켜면서 안주 삼아 마늘 한통을 된장에 찍어 먹었는데, 술에 초짜인 행필이 한사발의 술을 여러번에 나눠 먹느라고 시간이 제일 오래 걸렸다. 그런 다음에 그들은 대야에 술을 부어 세수하고 머리도 감고는, 정수리의 말랑한 숨골과 코밑을 꾹꾹 눌러 문지르고 나서 목장갑과 마스크를 착용하고 수건으로 머리와 두 뺨을 감쌌다. 네 사람의 몸에서 풍기는 지독한 술 냄새, 마늘 냄새가 돌담 밖까지 전해지는 느낌이었다.

드디어 마루에 있던 시신이 홑이불에 싸인 채 방역반 청년들에 의해 마당으로 옮겨졌다. 시신은 두툼하게 깔린 보릿짚 위에 눕혔는데, 더운 날씨 탓에 벌써 부패가 심했다. 악취가 돌담 밖의 창세들에게까지 풍겼다. 창세는 구역질이 올라와 자꾸 생침을 삼켰다. 갑송을 포함한 가족 세명이 시신에서 조금 떨어진 곳에 덜덜 떨며 서 있었는데, 곡소리도 내지 못하고 훌쩍훌쩍 흐느끼기만 했다. 그들은 잔뜩 주눅 들어 있었다. 그 악취 속에 호열자균이 숨어 있을 것만 같은 두려움도 있었을 것이다. 왜 그렇지 않겠는가, 환자가 죽으면 그 몸에 달라붙었던 세균이 즉시 살아 있는 다른 사람을 찾아간다는 말이 있었으니. 방역반 청년들과 송순경도 그런 생각을 했을 것이다. 그들은 악취를 참으려고 물에 적신 수건으로 코를 막고 입으로 숨을 쉬었다.

양동이에 길어온 바닷물이 전해지자 곧바로 시신 염습이 시작되었다. 덮고 있던 홑이불을 걷고 옷을 벗기니 미라처럼 깡마른, 검푸른 색의 알몸이 드러났다. 마른 몸에서 진물이 흘러나와 뚝뚝 떨어졌다. 소리 죽여 흐느끼던 가족들이 그 참혹한 몰골을 보자 왈칵 울음을 터뜨렸다. 그러나 울음은 큰 곡소리로 이어지지 못한 채 다시 훌쩍거리는 소리로 가라앉아버렸다. 벗긴 옷가지는 즉시 마당 구석에서 불에 태우고 양동이의 바닷물을 시신 위에 좍좍 끼얹었다. 보통 때라면 향 삶은 물이나 쑥 삶은 물로 시신을 곱게 씻겨야 하지만 호열자 환자의 죽음은 그런 대접을 받을 수 없었다. 병이 옮을까봐 손도 대지 못하고 바가지로 바닷물을 끼얹을 뿐이었다. 여러번 끼얹었음에도 악취는 별로 가시지 않았다.

방역반이 서둘러 염습했다. 덮고 있던 홑이불로 머리까지 시신 전체를 감싸서 새끼줄로 꽁꽁 묶고는 지게에 올렸다. 상여를 타야 할 시신이 지게송장이 되고 말았다. 그것은 장례가 아니라 단지 시체 처리일 뿐이었다. 갑송이 갑자기 억눌렀던 울음을 터뜨리며 소리쳤다.

"안 됩니다! 우리 아버질 쓰레기 취급하지 맙서! 무사 우리 아버질 이렇게 함부로 취급하는 거우꽈?"

그는 아버지의 사망 원인이 호열자가 아니고 전부터 앓아온 간염 때문이라고 우기면서, 제대로 장례를 치러야 한다고 울면서 호소했다. 그러나 그 죽음은 호열자에 의한 것이 틀림없었고, 호열자에 의한 사망자는 '서너시간 내 매장할 것'이 관의 명령이었다. 갑송도 그것을 모르지 않았다. 송순경이 그를 달랬다.

"갑송아, 갑송아, 울지 마라, 울지 마! 이건 임시로 하는 가매장이여. 진짜 매장이 아니여. 호열자는 곧 물러날 테니까, 그때 가서 정식으로 장례를 치르면 될 거 아니냐. 울지 마라."

방역반 청년 한 사람이 지게를 지고 허물어놓은 돌담을 통해 밖으로 나왔다. 그 뒤를 가족 세 사람이 슬피 울면서 따라갔다. 갑송의 손에는 제 아비를 묻을 삽이 들려 있었다. 가매장 터는 마을 밖 일주도로 곁에 있는 갑송네 밭이었다. 땅을 얕게 파서 시신을 누이고 흙을 한꺼풀 덮는 것이 가매장이었다. 지게송장 뒤로 좀 떨어져서 가족들이 비척거리면서 따라갔다. 호열자의 위력에 주눅 든 그들은 여전히 아이고아이고 곡소리를 내지 못했고, 좀 전에 크게 울음을 터뜨렸던 갑송도 고개를 숙인 채 훌쩍훌쩍 흐느끼기만 할 따름이었다. 망인은 집안의 존경받는 가장이 아니라 무서운 호열자 보균자일 뿐이었다. 호열자에 대한 공포가 슬픔을 짓눌러 슬퍼도 진정으로 울 수 없었다. 눈물도, 통곡도, 한숨도 뒷날로 미루어졌다. 두려움 때문에 사랑과 공경의 마음이 뭉개지고 인륜이 끊어지는 아픔을 가족들은 느껴야 했다.

열살 아래 어린아이들의 희생이 가장 많았다. 젓먹이가 죽어 실성한 어미들의 곡성이 처량했다. 호열자에 아기를 빼앗긴 어머니, 그 목구멍에서 터져나오는 통곡 소리는 듣는 사람의 가슴을 미어지게 만드는 애절한 울음이었다. 아비가 밤중에 몰래 시신을 거적에 말아 지게에 지고 가서 애장터에 묻으면, 어미는 방긋방긋 웃던 아기가 못내 그리워 아기의 적삼을 꺼내 킁킁 젖내를 맡으며 울다가 부은 가슴을 안고 허위허위 애장터를 찾아가는 것이었다.

전국적으로 민중이 그렇게 기근과 역병, 두 재앙을 만나 죽음의 위협에 시달리느라 경황이 없는 동안, 미군정은 이때가 호기라고 생각했던지 한반도 분단 프로젝트를 강력하게 밀어붙였다. 그럼에도 민중의 반응은 무기력했다. 그럴 수밖에 없었다. 굶주림과 죽음의 역병에 시달리고 있는 터에 무슨 기력이 있어 일어나 외칠 것이며, 방역한다고 도로마다 차단되고 마을과 마을, 집과 집, 사람과 사람 사이가 가로막힌 터에 어떻게 모여들어 군중을 이룰 수 있겠는가. 지난 일년 동안 끓어올랐던 청년들의 열정과 열광은 차갑게 시들었고, 눈치를 보면서 힘을 쓰지 못하던 경찰은 미군정의 강경 정책에 따라 차츰 두려운 존재로 변모하고 있었다.

조천면 인민위원회 위원장 김시범이 면장 지위마저 박탈당한 것은 그 무렵이었다.

서너달 창궐했던 호열자는 서늘한 가을바람이 불어오면서 서서히 꼬리를 감추었다. 호열자 희생자 수는 전국적으로 약 일만명이 된다고 했고, 제주도는 약 사백명이었다. 감염자 천여명 중 약 삼분의 일이 죽었다. 사람의 목숨이 참으로 하찮았다. 중산간 마을에 비해 해변 마을의 희생자 수가 훨씬 적었는데, 모두들 해변에 솟는 신선한 용천수 덕분이라고 믿었다.

내내 죽음의 공포에 짓눌렸던 사람들은 그제야 안도의 한숨을 내쉴 수 있었다. 교통 차단이 풀려 왕래가 자유로워졌다. 서울에 출장 갔다가 한달 이상 발이 묶였던 이민하가 돌아왔고, 모친과 함께 누이의 출산을 도우러 광주에 갔던 정두길과 일본에 떼인 임금을 받으러 갔던 고승우도 돌아왔다.

호열자가 완전히 물러났을 때, 조천리 사람들은 지난해 칠만 일본군 완전 철수에 못지않은 해방감을 맛보았다. 석달 이상이나 격리된 채 짓눌렸던 죽음의 공포로부터의 해방이었기 때문이다. 비석거리에 사람들이 다시 모여들었다. 그동안 시원하게 말도 하지 못하고 웃지도 못해 생긴 목구멍의 때를 벗기려고 소리 높여 떠들고 깔깔깔 함박웃음을 터뜨렸다. 그리움을 억누른 채 만남을 자제해야 했던 젊은 연인들의 해방감 또한 각별한 것이었다.

따알리아와 정두길은 일요일마다 만났다. 따알리아가 이주에 한번꼴로 당직인 일요일에는 두길이 자전거를 타고 삼십리 길을 달려가 만났다. 두 연인은 읍내에서 만날때면 주로 용연과 용두암 바닷가를 거닐며 즐거운 시간을 보냈다. 거닐다가 행인이 없는 틈을 타 기습적으로 입을 맞추고는 깔깔 웃기도 했다. 용연과 용두암 바닷가는 조천리와 달리 지대가 높아서 바다를 아주 넓게 볼 수 있었다. 푸른 하늘과 푸른 바다가 만나 만드는 드넓은 궁륭형의 공간을 바라보면서 따알리아가 "저 하늘과 바다가 서로를 푸르게 비추고 있네예!"라고 말했고, 두길은 맞장구쳤다. "하늘과 바다가 서로를 푸르게 비춘다! 야아, 멋있는 말이네. 그게 바로 시여! 그렇지, 우리처럼! 우리 둘도 저렇게 서로를 따뜻하게 비추고 있어." 두길은 고향의 아름다운 자연을 시로 표현하고 싶다고 말했다. 그리고 자유와 해방을 구가하는 청년들의 격정과 열광에 대한 시도 쓰고 싶다고 했다. 그 바닷가에서 두 연인은 결혼을 약속하고 거즈 손수건에 곱게 싼 각자의 사진을 교환했다.

그런데 호열자 기간 동안 잠잠해서 단념한 줄로만 알았던 부대림의 짝사랑이 되살아났다. 따알리아는 다시 그의 집요한 구애에 시달리기 시작했다. 사랑을 호소하는 편지가 자주 병원으로 날아왔고, 부대림이 볼일이 있어 읍내에 오면 반드시 병원으로 찾아왔다. 대여섯번을

왔는데 그때마다 따알리아가 근무 중이라는 핑계를 대고 만나주지 않자 그는 병원 뒤뜰의 늙은 녹나무에 기댄 채 창 너머로 진료 중인 따알리아를 한시간쯤 바라보다가 돌아가곤 했다. 마음이 여린 따알리아는 그 때문에 전전긍긍하다가 마침내 결심했다. 지금까지는 그가 크게 상처받을까봐 정두길과의 관계를 숨겨왔지만, 이제 결혼을 약속한 이상 가차 없이 단호한 태도를 보이기로 했다.

그 무렵의 어느 날, 고승우는 일본에 밀항해서 사온 고무신, 나일론 양말과 빨랫비누를 오일장에 내다 팔았다. 일본에서 떼였던 돈을 일부 받아서 그 돈으로 사온 물건들이었다. 해방 직후부터 시장에 나타나기 시작한 나일론 양말은 질겨서 오래 신을 수 있어 아주 인기가 있었다. 그 덕분에 양말은 금방 팔렸지만 빨랫비누는 죽인 유대인의 몸에서 짜낸 기름으로 만들었다는 헛소문이 돌아서인지 지난 한달 사이에 절반도 팔리지 않았다. 시장에 나돌고 있는 일본군의 군용 담요도 유대인의 머리카락으로 만든 거라고들 했다.

그날 고승우는 비석거리 바로 위에 자리를 잡고서 낡은 돗자리 위에 고무신과 비누 들을 쏟아놓고 팔았는데, 동갑내기 친구 양순태가 옆에서 호객꾼 노릇을 해주었다. 오일장이 열리는 날이면 리베라 상회에서 빌려온 의자 위에 서서 계몽 연설을 하던 그가 그날은 그 의자에 서서 익살맞게 몸을 흔들고 한쪽 다리를 달달 떨면서 소리쳐 손님들을 불렀다. "싸요, 싸요, 비누가 싸요! 비누를 사시오, 비누를 사! 이 비누로 말할 것 같으면 일본에서 수입한 최고급 비누! 살결이 고와지고 부드러워지는 최고급 비누! 선물용으로 아주 좋습니다! 비누를 사시오, 비누를 사!" 그 한쪽 옆에서는 대장장이 박털보의 아내가 낫, 호미, 괭이, 쇠스랑 따위 철물을 팔고 있었는데, 양순태가 내지르는 소리가 시끄럽다고 손을 홰홰 저었다.

그날 저녁, 고승우는 도와준 양순태에게 술대접을 한다고 리베라 상회에 데리고 갔다. 영춘반점에서 짜장면에 배갈을 사주고 싶었지만 마침 파장 때라 손님이 많아서 앉을 자리가 없었다.

리베라에는 뜻밖에도 부대림이 우울하게 혼자 앉아 소주를 마시고 있었다. 스물네살인 그는 고승우보다 두 살 연상이었다. 가게 안은 석유램프의 흐릿한 불빛 속에 그가 피운 담배 연기가 자욱했다. 안으로 들어서면서 두 사람은 가게 안쪽에 붙은 작은방에 누워 책을 읽던 장영발을 향해 꾸벅 인사를 했다.

"장발이 삼춘, 우리 왔수다예."

"오호, 왔구나. 난 감기 기운이 있어 꼼짝하기 싫으난 느네들이 알아서 찾아 먹으라이."

대림은 웬일인지 표정이 어두웠다. '안면 근육 고장'이란 또 하나의 별명을 얻을 정도로 늘 입가에 웃음을 달고 있는 쾌남아인데, 웬일일까? 승우가 물었다.

"아이고, 또또또 소장님, 무슨 일 있수과? 쾌남아가 어울리지 않게시리 무사 혼자서 우울하게 술 먹엄수과?"

"에이, 느네들 땜에 망했다! 혼자 술 먹으멍 좀 조용히 고민해보젠 했는디, 흐흐흐" 하면서 대림이 씁쓸하게 웃었다.

"무신 고민? 으으, 알았수다. 따알리아 때문이주예?" 하면서 순태가 짓궂게 한쪽 눈을 끔적했다.

대림이 울적한 기분을 바꾸려고 일부러 우스꽝스럽게 몸을 비비 꼬면서 신파조 연극 대사를 읊듯이 말했다.

"아아, 느네들은 모른다, 빠작빠작 타는 이 가슴을. 가슴속에서 연기 많이 나는 생솔가지가 타는 것 같아. 뜨겁고 숨 막혀 죽어지켜!"

"아이고, 성님도. 쾌남아 성님이 여자 때문에 고민하다니!"

"순태, 넌 모른다야, 수렁에 빠진 이 심정을. 사랑은 불가항력이여. 느처럼 가슴이 돌덩이 같은 놈은 이 심정을 모른다, 몰라!" 대림이 푸욱 한숨을 내쉬었다.

이십대 초반, 소주를 마시고 그것으로 목욕을 해도 취하지 않을 나이의 청년들이었다. 언제나 그렇듯이 술은 불 냄새 매캐한 막소주였고 안주는 소라 통조림이었다.

술을 입에 대자마자 기다렸다는 듯이 그들의 입에서 시국에 대한 불만이 터져나왔다. 특히 양순태의 목소리가 높았다. 인민위원회 불법화와 김시범 면장의 파직을 성토하면서 한창 미군정을 비난하고 있는데, 조천 지서의 송광일이 나타났다. 그는 얼른 들어오지 않고 우선 유리문 안으로 머리를 들이밀고서 기웃거리며 살폈다. 그것을 본 고승우가 웃으면서 말했다.

"야, 송순경, 어서 들어와. 남의 집 마당에 들어온 암탉처럼 이리 기웃 저리 기웃하지 말고."

"어이, 미군정 경찰 송광일! 너 염탐하레 왔지? 우리가 무슨 말을 하나, 염탐하레 왔지?"

양순태가 부러 약을 올리자 송광일이 벌컥 화를 냈다.

"짜식, 넌 왜 나만 보면 맨날 비아냥거리는 것고? 기여, 느 말이 맞다! 느네들 무슨 역적모의하나 염탐하레 왔다, 왜!"

"어이구, 그만한 말에 토라져? 쯧쯧쯧, 그냥 장난으로 한 소린디……"

"광일이는 거시기, 나가 불러서 온 거여. 비누 팔아 돈 생길 테니 술 한잔하자고 했주."

송광일이 고승우의 옆자리에 앉으면서 쓴웃음을 지었다.

"하기는 씨팔, 순경이 하는 일이 뭐 그런 거주. 양순태, 느 말마따나 난 미군정의 꼬붕 아니냐. 매일 상부에 동태 보고를 해사 하는디, 뭐 좀 아는 게 있어사 보고서를 쓸 거 아니여. 조천리는 요주의 인물이 많댄 예의 감시하라는 것이 미군정의 명령이여. '청년들은 아무 말썽 없이, 아무 불평 없이 잘 지내고 있습니다. 마을은 평온합니다' 하고 보고하젠 하면 뭐라도 알아사 할 거 아니냐게! 양쪽에 끼어 골치 아파 죽어지켜. 이거야 원, 다른 마을로 전근을 가든지 해사주, 고향 마을에선 참말로 순경질 못 해먹으커라!"

"그래도 광일이가 마을 일에 많이 신경 쓰고 있주." 승우가 말했다. "나도 고무신, 비누를 밀수해올 때 광일이 신세를 졌어. 하마터면 지서 주임한테 들킬 뻔했는디, 광일이가 막 설레발쳐서 못 보게 해주었주기. 고마운 일이주, 고맙고말고! 그래서 나가 오늘 오일장에 물건 판 김에 술 한잔 같이 먹자고 부른 거라."

"맞아!" 양순태가 맞장구쳤다. "광일이 너 아니었으면 우리 마을 재일동포 친목회가 학교에 보낸 그 악기들도 밀수품이라고 압수당했을 거라. 그땐 한쌍백 순경도 애썼주만. 광일아, 느가 다른 지서로 전근 가면 안 된다이. 느 대신에 타지방 놈이 오면 우릴 못살게 굴 거여.”

“그래그래, 광일아, 힘들겠지만 고향을 아끼는 마음으로 여기서 계속 근무해사 해여.” 승우가 술을 따라주면서 말했다.

술기운이 오르면서 좌중의 분위기는 뜨거워졌다. 미국에 대한 날선 성토가 벌어졌다. 미군정 경찰 송광일도 끼어들었는데, 부대림만은 여전히 우울한 표정인 채로 말없이 술잔만 홀짝거렸다.

“이승만, 그 개아들놈이 미국에 들어가서 얻어온 선물 보따리가 무언가 했더니 단독정부 보따리!”

“트루먼이 그 보따리를 주면서 단독정부 추진하라고 등을 떠민 거주.”

“이승만의 처갓집이 미국이니까, 그래서 시키는 대로 하는 모냥이여.”

“이승만의 처갓집이 미국? 야, 무식한 소리 마라. 그건 나가 알지. 이승만의 처는 미국 여자가 아니라 호주 여자여.”

“어? 미국 각시가 아니라고?”

"호주 여자여, 호주! 다들 그렇게 말하는디……"

"또또또 성님은 잘 알 거라, 만물박사니까."

아직도 시무룩하게 고개를 늘어뜨린 부대림에게 묻는다.

"지금도 따알리아를 생각햄수과? 성님, 어느 쪽이 맞는 거우꽈? 이승만 각시가 미국 여자우꽈, 호주 여자우꽈?"

"무스거? 못 들었져."

"이승만 각시가 미국 여자우꽈, 호주 여자우꽈?"

"흐음, 둘 다 틀렸다야. 사람들이 이승만의 처를 미국 사람이니 호주 사람이니 하는디 말이여, 심지어 느네들 같은 먹물깨나 먹은 자들까지도 그렇게 말하는디, 그게 아니라. 호주가 영어로 뭐냐?"

"오스트리아."

"오스트리아? 흐흐, 그것부터 틀렸네. 이승만 각시가 오스트리아 사람인 건 맞주만, 오스트리아는 호주가 아니주. 호주는 오스트레일리아, 그러니까 이승만 각시는 오스트레일리아 여자가 아니고 오스트리아 여자란 말이여." 그렇게 말하고서 대림은 다시 고개를 늘어뜨리고 말없이 소줏잔을 들이켰다.

"어어, 그런 중 몰랐네예."

"까짓것 모르면 어때! 이승만 각시까지 신경 쓸 필요 뭐 있수과? 우린 그런 건 몰라도 알 건 다 압니다. 미국이 해방군이 아니라 점령군이란 거!"

"미국은 해방군이 아니라 훼방꾼이여. 통일의 훼방꾼!"

"이건 친일파의 해방이여!"

"전국적으로 경위급 이상 경찰 간부의 80퍼센트가 친일파라는 거여."

"그건 관공서 관리들도 마찬가지주!"

"구속되어야 마땅한 놈들을 미국 놈들이 오히려 자기 편으로 끌어들였으니. 권력을 주고, 이권을 주면서……"

"적산가옥, 적산 공장도 친일파에게 아주 헐값으로 매도하고!"

"온 나라, 온 백성이 친일파를 반대하니 미국도 결국엔 들어주리라고 생각했는데……"

"양오 어른이 면장 파직당하던 날 말씀하셨댄, 이건 해방이 아니다, 다시 독립투쟁을 벌여야 한다고."

"맞아, 다시 독립투쟁을 벌여사 해여! 새로운 독립투쟁!"

"그런디 또또또 성님, 버르장머리 없지만 성님한테 이 말을 꼭 해사 하쿠다." 순태가 말했다. "이젠 정신 좀 차

립서! 이 어려운 시국에 똑똑한 선배님이 여자한테 빠져 허우적거리는 거 보기에 안 좋수다게. 일어나서 우리 함께 일해사 될 거 아니우꽈?"

"아아, 순태, 느가 이 선배를 욕하는구나. 욕먹어도 할 수 없주기. 난 아직 머리가 복잡해서…… 난 지금 다른 건 생각 못 하키여. 따알리아는 나의 뇌리에서 쫓아낼 수 없는 고정관념이 되어부렀어. 따알리아가 나의 사상, 나의 이념이여. 다른 건 생각 못 하키여. 난 사랑 때문에 죽을지도 몰라……" 대림이 고개를 떨구고 한숨을 내쉬었다.

추석이 지나자 하늬바람이 터져 건초를 장만하기 좋은 날씨가 계속되었다. 상뒷동산 등성이가 꽃향유의 진분홍빛으로 물들고 목장 여기저기에 하얀 억새꽃 무리가 춤추는 계절이었다. 질펀하게 펼쳐진 초원의 초록 위로 갈옷 입은 사람들이 서너명씩, 대여섯명씩 무리 지어 풀을 벴다. 마소를 위한 월동 준비로 건초를 장만해야 했다. 아이들도 동원되어 벤 풀이 햇볕에 마르면 한단씩 묶을 만큼 모아놓고 그것들을 묶을 칡넝쿨을 걷어오는 일을 했다.

양산도는 삯꾼 다섯명을 데리고 거의 일주일 내내 초원에 나가 일을 했다. 만옥도 외갓집에 머물면서 그들과 함께 풀을 벴다. 창세는 학교에 다녀야 하기 때문에 일요일을 이용해 한번씩 목장에 올라가 일손을 도왔다. 쉰마리의 말을 키우기 때문에 건초 오백바리가 필요했다.

창세가 목초 베기에 참여한 그날도 날씨가 좋았다. 햇빛은 맑고 산들산들 불어오는 하늬바람에 풀밭이 굽이굽이 물결치고 있었다.

하늬바람은 살랑살랑 불어온다
어허야 홍 홍애기로구나
산범 같은 장낫(벌낫)으로 물착물착 베어나보자
어허야 홍 홍애기로구나
향기로운 자굴풀도 가시 많은 엉겅퀴도 베어지는구나
어허야 홍 홍애기로구나
가을 한달 베어 겨울 석달 먹을 풀을 살랑살랑 베어나보자
어허야 홍 홍애기로구나

양산도네 일꾼 다섯 사람이 양팔 간격으로 일렬로 늘어서서 노랫소리에 맞춰 장낫을 휘두른다. 창세도 그 일꾼들 중 하나로 끼어들었다. 양산도가 선소리를 먹이고 다른 사람들이 후렴을 부른다. 창세는 장낫을 휘두르는

것이 재미있다. 여러 사람이 구성진 노랫소리에 맞춰 하는 일이어서 그런지 길이가 어른 키만 한 장낫을 휘두르는데도 힘든 줄을 모른다. 장낫으로 풀숲을 휙휙 갈길 때마다 부채꼴로 베여 드러눕는 풀무더기, 거기서 짙은 풀 냄새가 물컥물컥 풍겨온다. 따가운 가을 햇볕과 부드럽게 불어오는 하늬바람이 얼굴과 팔의 살갗에 닿아 일으키는 알싸한 감각도 좋다. 일하고 있다는 느낌이 들지 않는다. 머릿속이 맑게 비워진 것처럼 자기 자신이 느껴지지 않는다. 장낫이 스스로 움직이면서 창세를 움직이게 하는 것 같다. 이따금씩 바람에 밀린 구름이 초원에 그림자를 던지며 지나간다.

하늬바람과 따가운 햇볕 속에서 벤 풀은 빠르게 말라 건초가 되어간다. 벌써 마른 것은 옅은 풀색을 띠고 향기가 좋다. 삯꾼들 중의 한 청년이 탄성을 지른다. "아, 바로 이것이 고향의 향기여. 나가 오사카 부두 노동자로 일할 적에 말이여, 이 건초 냄새가 못 견디게 그리워서 울기도 했어!"

갓 베인 짙은 풀 냄새와 말라가는 풀의 향긋한 냄새가 가득한 허공에 청량한 노랫소리가 섞여든다.

한라산에 먹던 마소들아 동지섣달 설한풍에 무얼 먹

고 살리

어허야 홍 홍애기로구나

마소 한마리 겨울 살젠 하면 건초 서른바리는 해사 겨울 석달 산다

어허야 홍 홍애기로구나

건너편 억새밭에서 오소리 한마리가 날렵하게 뛰는 모습이 창세의 눈에 띈다. 동작이 빨라 흰 억새꽃 위를 휙휙 나는 것 같더니 금방 사라져버린다. 저놈도 월동 준비로 들쥐를 사냥하는가보다. 참 재미있는 동물이다. 몸통이 오동통하게 살쪄 무거워 보이는데도 그 짧은 다리로 얼마나 날쌔게 움직이는지 사냥개도 쫓아가지 못한다. 아니, 그보다 더 재미있는 것은 그 미련한 행동이다. 오소리의 월동 준비란 늦가을까지 이것저것 열심히 주워 먹어 몸통을 한껏 살찌우는 것인데, 높은 데 올라 여러번 떨어져보며 살진 몸이 더이상 아프지 않을 때까지 계속 사냥해서 열심히 먹어댄다고 한다.

초록빛 목장 한편에 돌연 누런 먼지구름이 솟아오른다. 말떼가 달려간다. 말떼의 말발굽 소리는 말이 내는 소리가 아니라 땅속 한가운데서 울려나오는 소리 같다.

목장의 말들은 다행히 가뭄으로 독해진 야초를 먹고도 살이 올랐다. 나이 먹고 충분히 살이 찐 말들을 골라 육지부에 수출할 때가 왔으므로, 양산도는 자기 소유의 쉰마리 남짓한 말들 중에서 스무마리를 골라 내다 팔기로 했다. 동업자가 된 조카 만옥도 따라나섰다. 스무마리의 말을 배에 태우고 바다를 건넌다는 것은 쉬운 일이 아니었지만, 만옥은 지난 몇개월 동안 열심히 배웠기 때문에 아직은 서툰 대로 말을 다룰 자신이 있었다. 금전 출납 따위의 서무도 만옥이 맡았는데, 외삼촌은 테우리 노릇을 오래 한 탓에 손이 거칠고 두꺼워져서 지폐를 잘 세지 못했다.

건초 장만이 끝난 뒤 배 띄우기 좋은 날을 골라 삼촌과 조카 두 사람이 말 스무마리를 몰고 조천포로 향했다. 말은 겁이 많은 짐승인지라 혹시 무슨 일에 놀라 달아나면 큰일이므로 앞의 말의 꼬리를 뒤의 말의 머리에 연결해놓았다. 얼마 전 심한 가뭄으로 연못이 말랐을 때, 말떼를 몰고 조천리 해변으로 물을 먹이러 가다가 미군 지프차를 만나 경적 소리에 놀란 말들이 산지사방으로 달아나는 바람에 크게 애먹은 기억이 생생했다. 삼촌이 선두의 말을 이끌고 조카는 맨 뒤 말의 꼬리를 한 손에 잡고 따라갔다. 둘 다 똑같이 검정 물을 들인 일본군 작업복 차림에 낡은 고동색 중절모를 썼는데, 그래서 만옥은 모자 뒤로 늘어진 말총머리만 없었다면 영락없는 사나이 모습이었다. 선두에서 말떼의 행렬을 이끌면서 양산도는 말들이 낯선 행보에 불안해할까봐 내내 노래를 불렀다. 「양산도」도 부르고, 「말 모는 소리」도 불렀다. 말들은 언제나 그의 노랫소리를 좋아했다. 그가 노래를 부르면 말들은 덜렁거리다가도 다소곳해지고, 좋아라고 귀를 쫑긋거리며 꼬리를 홰홰 휘둘렀다.

어려어려 어려어려 어려어려
어허두리 두럼 어려 얼렷 어려 얼렷
어러려 허허허 야아디어 어기영아 허허
어어어어 로로로로려려려

한시간 반쯤 걸려 조천포에 도착했는데, 창세의 모친이 여행 중에 먹을 양식과 취사도구를 마련해놓고 그들을 기다리고 있었다.

말 무역에 주로 쓰이는 화물선을 말배라고 하는데, 조천포에 하나 있는 말배는 이양일의 소유였다. 엔진을 단 동력선이지만 때로는 돛대 기둥에 돛을 올려 바람을 이용하기도 했다. 이양일은 그밖에 화물선을 또 한척 갖고 있었다. 그것은 해물 운반선으로, 얼음을 싣고 해물을 수출하고 생필품을 수입했다.

양산도와 만옥은 먼저 건초와 물통을 싣고 나서 말들을 태웠다. 창세와 어머니도 잔일을 도왔다. 기중기로 말을 배에 옮겨 싣는 장면은 항상 좋은 구경거리여서 아이들이 많이 모여들었다. 사람 허벅지 굵기만 한 통나무들로 조립된 기중기는 높은 바위 위에 거인처럼 우뚝 서 있었다. 말의 뱃구레를 가마니로 튼튼하게 싼 다음 한마리씩 기중기로 들어올려 배에 실었다. 말이 바닷물 위 허공에 떠서 발버둥치는 모습은 언제 보아도 아슬아슬했다. 어떤 말은 너무 겁을 먹은 나머지 허공에서 생똥을 내갈겨 아이들을 즐겁게 했다.

이번에는 끝판에 가서 작은 사고가 발생하여 아이들을 더욱 즐겁게 했는데, 말 한마리가 배에 옮겨져 기중기의 갈고리가 벗겨지는 순간 발을 잘못 디뎌 물에 풍덩 빠졌던 것이다. 양산도가 달려가 물에서 헤엄치는 말을 향해 올가미를 던졌다. 단번에 올가미에 목이 걸린 말을 얕은 곳으로 유도해서 뭍으로 끌어올리자 아이들이 탄성을 지르며 손뼉을 쳐댔다. 물에 흠뻑 젖어 다갈색에서 검정색으로 변한 말의 몸이 기름을 바른 듯 햇빛에 번들거렸다. 놀란 말이 연신 머리를 휘두르며 푸르르푸르르 투레질을 해댔다. 양산도는 만옥에게 고삐를 휙 던져주고는 다음 말을 싣기 위해서 기중기 쪽으로 갔다. 만옥이 그 말이 요동치지 못하도록 고삐를 주둥이 가까이 바투 잡고서 다른 손으로 콧등과 귀 뒤를 부드럽게 쓸면서 한참 달래주었다.

마침내 말 스무마리가 모두 배에 실렸다. 평평한 뱃장에 서로 얼굴을 보지 못하게 반대 방향으로 말들을 세워놓고 각각의 기둥에다 고삐를 묶었다. 자칫 강풍을 만나 파도가 거세지면 멀미를 일으킨 말들이 요동질하다가 사고가 나기 쉽기 때문에 각별한 주의가 필요했다. 심한 멀미에 죽는 말도 종종 있었다.

하역 작업을 마친 다음 양산도와 만옥은 근처에 있는 새콧알할망당에 가서 흰떡과 메밀떡, 구운 옥돔을 상에 올리고 이번 뱃길이 무사하기를 기원했다. 만옥네 조상과 인연이 깊은 그 할망은 제주와 육지 사이를 오가는 배의 안위를 관장하는 여신으로, 이번 항해의 종착지인 나주 영산포가 바로 할망의 고향이었다. 구렁배암의 화신인 그 여신은 먼 옛날에 나주의 곡식 창고를 지키다가 만옥의 조상을 따라 조천포에 들어왔다고 했다.

마침내 돛대 끝에 출항의 흰 깃발이 올라갔다. 그와 동시에 말뚝에 맸던 굵은 밧줄을 벗기고 닻을 감아올리자 말배는 연통에서 검은 연기를 토하면서 뿌아앙 귀청 떨어지게 큰 소리로 뱃고동을 울렸다. 만옥이 모자를 벗어 꾸벅꾸벅 절하면서 소리쳐 인사했다. "어머니, 잘 갔다 오쿠다예! 창세야, 느도 안녕히!" 어머니가 몸 성히 다녀오라고 소리치며 손을 흔들고, 창세도 모자를 벗어 흔들었다. 구경꾼 아이들도 손을 흔들었다. 만옥이 배를 타고 제주 바다를 건너기는 이번이 두번째였다. 재작년에 물질을 위해 백령도에 갔었고, 이번에는 테우리가 되어 말을 몰고 영산포로 가게 된 것이다.

화물선은 연통에서 검은 연기를 날리면서 꽁무니에 흰 물꼬리를 끌고 힘차게 파도를 헤치며 나아갔다. 만옥은 어머니와 창세의 모습이 멀어져 흐릿해질 때까지 계속 손수건을 흔들었다. 소리 없이 눈물이 주르륵 흘러내렸다. 손수건으로 눈물을 닦는 조카를 보면서 양산도가 껄껄 웃었다.

"잠깐 이별인디, 열흘 안에 돌아올 건디 뭐 그렇게 서럽냐? 고향 떠나는 것이 처음도 아닐 텐디……"

만옥의 얼굴에 금방 웃음이 돌아왔다.

"육지에 원정 물질 한번 갔다 왔습주마씸. 그땐 반년 가까운 이별이라 막 소리 내영 엉엉 울어집디다게, 호호호! 하여간 이별은 짧아도 슬픈 거라예."

만옥은 돛대 기둥에 팔을 걸고 기댄 채 수평선 쪽을 바라보았다. 돛대 끝의 흰 깃발이 바람에 펄럭거렸다. 물빛은 점점 시퍼렇게 짙어졌다. 파란 하늘에 흩어진 새털 구름떼가 배가 향하는 수평선 쪽으로 길게 뻗어 있었다. 항해하기 좋은 날씨였다. 하지만 어느 바다보다도 기상 변화가 심한 것이 제주 바다였다. 바다 골짜기가 깊어 물빛이 무섭게 파랬고, 잔잔하다가도 갑자기 강풍이 불어닥치곤 했다. 수평선 쪽에서 적란운이 강풍에 밀려오면 잔잔하던 바다가 거멓게 멍들고 파도가 높게 일어 배를 널뛰게 만든다는 것을 만옥은 잘 알고 있었다. 아버지의 배 미영호도 그렇게 해서 난파당했다.

배의 종착지인 새콧알할망의 고향 나주 영산포에 닿으면 그 근처 가축 시장에 말들을 몰고 가서 팔게 되어 있었다. 거기까지 가는 뱃길은 변덕스러워서 자칫 바람을 잘못 만날 경우 거의 열댓시간 동안 물 위에서 호되게 멀미에 시달려야 하는데, 다행히 마파람이 배 꽁무니에 불어주어 돛까지 올리게 되면 더 빨리 갈 수도 있었다. 추자도, 진도 벽파진을 지나고 소용돌이가 무서운 울돌목을 거쳐 목포에서 영산강을 허위허위 거슬러 올라가야 나주 영산포에 닿을 수 있었다. 그 뱃길은 그녀의 먼 조상 안씨 선주가 굶주린 섬 백성을 위해 나주 곡창의 쌀을 배에 실어 운반했고, 몇년 전까지만 해도 부친이 말 무역을 위해 외삼촌과 함께 다녔던 바로 그 길이었다.

"삼춘, 그 옛날 왕실에 말 진상할 때도 이 뱃길로 갔지예?"

"그럼, 영산포까지 뱃길은 똑같았주. 그래도 옛날에 비하면 지금은 많이 좋아졌주. 옛날엔 운반선이 돛배 아니냐. 날이 궂어 풍랑이 일면 배 안에서 말들이 멀미로 울부짖고, 그러다가 죽기도 하고, 서로 부딪혀 넘어지면서 다리가 부러지기도 했어. 그래서 그 옛날 말 진상 일은 참 고통스러웠주. 진상하레 한양으로 올라가는 도중에 그렇게 죽고 부상당하는 말들이 생기니, 그걸 벌충하젠 여분의 말 대여섯마리를 따로 챙겨사 했주."

"일년에 말을 몇마리나 진상했는고예?"

양산도가 담배를 피워 물었다. 내뿜는 담배 연기가 콧수염에 엉겼다가 바람에 흩어졌다.

"일년에 삼백필가량을 두번인가 세번에 나눠서 왕실에 바쳤댄 하더라. 삼백마리! 백성의 등골을 파먹는 것이 진상이란 거여! 만옥이 너, 말 진상을 거부했다가 참수당한 양목사 전설 들어봔? 우리 조상, 탐라 양씨여."

"못 들어봤는디……"

"까마득한 옛날이야기라 지금 사람들은 잘 모를 테주.

그런디 저 서쪽 한림 명월리 근방에는 지금도 그 양목사를 조상신으로 섬기는 우리 양씨들이 있댄 하더라. 옛날 옛적, 아마도 탐라국 시절 이야기일 거라. 목사라 하는 것은 지금의 도지사가 아니냐. 제주 목사가 하는 일 중에 제일로 중한 것이 왕실에 바치는 여러가지 진상품을 감독해서 차질 없이 이행하는 거라. 그중에도 말 진상이 제일로 중요했주. 말 진상 때문에 제주 백성들이 죽어났지. 그것도 보통 말이 아니라 백마를 바치라고, 해마다 백마 백필을 진상하라 했던 거라."

그런데 어느 해인가 가뭄이 심하여 갈색으로 변한 목장의 풀이 질기고 독해졌고 그걸 먹은 말들이 많이 폐사하는 일이 발생했다. 양목사는 이러한 사정을 왕실에 알리고 이번만은 말 진상을 면제해달라고 호소했다. 그 호소는 받아들여지지 않았다. 그러자 양목사는 왕명에 불복하여 버텼다. 이에 대로한 왕이 양목사를 죽여 목을 가져오라고 금부도사와 검객을 제주로 보냈다. 이 소식을 미리 안 양목사는 관가 사람들에게 잠깐 육지에 유람을 다녀온다고 속이고서 빠른 배를 빌려 타고 섬을 빠져나갔다. 고씨 성을 가진 사공이 배를 몰았다. 그런데 운 나쁘게도 제주 물마루를 채 넘지 못하고 제주로 향하던 금부도사 일행이 탄 배와 딱 마주치고 말았다. 금부도사가 잔뜩 의심하여 묻기를, 어디로 누가 타고 가는 배냐, 하니까 물색 모르는 고씨 사공이 얼른 나서서 대답하기를, 제주 양목사가 육지 유람 가는 배입니다, 하고 말았다. 그러자 금부도사와 검객이 대번에 검을 빼어들고 양목사가 탄 배로 날래게 뛰어들었다. 하지만 용력이 뛰어난 양목사가 호락호락 당하겠는가! 민첩하게 몸을 놀려 순식간에 검객의 손에서 칼을 빼앗아 번개 치듯 목을 베니, 머리통은 간데없고 몸뚱이는 바다에 떨어졌다. 겁먹은 금부도사가 칼을 던지고 무릎을 꿇었다. 양목사가 호령했다.

"금부도사는 듣거라. 임금은 백성의 어버이인디 참으로 이럴 수가 있느냐. 우리 제주 백성은 임금을 어버이로 모시고 한집안 한 가족처럼 살고 싶었거늘, 어찌하여 아비가 자식이 먹을 것을 빼앗아 굶주리게 만드는고! 일년에 한번 백마 백필을 바치라 하니, 도대체 임금의 배는 얼마나 크기에 백마 백마리를 먹고 삭일 수 있다더냐. 백마 백마리를 마련하느라 먹을 것 못 먹고 굶주리는 것이 우리 제주 백성들이다. 이런 실정을 임금께 잘 여쭈어라."

무릎을 꿇고 엎드린 금부도사가 눈물을 뚝뚝 흘리면서 예예 하고 머리를 조아렸다. 그렇게 감복해서 듣는 척

하던 금부도사는 양목사가 방심한 순간을 노렸다가 갑자기 놓았던 칼을 집어들고 벌떡 일어났다. 고함 소리와 함께 칼날이 햇빛에 번쩍 빛났고 다음 순간 양목사의 한 몸이 두 몸이 되었으니, 머리는 뱃장에 떨어져 뒹굴고 육신은 바다에 떨어졌다. 그 육신이 바다에 떨어지자마자 파도가 크게 일어나 통 굵은 푸른 물결과 흰 물결이 서로 어울려 머리 없는 몸뚱이를 감싸안고 뭉클뭉클 굽이치고 요동쳤는데, 보니 그것은 청룡과 백룡, 두마리의 용이었다. 두마리 용이 양목사의 육신을 안고 헤엄쳐 아득히 깊은 물속 용왕국으로 들어갔다.

참수된 머리는 왕에게 바쳐야 했다. 금부도사가 양목사의 머리를 안고 피를 닦아 흰 보자기에 싸려고 하는데, 몸이 없는 그 머리가 마지막 할 말이 있다고 고씨 사공을 불렀다. 사공이 "목사또님! 목사또님!" 하고 비새같이 울면서 그 앞에 엎드렸다. 몸이 없는 머리가 두 눈을 감은 채 입을 벌려 말했다. 고향에 돌아가거든 양씨 집안에 이 사실을 알리라고, 제주 백성을 어떻게든 살려보려 애쓰다가 이렇게 참수당하고 말았으나 내가 죽었어도 아주 죽은 것은 아니라, 죽어서도 불쌍한 백성을 돌보는 조상신이 되겠노라고,

하늬바람이 쓸고 가는 바다에는 거품을 인 흰 물결이

일렁거리고 있었다. 흰 물결이 푸른 물결과 어울려 뭉클뭉클 굽이치는 광경을 보면서 만옥은 양목사를 용궁으로 데려간 청룡과 백룡을 상상해보았다.

"히야, 거참 재미있는 전설이네예! 청룡 백룡이 나타나고, 목 잘린 머리가 말을 하고, 호호호!"

"하여간에 말 진상 때문에 대대로 우리 조상들이 참 고생 많았주기. 그 말들을 모아 한양까지 진상 가는 것도 보통 힘든 일이 아니었어. 제주 바다 건너기도 힘들지만, 나주 영산포에 도착하면 거기서부터 육로로 한양까지 올라가사 하는디, 그때도 말이 죽거나 부상당하는 일이 생겨. 백마리 넘는 말떼를 몰고 가젠 하면 테우리가 여러명 필요했어. 우리 집안 조상들은 대대로 목축을 하니까 말을 잘 다루주. 그래서 진상 가는 디 자주 차출됐어이. '한양 천리'란 말 들어봤주이? 나주에서 한양까지 대로가 뚫렸는디, 그것이 천리 길이여. 그 먼 길을 해마다 우리 조상들이 그 많은 말떼를 몰고서 한양까지 올라갔단 말이다. 백마리 말떼가 대로를 가득 메우고 천리 길을 올라갈 때는 천지 구분 못 하게 먼지구름이 일어나고 말 울음소리, 테우리들의 말 모는 소리가 사뭇 요란했주게."

"와아, 그것참 대단한 행차였겠네예!"

"볼만한 구경거리였주. 지나가는 마을마다 사람들이 몰려나와 구경들 했어이. 하지만 지친 몸을 끌고 날마다 걷는 일이 보통 일인가. 한양 천리 길 가는 디 보름 이상 걸렸거든. 말이나 사람이나 고생이 많았주. 그래서 고생을 참다못해 몽니를 부리기도 했다는 거라. 연도의 고을들이 차례대로 진상 말들을 먹일 곡식이나 목초를 내놓게 되어 있었는디, 만약 어느 고을이 사료를 충분히 내놓지 않거나 테우리들에게 밥 대접을 소홀히 한다거나 하면 그 백마리 넘는 말떼를 곡식 자라는 논밭에 몰아넣어 먹어치우게 했다는 거라, 하하하!"

"잘코사니, 하하하!" 만옥이 손뼉을 치면서 웃었다.

바람살이 거세졌다. 파도가 높아지자 말들이 불안하게 발을 굴렀다. 말들이 멀미할까봐 걱정이 된 양산도가 목장에서처럼 「말 모는 소리」를 불러 달래주었다. "어려려려허 허허러러 여여 어령 하려령 으어헝 허허허."

만옥은 바람에 날아가지 않게 중절모를 꾹 눌러썼다. 부친이 쓰던 모자 아래로 말총머리가 바람에 나풀거렸다.

영산포로 말 무역을 갔던 양산도와 만옥은 말 판매 대금의 일부를 헐어 감자 다섯가마니를 사가지고 돌아와서 마을 사람들에게 팔았다. 양식 부족으로 고생하는 이들을 생각해 전혀 이윤 없이 원가 그대로 팔았다. 호열자가 물러난 다음에도 배고픔의 고통은 좀처럼 끝나지 않았다. 기대했던 가을의 조농사가 실망스럽게도 또 흉작이었던 것이다. 물론 지난번 보리농사보다야 낫긴 했지만 문제는 흉작인 상황에 부과된 강제공출이었다. 일제의 악명 높은 강제공출의 부활이었으니 농민들의 분노는 당연한 것이었다.

그러니까 가뭄과 호열자로 여러달 정신을 차릴 수 없었던 농민들을 빠르게 각성시켜준 것이 바로 그 강제공출이었던 셈이다. 일제의 강제공출이 다시 나타나다니! 천부당만부당한 일이었다. 농민들은 자기가 먹기에도 턱없이 부족한 식량을 빼앗기지 않기 위해 일제 때처럼 땅속에, 숲속에, 굴속에 비장하면서 공출을 거부했다. 일제 때 숨기던 자리를 다시 파고 곡식을 묻었다. 농민들과 경찰, 면서기 사이에 다시 마찰이 빚어지기 시작했다. 공출을 강압하기 위해 경찰과 면서기가 미군과 함께 지프차를 타고 마을을 돌았다. 그들은 일제 때와 똑같이 숨겨놓은 곡식을 찾는다고 죽창으로 집 안팎 여기저기를 찌르고 쑤셔댔다. 공출 실적이 저조하면 면장이 파면당할 수도 있었기 때문에 면서기들을 여간 다그치는 게 아니었다.

그 무렵 인민위원회 소속 청년 조직이 민주청년동맹(민청)이란 이름으로 재탄생했는데, 조천리 비석거리에서 열린 강제공출 반대 집회에서 양순태를 비롯한 민청 소속 청년 서너명이 잇따라 단상에 올라 울분을 토했다.

"저 사람들이 시방 우리가 수확한 보리를 탈취하젠 햄수다. 쌀 키운 사람이 쌀이 없어 굶어 죽을 지경이 되었수다. 그런데도 여러분은 이번에도 왜놈 시대와 같이 공출을 바칠 거우꽈? 그 지긋지긋한 공출을 다시 하겠수과? 이런 세상은 절대 받아들일 수 없수다! 싸워야 합니다. 반대의 깃발 아래 궐기합시다!"

쌀을 사 먹는 사람들이 많은 읍내 사정은 더 나쁠 수밖에 없었다. 이런 상황 속에서 모리배들의 매점매석이 기승을 부렸다. 쌀값이 열배 넘게 천정부지로 뛰었다. 그때 창세는 '인플레'란 말을 처음 들었다. 하루 벌이로 됫박쌀이나 봉투쌀을 사 먹는 영세민은 그야말로 아사 직전이었고, 돈이 있더라도 쌀을 구하기가 어려울 지경이었다. 읍내 주정 공장이 주정 원료로 수집해두었던 고구마 삼천가마를 민간에 도로 방출했지만 새 발의 피였다.

그래서 「산타 루치아」를 개사한 「쌀타루치아」가 청년

들과 학생들 사이에 유행했는데, 미군정의 쌀 배급 정책을 풍자한 것이었다.

창고에 쌓인 쌀 배급은 안 주고
바람은 부는디 어디로 가코
내 배는 고픈디 느 배도 고프냐
쌀 타러 가자 쌀 타러 가자
내 배는 고픈디 느 배도 고프냐
쌀 털러 가자 쌀 털러 가자

미군정의 무분별한 미곡 정책으로 인한 식량 부족 현상은 육지부도 마찬가지였고, 특히 대구가 전국적으로 가장 심했다. 대구, 경북 일대에 호열자가 만연하자 전염을 막는다며 대구시를 봉쇄해버린 탓이었다. 모든 도로가 차단되면서 시골로부터의 미곡 공급이 끊기자 대구 시민들은 대부분 기아 상태가 되었고, 거기에다 호열자가 창궐하여 약 천칠백명의 사망자가 발생했다. 바로 그러한 극한 상황이 10월 1일에 발발한 대구 10월항쟁의 원인이 되었다. 그 항쟁은 바람 탄 들불처럼 삼남 지방 곳곳으로 번졌으나, 제주 인민위원회는 행동을 자제하여 그 항쟁에 가담하지는 않았다. 한봉 노인이 탄식했다.

“어허, 기어코 삼남 지방에 난리가 나고 말았구나. 흉년에 역병이 겹치면 민란이 일어나기 쉽다고 했거늘! 순조 연간의 홍경래의 난처럼 우리 제주에도 무슨 일이 일어날까 두렵구나. 민생이 도탄에 빠져 원성이 하늘을 찌르고 있으니……”

그러한 민생의 극한 상황을 더 악화시킨 것이 생필품 부족이었다. 해방 전 제주의 주요 생필품 거래처는 수만 명의 교포가 머물러 있는 일본이었는데, 그 무역이 해방과 더불어 불법화되어 극심한 물자난에 시달리자 밀무역을 할 수밖에 없었다. 20~60톤급 작은 어선이나 화물선이 야간을 틈타 물품을 실어날랐다. 사정이 그러했기 때문에 처음에는 경찰의 단속도 그리 적극적이지 않았다. 인민위원회가 힘이 있을 때여서 경찰이 눈치를 볼 수밖에 없었다. 가끔 조천포를 통해서도 밀수품이 들어왔는데, 지서 순경들이 못 본 척 눈감아주곤 했다. 조천소학교를 위해 재일동포 친목회가 보낸 큰북, 작은북, 트럼펫 같은 악기도 아무 탈 없이 전해졌다. 트럼펫은 곧 정두길의 사랑을 받았다. 그는 일요일이면 학교에 나가 트럼펫 연습을 했다.

그런데 미군정이 인민위원회를 크게 탄압하고 경찰

권력을 강화한 뒤부터는 사정이 사뭇 달라졌다. 밀수 단속이 가혹할 정도로 심해졌다. 일본에서 들여오는 물품 대부분이 섬에 결핍된 쌀, 옷감, 고무신 따위 생필품이었음에도 그것들을 밀수품이라고 가차 없이 압수했던 것이다. 이 과정에서 부정부패도 횡행했다. 미군을 포함한 미군정 관리들, 경찰들이 뇌물을 받아먹거나 압수 물품을 법대로 처리하지 않고 모리배들에게 넘겨 폭리를 취하는 일이 벌어졌다.

10월 중순에 문상옥과 고염숙이 여자아이를 낳았다.

11월에 남로당 제주도위원회가 출범했다. 남로당은 미군정에 등록된 합법 대중정당이었다.

같은 달에 장차 정부가 수립되면 국군 조직이 될 국방경비대 제9연대가 모슬포에서 창설되었다. 제주 청년들이 주축이 된 향토 부대였다. 무기는 경찰과 마찬가지로 일본군이 남긴 38식, 99식 장총이었다.

연말에는 불길하게도 광견병이 돌았다. 침을 질질 흘리고 눈이 빨갛게 충혈되어 보기에도 흉측한 미친개들은 사람을 만나면 더러 덤벼들었고, 호열자로 죽어 가매장한 시체를 파서 다리를 물고 다니는 장면이 목격되기도 했다. 수백명이 미친개에 물려 병에 걸렸고 그중 수십명이 사망했다. 미친개 퇴치운동이 벌어졌다. 호열자의 공포와 흉년의 굶주림과 강제공출에 일년 내내 시달린 도민들에게 미친개떼는 또다른 재앙의 등장처럼 몸서리쳐지는 일이었다. 길길이 뛰며 덤벼드는 개들을 몽둥이를 휘둘러 때려잡는 청년들의 눈에는 무섭게 핏발이 서 있었다.

1947년이 되었다.

굶주림과 전염병, 강제공출로 정신을 차릴 수 없었던 한해를 보내고 해가 바뀌어도 진구렁에 빠진 민생은 나아질 기미가 보이지 않았다.

새해 벽두부터 대표적 밀수 관련 비리 사건인 복시환 사건이 터져 민심은 더욱 흉흉했다. 서귀포 법환리 출신 재일동포들이 고향에 전기 시설을 해주기 위해 마련한 자재와 마을 사람들과 학생들에게 줄 옷감, 고무신, 학용품 등을 싣고 들어오던 화물선 복시환이 해안경비대에 나포되어 압수당한 물품이 모리배들의 손에 넘어간 사건이었는데, 미군을 포함한 미군정 관리, 경찰, 그리고 거기에 빌붙은 우익단체의 인물 들이 바로 그 모리배들이었다. 『제주신보』는 대담하게도 **해방은 모리배들의 해방인가**를 굵은 활자로 뽑아 이 사건을 대서특필했다. 이 사건은 민심을 크게 동요시켰다. 그동안 얼마나 많은 사람들이 그와 같이 '밀수'라는 이름으로 피해를 당했던가. 게다가 미군정의 고위 관리인 미군들까지 모리배와 결탁했다는 것은 충격이 아닐 수 없었다. 이 사건은 그동안 설마 그럴까 싶어 주저하던 미군정에 대한 불신이 뚜렷이 표면화하는 계기가 되었다.

오일장이 있던 어느 날, 조천리 민청은 비석거리 위 장터에서 마을 사람들과 타지에서 온 장꾼들을 상대로 시국 연설회를 열었다. 민청의 핵심인 조천중학원 학생들 네명이 의자 위에 번갈아 올라가 주먹을 휘두르며 목소리 높여 연설을 하고 구호를 외쳤다. 창세는 특히 자치회장 김용철의 웅변에 감동받았다. 그는 온몸을 흔들면서 격정적으로 말을 토했다.

"저 복시환 사건을 보십시오. 저 모리배들을 보십시오. 이것이 무슨 해방입니까? 이건 모리배의 해방입니다!"

"이건 우리의 해방이 아니라 친일파의 해방입니다!"

“일제 때 원성 높았던 그 강제공출이 이제 되살아났으니, 이것이 도대체 무슨 해방이란 말입니까?”

마지막 순서는 창세와 동갑인 열다섯살 송찬일이었다. 열아홉살 김용철보다야 못했지만 이른 아침 바닷가에서 연습을 해온 터라 솜씨가 제법이었다. 그는 교모를 벗어 움켜쥐고서 “헐벗고 굶주려도 싸울 줄 아는 여러분!” 하고 외치면서 격렬하게 몸을 흔들었는데, 그 바람에 딛고 선 의자가 넘어질 듯 뒤뚱거려 사람들이 웃음을 터뜨렸다. “허, 그놈 참 똑똑하다!” 어른들이 박수를 치면서 칭찬했을 때 창세는 가슴속에서 질투의 응어리가 꿈틀거리는 것을 느껴야 했다.

연설이 끝나자 검은 옷을 입은 민청 행동대 청년들의 구보 시위가 등장했다. 왓샤왓샤 소리치면서 발을 맞춰 구보하는 시위였는데, 그래서 행동대의 별칭이 ‘왓샤 부대’였다. 구성원 대부분이 조천중학원의 나이 많은 학생들이었다. 태극 문양이 그려진 머리띠를 질끈 두른 열댓 명이 대오를 짜 왓샤왓샤 소리치면서 구보를 시작하자, 나머지 학생들이 그 뒤를 따르고 조무래기들도 달려가 긴 행렬을 만들었다. “왓샤왓샤! 완전 독립! 왓샤왓샤! 공출 반대! 왓샤왓샤!”

구보 시위는 거의 매일 일과 후 늦은 오후 시간에 벌

어졌다. 몇사람이 왓샤왓샤 구령을 지르면서 천천히 뛰기 시작하면 이내 마을 청년들이 모여들었다. 창세도 왓샤 소리를 들으면 가슴이 마구 뛰어 집에 가만히 앉아 있을 수 없어 뛰쳐나가곤 했다.

창세는 다시 달리기 시작했다. 왓샤 부대의 뒤를 따라 달렸고, 함덕리에 신문 배달을 가면서 달렸다. 마라톤을 좋아하는 창세는 흉년과 호열자로 중단했던 달음박질을 다시 할 수 있어 너무 기뻤다. 그때는 뛰고 싶어도 배가 고파서 뛸 수 없었다. 그러나 배고팠던 그 시간에도 그는 쑥쑥 자라나 어머니의 키보다 더 커졌다. 이제 두세달 정도만 지나면 아버지가 남기고 간 양복과 두루마기를 입을 수 있을 만큼 키가 자랄 거라고 하면서 어머니는 여간 대견스러워하지 않았다.

창세가 리베라 상회에서 영주가 넘겨준 신문을 받아 배낭에 넣고 문밖으로 나선다. "그럼 잘 갔다와이!" 영주가 하얀 이를 드러내고 생글생글 웃으면서 배웅한다. 그 웃음을 보자 창세는 마음이 싱숭생숭해진다. 며칠 전, 생글거리며 웃는 그녀에게 "너, 이가 참 예쁘네이!"라는 말이 무심중에 나왔는데, 그 말을 해놓고 창세는 얼굴이 빨개졌었다. 아무렇지 않던 이가 왜 갑자기 예뻐 보이는 걸까? 아니, 그뿐만이 아니다. 아무렇지 않던 그녀의 단발머리도 예뻐 보인다. 검은 머리칼이 전에 없이 탐스럽게 보이고, 한가운데를 가른 하얀 가르마도 아름답다. 저번에는 그 검은 머리칼이 햇빛 속에서 윤나는 밤색으로 변하는 것을 보고 신기해서 자기도 모르게 뒤에서 만져본 적이 있었다. 머릿결이 손바닥에 닿는 순간, 그 매끄럽고 부드러운 감촉에 얼마나 놀랐던지! 누나의 댕기머리를 땋아준 적이 여러번 있었지만 그런 감촉은 생전 처음이었다. 그러자 영주가 마치 기다렸다는 듯이 냉큼 뒤돌아서더니 눈을 곱게 뜨고 생글거리면서 "왜에?" 하고 짓궂게 묻는 바람에 창세는 그만 얼굴이 빨개져 말을 더듬고 말았다. "아니, 어어, 머리칼에 지푸라기가 붙은 것 같아서……" 영주는 수학을 아주 잘한다. 한번은 선생님이 칠판 앞에서 풀지 못하고 쩔쩔매는 문제를 영주가 나가서 간단히 해답을 낸 적도 있다. 창세는 가끔씩 리베라상회의 마루방에서 영주, 찬일, 갑송과 함께 숙제를 하고 책을 구해 돌려가면서 읽기도 한다. 영주도 샛별소년대 소속이다.

창세가 신문 배달 배낭을 메고 마을 길 여기저기를 달려간다. 중학원, 소학교, 어업조합, 우편국, 경찰지서, 면사무소 등에 신문을 배달한다. 등에서 털썩거리는 배낭 속에는 『동아일보』와 석달 전에 창간된 『경향신문』과 『제주민보』의 제호가 바뀐 『제주신보』가 들어 있다. 구독자가 많지 않은 탓에 장발이 삼촌이 세 신문 모두의 보급을 맡은 것인데, 그래서 창세의 배낭이 제법 묵직해졌다.

한겨울인데도 날씨가 푸근하여 바람은 세차도 별로 맵지 않다. 샛바람을 정면으로 받으면서 보리밭 사잇길로 창세는 달려간다. 어린 보리싹들이 바람에 파르르파르르 떨고 있다. 연대를 지나 해변 길로 접어든다. 언제나 그렇듯이 달릴수록 몸이 더 가벼워지는 것 같다. 달리다보면 어느새 머릿속에 생각들이 무성해진다.

며칠 전 장터거리에서 연설하던 찬일의 자신만만한 얼굴이 먼저 떠오른다. 나도 그렇게 웅변을 잘할 수 있었으면! 찬일이 부럽다. 그애는 며칠 전 무슨 말끝에 "투쟁하고 조직해야 해"라고 말해서 창세를 깜짝 놀라게 했다. 투쟁과 조직이란 말이 또래 아이 입에서 나오다니! 그런데 어떻게 하면 연설을 잘할 수 있을까? 대중 앞에서 훌륭하게 연설하는 자신을 상상해보지만 영 자신이 없다. 더군다나 그애는 연설 마무리에서 "내 나라를 위해서라면, 이 한 몸 초개같이 버릴 수 있습니다!"라고 부르짖었다. 창세는 뭔가 무시무시한 말 같으면서도 어리둥절했다. 이 한 몸 초개같이 버리겠다고? 그래서 연설이 끝난 뒤에 초개가 뭐냐고 물었는데, 찬일의 대답이 걸작이었다. 자기 형이 원고를 써주었는데 그걸 물어보지 못했다나. 그러면 그렇지, 형이 써준 원고였구나! 그제야 꽁했던 마음이 풀려서 창세는 "설마 초개가 개 종류는 아니겠지?" 하고 농담까지 했다. 옆에 있던 행필도 낄낄대며 놀렸다. "찬일아, 넌 '이 한 몸 나라를 위하여!' 해라. 난 '이 한 몸 인류를 위하여!' 할 테니까. 어때, 나가 더 멋지주이? 하하하!"

그런데 찬일의 형은 경찰 신분인데 그런 연설문을 썼다고? 미군정 경찰이 미군정을 비판하다니, 대단한 일이다. 하지만 내가 연사였다면 연설문을 내가 직접 썼을 것이다. 난 연설은 서툴지만 작문은 일등이니까! 책 읽기를 좋아하니까 글도 잘 써진다.

창세는 두길 선생의 책꽂이에 꽂힌 열댓권의 시집과 소설책을 하나씩 빌려다 읽고 있는 중이다. 그 책들을 찬일, 갑송, 영주와 함께 돌려 읽는다. "책을 읽어라. 책 속에 문명이 있고, 책 속에 세계가 있다"라고 두길 선생은 말했는데, 과연 그 책들 속에는 난생처음 겪는 놀라운 세계가 있다. 아름다운 것, 고귀한 것, 장엄한 것의 세계, 뜨거운 환희와 감미로운 슬픔, 무엇보다 사랑의 세계가 거기에 있다. 그것을 문학이라고 했는데, 그런 책은 정말 귀해서 구해 읽을 수 있는 것은 두길 선생의 책꽂이에 꽂혀 있는 것들뿐이다. 그 책들을 다 읽어버리면 더이상 읽을거리가 없어 안달이 날 터이므로 천천히 아껴서 읽기로 했다. 책 한권을 빌려오면 더럽히지 않도록 표지를 다른 종이로 싸서 다섯번 이상 읽고 또 읽는다. 정지용과 윤동주의 시가 좋아서 더러 공책에 베껴 써서 외우기도 한다. 그런데 시도 좋지만 소설은 더 좋다. 한번은 같은 반 아이한테서 『부활』을 빌려다 봤는데, 그 책이 어찌나 애착이 가던지 차마 주인에게 돌려주기 싫어 쩔쩔맨 적도 있다. 그래, 소설 속에는 문명과 세계가 있을 뿐만 아니라 아기자기한 사랑 이야기도 있다. 그런 책을 읽으면 언제나 가슴이 뛰고 황홀한 기분이 된다.

아직 반 정도밖에 읽지 못한 소설 『상록수』, 뒷이야기가 궁금하다. 빨리 배달을 마치고 돌아가 마저 읽어야지. 그 소설 속에서 '사랑'과 '포옹'이란 단어를 발견했을 때 얼마나 놀라고 가슴이 뛰었던가! 박동혁이 채영신을 '사상의 동지'라고 불렀는데, 그 말이 참 근사했다. 정말 재미있는 소설이다. 나도 커서 그런 소설을 쓰고 싶다. 누가 나에게 "너는 커서 뭐가 되고 싶으냐?" 하고 물으면 서슴지 않고 "소설가!"라고 말해야지. 소설을 쓰는 무역선 선장! 아니, 누가 묻기 전에 내가 먼저 이 소망을 누군가에게 말하고 싶다. 누군가에게 말하지 않고는 결심이 서지 않을 것 같다. 어머니나 누나에게 말했다간 핀잔을 먹을 테고, 누구에게 말할까? 행필에게? 아니, 영주에게 말해야지! 요즘 영주는 창세 앞에서 걸핏하면 웃기를 잘한다. 별것 아닌 농담에도 그애는 재미있다고 까르르 웃음을 터뜨린다. 그렇게 자주 웃어주니까 창세는 자신이 대단한 존재라도 된 것처럼 우쭐해지면서 기분이 아주 야릇하다. 이런 기분은 정말 처음이다. 두근거리는 가슴! 두근거리는 그것이 심장이라는 걸 이제야 알게 된 듯, 심장의 존재를 이렇게 강하게 느껴보기는 난생처음이다. 뭔가 낯선 것이, 야릇하고 황홀한 것이 가까이 다가오는 것 같다.

창세는 설문대할망 전설이 깃든 엉장메코지를 지나 신흥리 해변 길로 접어든다. 바람이 더 거세졌다. 파도 소리가 더 커지고, 길가에 서 있는 팽나무, 멀구슬나무의 잎 달린 수많은 잔가지들이 거센 바람을 맞고 쏴아쏴아 파도 소리를 흉내 낸다. 맞바람에 달리기가 힘들다. 바람에 날아가지 않게 모자를 깊숙이 눌러쓴다. 웃옷에 바람이 가득 들어 등 쪽이 붕긋이 부풀어오르고 귀까지 너풀거리는 것 같다. 갈매기 댓마리가 강풍을 거슬러 날고 있다. 창세도 상체를 앞으로 숙이고 바람 속을 파고든다. 왓샤! 왓샤! 왓샤!

두달 전 모슬포에 창설된 9연대의 한 하급 장교가 어느 날 사병 한명을 데리고 조천중학원을 찾아와 게시판에 모병 광고문을 붙이고, 학생들 앞에서 입대를 권유하는 일장 연설을 했다. 그들은 둘 다 토박이 출신이었다.

모병관 우리 국방경비대는 좌익도 우익도 아니오. 국방경비대는 좌우 어느 한쪽만의 군대가 아니고 삼천만 동포의 군대란 말이오. 동포를 사랑하고 조국을 위하여 순국하려는 피 끓는 젊은이들의 애국 군사기관이오.

학생 1 국방경비대가 좌도 아니고 우도 아니면, 그럼 뭐우꽈? 좌익도 반대, 우익도 반대라면 뭘 찬성하고 뭘 지지하는 거우꽈, 도대체?

모병관 우리는 민족주의요.

학생 2 그럼 좌익은 민족주의가 아니란 말이우꽈?

모병관 그게 아니고 우린 극좌와 극우를 반대한다, 이거요.

학생 3 거, 민족주의는 좋은디, 소문을 듣자 하니 경비대는 대우가 영 안 좋다고 합디다. 경찰은 미군이 준 카빈총으로 무장하고 미국제 군화를 신는디, 경비대의 총은 일제가 남긴 구닥다리 총이고 먹을 것도 모자라 수제비로 끼니를 때운다대요. 그게 사실이우꽈? 미국이 경비대를 미워하는 모냥이우다예?

학생 4 경비대가 그렇게 가난하니 입대하고 싶은 생각이 잘 안 드네예, 하하!

모병관 우리 정부가 수립되면 달라질 거요. 우리 국방경비대가 민족주의를 한다고 미국이 싫어하는 모냥인디, 조금만 기다려봅시다. 내년에 우리 정부가 수립되면 그땐 우리 국방경비대가 조국의 군대, 국군이 되는 거우다!

미군까지 모리배와 결탁한 밀수 사건으로 크게 신망을 잃은 미군정은 2월이 되자 이번에는 양과자 강매 문제로 민심을 들끓게 했다. 그것은 제주 지역만이 아니라 전국적 문제였다. 미국은 9백만 톤이라는 엄청난 물량의 양과자를 갑자기 조선 시장에 풀었는데, 양과자의 홍수가 시장에서 조선 과자를 내몰게 된 것도 큰 문제였지만 그중 상당 부분은 일반에 강매하여 더 큰 원성을 샀다. 외상으로 사 먹으라는 것이었다. 전국의 관공서와 학교가 울며 겨자 먹기로 양과자 상자를 외상으로 떠맡아야 했고, 도시는 물론 농촌에서도 마을별로 흑설탕을 일정량씩 외상으로 배당받았다. 우선 먹기는 달지만 대금을 치를 일이 막연했다. 양식 부족 상황이 계속 이어지던 때인지라 아무리 외상이라도 양과자가 아니고 쌀이었다면 고맙다고 했을 것이다.

마침내 양과자 반대운동이 벌어졌다. 읍내 학생들이 먼저 시작한 그 운동은 도민의 호응 속에 제주 전역에 퍼졌다. 많은 학교에서 학생과 교원이 함께 결의하여 도 학무국을 통해 배당으로 나온 과자 상자를 수령하기를 거부했고, 배당받은 흑설탕을 반환한 마을도 적지 않았다.

"설탕은 달다마는 갚을 도리가 있는가!"

"외상이라면 소도 잡아먹는다는 말이 있는디, 인간의 그런 나쁜 심보를 저놈들이 간사하게 이용하고 있단 말이여!"

"미국 과자는 엄청 달아. 다디달아서 아주 혀가 녹아부러. 조선 과자는 비교도 안 되여. 조선 과자가 일원 가치라면 미국 과자는 백원 가치가 되주."

"그러니까 시장에서 조선 과자가 미국 과자를 당최 이길 수 없주."

"그래서 그게 독약이라는 거여. 조선을 좀먹는 미제 침략자들의 독약!"

2월 10일에 읍내에서 양과자 반대 시위가 있었다. 미군정에 대한 최초의 집단 항의였다. 그러나 문제는 단순히 양과자 강매만이 아니었다. 지난 일년 동안 대기근의 고통과 호열자의 공포에 시달린 섬 백성들은 심신이 찌들 대로 찌들어 있었는데, 설상가상으로 곡식 강제공출이 부활하고, 복시환 사건이 발생하고, 정치적으로 친일파 득세와 남북분단의 문제가 재앙처럼 닥쳐 있었다. 그래서 민심이 건잡을 수 없이 끓어오른 상황에서 양과자 반대 시위가 터져나왔던 것이다.

도내 중등학교연맹 소속 학생 사백명가량이 미군정청이 소재한 읍내 관덕정 광장에 운집하여 '조선의 식민지화는 양과자로부터 막자'라는 구호를 내걸고 양과자 수입 반대 시위를 벌였다. 읍내에 있는 제주농교, 오현중, 제주중, 초등교원양성소의 학생들이 시위대의 대부분을 차지했는데, 읍내와 비교적 가까운 동쪽의 조천중학원과 서쪽의 하귀중학원에서도 소수였지만 성의껏 참가하여 목소리를 보탰다.

"조선의 식민지화는 양과자로부터 막자!"

"양과자는 사지도 팔지도 말자!"

"남북분단 결사반대!"

"친일파를 척결하자!"

스무명가량의 조천중학원 학생들은 세시간 걸리는 먼 거리를 걸어가 참가했고 창세와 행필도 함께 갔다. 거기에서 그들은 읍내 학생들이 벌이는 격렬한 시위를 보고 눈이 휘둥그레졌다. 차량 시위는 처음 보는 것이었다. 백여명의 학생들이 앞에 현수막을 건 트럭 몇대에 분승하여 요란하게 경적을 울리며 달리고, 나머지 학생들은 트럭 행렬 뒤를 따라 구보하면서 구호를 외쳤다. 창세들도 그 대열에 끼어 신나게 달렸다. 하지만 시위는 곧 진압되었다. 기관총을 설치한 미군 지프차가 시위대를 향해 무섭게 내달리면서 드르륵 공포까지 쏘았던 것이다. 그러나 관덕정 광장에서 쫓겨난 시위대 중 일부는 정뜨르 비행장으로 몰려가 미군 막사를 겨냥하여 활주로의 마른 잔디에 불을 질렀다. 불은 해풍을 타고 빠르게 번져 위험스러웠지만 용케 미군 막사에 피해가 가기 전에 진화되었다.

그날의 시위는 미군들뿐만 아니라 도민들에게도 큰 충격이었다. 최초의 반미 시위인데다가 그렇게 격렬한 시위는 처음이었기 때문이다. 도민 일반에게 반미 의식을 정신 번쩍 나게 일깨워준 이 사건은 그러나 미군정이 경찰 병력을 증강하는 결과를 가져왔다. 시위 직후, 들끓는 민심에 당황한 미군정은 작년의 대구 10월항쟁 토벌에 투입했던 백명가량의 응원경찰을 불러들였다. 조천지서에도 충남 부대 소속 순경 여덟명이 배치되었다.

느닷없이 들이닥친 육지 경찰을 맞이하게 된 지서 주임 김기호 이하 토박이 순경 세명은 아연실색할 수밖에 없었다. 화가 난 송광일이 몸을 부르르 떨며 말했다. "순태야, 느네들 이제부턴 참말로 몸조심 잘해사 할 거여! 재네들 독이 잔뜩 올라 있어. 10월항쟁 진압 때 민중들이 총 맞아 많이 죽었지만, 지원대로 간 충남 부대 경찰도 민중들한테 맞아서 더러 죽었댄 하더라. 재네들이 그때 동료 죽은 분풀이를 엉뚱한 데 와서 할지 몰라. 보나 마나 앞으로 탄압이 무지 심해질 거여. 미군정이 우리 같은 토백이 경찰은 못 믿겠다고 육지 경찰을 불러들인 거 아니냐게. 팔 대 삼이여! 저 육지 것들한테 수적으로 열세인디 어떻게 우리가 힘을 쓰겠나, 어이구!"

양과자 반대 시위는 그 직후 읍내에서 벌어진 3·1운동 기념 대집회의 예행연습이나 다름없었다. 그 집회는 좌우 연합체인 민주주의민족전선(민전)이 주도했는데, 제주읍민 외에 인근 지역인 조천면과 애월면 면민들도 함께 참가한 대규모 행사였다. 나머지 여덟개 면은 면 단위로 동시다발로 기념식을 거행하기로 했다. 심상치 않은 분위기에 놀란 미군정이 집회 허가를 내주지 않았지만 그대로 밀고 나갔다. 민족의 명절인 3·1운동 기념식을 외국 군대가 하지 못하게 막는다는 것은 있을 수 없는 일이었다.

특히 의장 안세훈을 필두로 조천리 출신 인사 여러명이 민전의 간부로 진출해 있어서 마을 청년들의 열기가 뜨거웠다. 대회 며칠 전부터 왓샤 부대가 구보로 마을을 돌며 큰 소리로 집회 참가를 독려했다. 일반 서민들에게는 정치 문제보다 당장 먹고사는 일이 급했으므로 먹을 양식을 빼앗아가는 강제공출 문제를 더 부각했다.

"조천리민 여러분, 내일 읍내에서 전도민대회가 있습니다. 너도나도 모두 참가해서 보리 공출, 감저 공출 결사반대를 외칩시다! 조천리민 여러분, 내일은 모두 마을을 비우고 읍내 관덕정 마당으로 달려갑시다!"

조천리에서 읍내 중심지인 성안까지는 도보로 세시간 걸리는 거리여서 일찌거니 새벽밥을 차려 먹고 나와야 했다. 날이 밝자 이백명 가까운 청년들, 소년들이 조천중학원 운동장에 모여들었다. 불발탄 껍데기로 만든 학교

종이 땡강땡강 연달아 울어댔다. 모인 사람의 절반은 조천중학원 학생들이었다. 그리고 그 학생들의 절반 이상은 나이가 많은 민청 소속 청년들이었고, 나머지는 창세처럼 아직 열여섯살이 안 된 소년들이었다. 소학교 상급반 아이들도 적잖이 나와 있었다. 민청의 행동대인 왓샤부대 삼십여명은 위아래 모두 검은 옷 차림이었고, 굳은 결의를 드러내기 위해 각자 태극 문양이 그려진 머리띠를 이마에 질끈 동여매고 허리에는 굵은 새끼줄을 두겹으로 두르고 있었다. 행필도 거기에 끼어 있었다. 인민위원회 트럭은 고장 나서 사용할 수 없었다. 운전사 박석호가 차 앞덮개를 연 채 머리를 박고 고장 난 데를 찾느라 애를 먹고 있었다.

출발 시간이 가까워지자 대오를 지은 청년들이 각자 한손으로 앞사람의 새끼줄 허리띠를 잡고 "왓샤! 왓샤! 왓샤!" 힘차게 기합을 내지르면서 구보로 운동장을 돌았다. 그 뒤를 소년들이 따라 달렸다. 안창세, 장영주, 송찬일, 신갑송이 소속한 샛별소년대는 특별히 준비한 종이 태극기를 흔들면서 달렸다. 소년대 지도 교원 정두길도 함께 뛰었다. 그렇게 운동장을 두바퀴 돌고 난 왓샤부대는 정문 밖 한길로 뛰쳐나가 바로 길 건너에 있는 경찰지서 앞에서 "왓샤! 왓샤!" 우렁차게 기합 소리를 먹이면서 한바탕 기염을 토했다. 며칠 전에 파견된 여덟 명의 충남 부대 경찰의 기를 죽이려고 그렇게 무섭게 고함을 질렀던 것인데, 과연 그 기세에 눌렸던지 그들은 지서 건물 안에 박힌 채 내다보지도 않았다. 한쌍백, 송광일 등의 토박이 순경도 나타나지 않았다. 그렇게 한바탕 위세를 떨친 왓샤 부대는 곧장 읍내를 향해 달려갔다.

우리 왓샤 부대가 그렇게 지서 앞에서 조천이 무너지도록 한바탕 고함을 지르고 나서 읍내로 넘어가는디, 경찰은 아예 숨어버렸는지 꼴도 보이지 않더라. 삼십리 길을 단숨에 날듯이 뛰어서 가는디 발에서 불이 펄펄 났어. 발맞춰서 "왓샤왓샤!" 하면서! 물론 나도 같이 뛰었주. 마라톤 선수가 빠지면 되나. 그 당시 조천리 청년들, 조천중학원 학생들은 그렇게 단결력이 좋았어. 하나로 똘똘 뭉쳐 있었주, 거참!

그날의 왓샤 부대는 읍내 집회에 참가하여 활동하려면 체력을 아껴야 했으므로 어느 정도 가다가 구보를 멈췄다. 그 뒤를 따라 달리던 창세들도 도보로 행진했다. 원당봉을 지날 무렵에 대장장이 박털보의 동생 박석호가 느닷없이 인민위원회 트럭을 몰고 뒤에서 경적을 울리면서 나타났다. 고장 난 차를 용케 고친 것이었다. 한쪽 헤드라이트가 깨진 트럭의 화물칸에는 읍내 집회에 참가하려는 부녀동맹 소속 여자들 예닐곱명이 앉아 있었다. 위원장 김동완, 총무 김옥희를 비롯해 양갑추, 안만옥, 현옥미 등이었는데, 모두가 흰 저고리에 검정 치마를 받쳐 입고 있었다. 박석호가 어서들 타라고 차를 세웠다. 정두길이 소년대 아이들에게 그 차를 타고 가도 좋다고 허락했다. 소년들이 차에 오르자 안에 있던 여자들이 웃으며 손뼉을 쳤다. 만옥이 큰 소리로 말했다. “야아, 느네들 잘 왔져! 자, 우리 다 함께 이 차 타고 읍내로 쳐들어가자!” 남학생들은 화물칸 양옆의 난간을 붙잡고 나란히 섰고 장영주를 비롯한 여학생 세명은 부녀동맹 여자들 틈에 자리를 잡고 앉았다. 사람들을 가득 태운 트럭이 다시 달리기 시작했다. 운전석 뒤 화물칸에 좌우로 선 송찬일과 신갑송이 광목에 콜타르로 **단독정부 결사반대**라고 쓴 현수막을 펼쳐들었고, 나머지 학생들은 종이 태극기를 흔들며 쉬지 않고 구호를 외치고 노래를 불렀다. 창세 옆에 앉아 있던 영주가 일어나 태극기를 흔들며 노래를 불렀다. 그 무렵에 유행하기 시작한 「해방의 노래」였다.

조선의 대중들아 들어보아라

우렁차게 들려오는 해방의 날을
시위자가 울리는 발굽 소리와
미래를 고하는 아우성 소리

박석호도 덩달아 마음이 들떠서 빵빵 경적을 울렸다. 애꾸눈 트럭은 꽁무니에 어마어마한 먼지구름을 일으키면서, 요철 심한 길바닥의 자갈들을 튕겨대고 상하 좌우로 기우뚱거리면서 털털털 달려갔다. 차가 흔들릴 때마다 영주는 일부러 창세에게 몸을 부딪치면서 깔깔대고 노래 부르고 구호를 외쳤다. 하지만 창세는 난생처음으로 차라는 걸 타본 터라 멀미에 시달려 입도 벙긋하지 못했다. 차의 요동질에 따라 머리와 몸통은 물론 배 속 내장까지 마구 뒤흔들리는 것 같았다.

처음에 경찰은 불법 집회라며 강하게 막으려고 했다. 읍내 중심부로 진입하지 못하게 동쪽으로 동문다리, 서쪽으로 한내다리, 남쪽으로 남문로 등 길목마다 기마대를 앞세운 무장경찰이 지키고 있었다. 경찰의 대부분은 며칠 전 육지에서 들어온 충남 부대였다.

창세네가 트럭에서 내린 곳은 동문다리 근처였는데, 다리 앞에 이미 많은 사람이 모여 경찰과 대치하고 있었다. 읍내 외곽 마을인 화북, 삼양 사람들이었다. 차를 타고 먼저 도착한 부녀동맹 소속 여자들과 샛별소년대는 도보로 오는 선배들을 기다렸다. 헬로 모자를 쓴 미군 두 명이 군중을 향해 위협적으로 군마를 몰면서 조선말로 "가! 가!" 하고 호령하고, 다섯명의 순경들은 앞에총 자세로 버티고 서서 "해산! 해산! 해산하라!" 하고 외치고 있었다. 미군이 탄 군마는 몸집이 큰 호말이었다. 낯선 점령군이 무서워 사람들은 뒤로 주춤주춤 물러났다.

삼십분쯤 지나서 드디어 검은 옷의 왓샤 부대를 앞세우고 조천리 민청 청년들이 구보로 도착했다. 그 뒤로 많은 사람이 무리 지어 따라왔다. 정두길, 고승우, 양순태가 함께였다. 조천리 민청이 도착하자 모인 사람들의 사기가 부쩍 고조되었다. 사람이 많이 불어나자 다급해진 순경들이 난폭하게 총대를 휘두르며 밀어붙였다.

"해산하라! 해산! 해산!"

꼴같잖은 것을 보면 참지 못하는 안만옥이 눈을 부릅떴다. 입술을 부르르 떠는 것을 보고 창세가 말리려고 팔을 잡아당겼으나, 어김없이 그녀의 입에서 거친 말이 튀어나왔다.

"무스거, 해산? 해산하라고? 아기를 배지도 않았는디 해산이라니? 난 아직 시집 안 간 처녀여!"

주변 사람들이 왁자하니 웃음을 터뜨렸다. 순경들은 그녀의 대담한 공격에 놀라 눈이 휘둥그레졌는데, 그중 한 순경이 지지 않겠다고 목청을 높였다. 충청도 사투리였다.

"처녀라면 후딱 시집가서 애기 낳을 궁리나 하지, 뭐하러 여기 나와 소리를 지르고 야단인 겨?"

만옥이 더 목청을 높여 되알지게 쏘아붙였다.

"야, 이놈아! 느 같은 놈 낳을까봐 시집 못 갔다, 왜?"

또 한번 주위 사람들이 크게 웃음을 터뜨렸다.

"야, 만옥이 너, 되게 세네!"

옆에서 양순태가 감탄했다.

어느새 동문로는 100미터 후방까지 사람들로 가득 메워졌다. 그 군중이 이제 꿈틀거리기 시작했다. 왓샤왓샤 하는 외침이 삽시에 군중 전체에 번졌다. 왓샤! 왓샤! 왓샤! 말 위에서 미군이 "가! 가!" 하고 소리쳤다. 말이 움직일 때마다 그 미군의 꽁무니에서 권총이 기분 나쁘게 털썩거렸다. 조선 순경보다 미군이 더 무서웠지만, 불안을 물리치기 위해서 사람들은 더 크게 왓샤왓샤 외쳤다. 순간적으로 짜릿한 전율에 휩싸인 정두길의 입에서 저절로 고함이 터져나왔다.

"조선 사람이 3·1절을 기념하젠 하는디, 왜 느네들이 막아? 느네들은 조선 사람 아니냐? 느네들은 도대체 어느 나라 경찰이냐? 미국 경찰이냐?"

그 말이 채 끝나기도 전에 선두에 있던 한 청년이 "이 총은 누구를 쏘려는 총이냐!"라고 벼락같이 소리치면서 앞의 순경이 들고 있던 카빈총을 주먹으로 힘껏 내리쳐 땅에 떨어뜨렸다. 순경이 떨어진 총을 집으려 몸을 굽히는 순간, 사람들이 와아 함성을 지르면서 저지선을 뚫고 동문다리를 건너 읍내 중심부로 우르르 달려갔다.

조천리 청년, 학생 들은 기념대회가 열리는 관덕정 근처에 있는 북소학교 운동장으로 갔다. 북소학교 운동장은 물론 관덕정 광장과 인근 도로가 수많은 사람들로 붐비고 있었다. 개최 예정 시간인 10시가 지났는데도 기념식은 열리지 않고 있었는데, 대회의 주역인 읍내 학교 학생들이 아직 나타나지 않았기 때문이었다. 제주농교, 오현중, 제주중, 제주여중, 초등교원양성소 학생들은 오전 9시에 오현중 운동장에서 먼저 합동 기념식을 가진 다음 북소학교의 본대회에 참석하기로 되어 있었는데, 미군과 경찰이 정문을 봉쇄하는 바람에 나오지 못하고 있다는 것이었다. 그 집회에는 학생들뿐만 아니라 그보다 더 많은 일반인들까지 모여들어 무려 이천명이나 된다고 했다.

북소학교의 넓은 운동장은 절반 넘게 사람들로 채워져 있었다. 많은 청년이 이마에 태극 문양의 흰 머리띠를 두르고 있었다. 연단 옆 게양대 꼭지에 걸린 대형 태극기와 그 양옆으로 비스듬히 내려뜨린 만국기가 바람에 펄럭거렸다. 장대 끝에 매단 태극기도 여기저기 허공에 떠 있었는데, 각 마을에서 준비한 것들이었다. 학생들의 손에 들린 종이 태극기도 수없이 반짝거렸다. 미군정으로부터 거부당한 면 인민위원회와 마을 인민위원회 깃발도 곳곳에 세워져 펄럭거리고 있었다. 갖가지 구호가 쓰인 현수막은 만장처럼 장대 끝에 매달아 길게 늘어뜨렸다. "인민위원회 불법화 결사반대!" "모든 권력을 인민위원회에!" "단독정부 반대!" "미소 양군 철수!" "강제공출 반대!" "친일파 처단!" 청년들이 팔에 두른 완장에도, 머리띠에도 그런 구호들이 쓰여 있었다. 그중 가장 많은 구호가 "강제공출 반대"였다. 모인 사람들은 웅성웅성 말을 나누면서 초조하게 대회 시작을 기다렸다. 저마다 이 대회가 과연 어떻게 될지 불안한 기색이었다. 미군정이 금지한 불법 집회에 참가하고 있으니 아무래도 두려운 마음이 앞섰던 것이다. 정문 앞에 기관총을 설치한 미군정청과 경찰서가 바로 코앞이었고 무장 미군과 경찰이 도처에 깔려 있었다. 다만 철없는 조무래기들만이 신이 나서 사람들 사이를 비집고 이리 호록 저리 호록 내달렸다. 학교 울타리에 서 있는 녹나무와 팽나무에도, 근처 민가들의 지붕 위에도 아이들이 올라가 있었다. 아기 업은 아낙네들도 적잖게 보였다.

왓샤 부대와 함께 행사 현장에 도착한 만옥과 창세는 조천리 깃발이 세워진 곳에서 통통배를 타고 먼저 도착한 이십여명의 마을 어른들을 보았다. 이덕구, 김민학 등의 조천중학원 교원들과 함께 장영발, 박털보, 문상옥 등이 거기 있었다. 경사스러운 행사인지라 모두들 양복이나 두루마기 등 좋은 옷을 입고 나왔다. 흰 두루마기 차림의 장영발은 기자 완장을 차고 있었다. 주최측의 이민하가 나타나 잠깐 반갑게 환담을 나누고는, 마이크가 고장 나서 바꾸러 갔는데 아직 안 와서 걱정이라고 하면서 흰 천막을 친 본부석으로 돌아갔다. 우편국 본국 직원들과 함께 참가한 부대림도 잠깐 나타나 인사를 하고 갔다.

운동장에는 사람들이 계속 불어났다. 한 무리의 청년들이 긴 대열을 이루어 왓샤왓샤 구령을 지르면서 구보로 운동장 둘레를 돌았다. 한 청년이 삐라 뭉치가 잔뜩 든 자루를 어깨에 메고 나타나 본부석으로 달려갔다. "비켜라, 비켜! 썩썩 비켜! 삐라 나간다! 종이 폭탄 나간다!" 삐라가 왜 종이 폭탄이냐는 창세의 물음에 문상옥이 "삐라가 폭탄만큼이나 파괴력이 있다는 뜻이여"라고 대답해주었다. 이어서 전파사 청년이 마이크와 확성기, 전선을 실은 리어카를 끌고 "비켜요, 비켜!" 하면서 나타났다.

그다음에 나타난 것은 정두길이었다. 동문다리를 건너자마자 먼저 도립병원으로 달려가 그리운 따알리아의 얼굴을 보고 온 것이었다. 빽빽한 군중 사이를 빠져나오느라 애먹은 그가 이마의 땀을 닦으면서 만옥에게 말했다. "길에 사람들이 엄청 불어났더라! 사람들 사이를 비집고 가느라고 무척 애먹언. 간신히 병원에 도착핸 따알리아를 만났는데, 허 참! 갑자기 환자가 들이닥치는 바람에 단 몇분도 얘기를 못 했다니까. 교통사고로 한쪽 다리가 부러진 순경을 두명의 동료가 부축하고 들어오는데, 보니까 충남 부대 순경들이더라."

운동장에 사람들이 계속 떼지어 모여드는 가운데 마침내 오현중 운동장에 갇혀 있던 읍내 사람들 이천명이 마치 벌통에서 쏟아져 나온 벌떼처럼 경찰의 봉쇄를 뚫고 달려왔다. 그들이 "왓샤! 왓샤!" 하면서 구보로 달려오자 사람들이 뒷걸음쳐 길을 내주면서 요란하게 박수를 보냈다.

이제 운동장은 입추의 여지 없이 가득 찼다. 곧 기념식이 시작되었다. 단상에 뛰어올라 마이크를 잡은 사회자가 장내를 가득 메운 사람 수가 이만명이나 된다고 말했다. 마이크를 잡은 그가 감격에 겨워 몸을 비틀면서 외쳤다. "그리고 저기 저 관덕정 광장에도 일만명이 모였댄 햄수다! 모두 합쳐서 삼만명, 삼만명이우다! 이건 상상 이상이우다. 어마어마한 숫자가 아닙니까!" 삼만 군중이라는 말을 듣는 순간, 장내에 일제히 와아 함성이 터졌다. 함성은 천둥처럼 성안 전체를 뒤흔들며 메아리쳤다. 교실 유리창이 흔들리고, 지붕 위의 비둘기떼가 날아올랐다. 등에 업혀 구경하겠다고 고개를 뽑고 있던 아기들이 함성 소리에 놀라 아앙 울음을 터뜨렸다.

둥둥 북소리와 함께 기념식이 시작되었다. 민전 의장 안세훈의 개회사를 시작으로 몇몇 인사들의 격정적인 연설이 이어졌다. 대담한 말, 호쾌한 말, 거칠고 뜨거운 말, 숭고한 말이 피를 토하듯 절규로 터져나올 때마다 청중은 우렁찬 함성으로 호응했다.

"위대한 민족해방투쟁인 3·1운동 제28주년 기념식 만세!"

"동포들이여, 동포들이여, 애국 동포들이여!"

"소소한 명예욕과 당파심을 청산하자! 당파의 이해를

초월하여 대동단결하자! 대동단결로 민족적 총역량을 새 나라 건설에 바치자!"

"조국 분단 결사반대!"

"이승만은 물러가라!"

"우리는 3·1정신을 계승하여 새로이 독립운동을 전개해야 합니다!"

"미국과 소련은 즉각 철퇴하라!"

"새 나라, 새 시대는 농민의 힘으로!"

"정권을 인민위원회에 넘겨라!"

"친일파를 처단하자!"

"강제공출 절대 반대!"

"만세, 만세, 우리 조선 만만세!"

극심한 불행과 좌절의 연속인 지난 일년이었다. 대흉년의 굶주림과 호열자에 짓눌린 죽음의 시간이었고, 강제공출, 복시환 사건, 친일파 재등용, 단독정부 추진 등등 미군정이 자행한 총체적 모순이 만들어낸 절망의 시간이었다. 해방의 감격과 미래에 대한 꿈이 참혹하게 짓밟힌 한해였다. 이제 사람들은 피폐했던 마음에 다시 활기가 들어차는 것을 느꼈다. 사람마다 가슴속에 환한 빛이 가득해졌다. 정두길은 감격이 북받쳐 온몸을 부들부들

떨었다. 미군정을 반대하는 거대한 실체가 거기에 있었다! 정두길에게 그것은 소름 끼치는 강렬한 충격이었다.

장내에 가득한 수만 군중이 거대한 물결이 되어 출렁거렸다. 그 엄청난 열광의 기운이 찌들어 있던 절망감을 몰아내주었다. 사람들은 같은 생각, 같은 소망을 품고 함성을 질렀다. 모두가 빈틈없이 빽빽하게 붙어 하나가 되었다. 하나의 생각, 하나의 길, 하나의 노선이 되었다. 저마다 거대한 집단의 공감, 집단의 힘을 실감했다. 그 거대한 실체를 자신이 이루었다는 것, 지금까지 몰랐던 자신의 힘에 스스로 놀라고 있었다. 뭉쳐진 힘이 무언가 큰 일을 이뤄낼 수 있다는 자신감이 생겼다. 하늘을 뒤덮은 검은 구름을 찢고 쏟아지는 햇빛처럼 진리의 빛이 쏟아져 내리는 듯이 느껴졌다. 청년들의 눈에서 감격의 눈물이 흘러내리는 것을 정두길은 보았다. 그의 눈에도 뜨거운 눈물이 솟구쳤다. 연설이 끝나고 북소리가 울리기 시작했다. 쿵쿵쿵! 북소리가 크게 진동을 일으키며 북채가 가슴을 두드리는 듯했다. 두길은 임술년과 신축년에 관덕정 광장을 중심으로 성안을 가득 메웠던 수만 군중의 함성을 상상해보았다. 그때의 그 수만 군중이 바로 지금의 이 군중이 아닌가! 그때의 그 함성과 똑같은 함성을 지금 우리가 외치고 있는 것이 아닌가! 수세기에 걸쳐 가슴에 쌓여온 울분과 원한이 지금 함성이 되어 터져나오고 있었다. 두길도 목청껏 소리 질렀다. 엄청난 함성에 묻혀 자신의 목소리가 전혀 들리지 않았다.

이윽고 기념식이 끝나고, 학생들과 각 마을 민청 소속 청년들은 서둘러 가두시위에 들어갈 준비를 했다. 어느 곳보다 미군정청과 경찰서가 있는 관덕정 광장에서 시위를 벌이는 것이 중요했다. 주최측은 마이크를 통해 불상사 없는 평화시위를 거듭 강조했다.

덩덩 북소리와 함께 장내 몇군데에서 동시에 삐라가 뿌려졌다. 삐라는 들어찬 인파 위 허공에 분수처럼 솟구쳤다가 바람을 타고 사방으로 퍼졌다. 청년들이 상의를 벗어 뚤뚤 말아 허리에 두르고 머리띠와 신발 끈을 더욱 단단하게 동여맸다. 학생들은 벗겨지지 않게 모자의 끈을 내려 턱에 걸었다. 조천리 왓샤 부대는 허리에 이미 새끼줄을 두겹으로 동여매고 있었기 때문에 상의를 벗을 필요가 없었다. 모두 위아래 검은 옷을 입은 그들은 굳게 팔짱을 끼고 몸을 좌우로 흔들면서 우렁차게 구호를 외쳤다. “조국 분단 결사반대! 강제공출 결사반대!” 어느 마을이 전위대가 되어 선두에 설 것인가를 놓고 마을 간에 잠깐 실랑이를 벌였는데, 결국 조천리로 낙착되었다. 문상옥, 정두길, 고승우도 왓샤 부대의 꽁무니에 따라붙었다. 흥분한 장영발이 두루마기를 활활 벗어 창세에게 맡기고는 청년들에게로 다리를 절름거리면서 달려갔다. 하지만 중년의 나이에 고문으로 다리를 저는 그를 청년들이 받아들일 리가 만무했다.

전위대로 발탁된 조천리 청년들을 격려하기 위해 막걸리 세 양동이가 배달되었다. 막걸리를 한사발씩 벌컥벌컥 마시고 나서 육십여명의 전위대는 사열 종대를 짓고 교문을 향해 꿈틀꿈틀 움직이기 시작했다. 대오가 흩어지지 않게 각자 앞사람의 새끼줄 허리띠를 꽉 붙잡고 왓샤왓샤 우렁차게 기합을 넣으면서, 힘차게 발을 구르면서 앞으로 나아갔다. 사람들이 워낙 빽빽하게 들어차 있어 시위대의 선두는 이리저리 몸을 부딪히며 길을 뚫지 않으면 안 되었다. 전위대가 군중 속을 에스 자 형으로 헤쳐 길을 뚫었고, 그 뒤를 다른 마을 왓샤 부대들이 따라붙었다.

운동장을 가득 메운 군중이 좁은 교문을 통해서 밖으로 빠져나가는데, 마치 둑 한군데가 터져 저수지 물이 왈칵 쏟아져 나가는 형국이었다. 그 거대한 물줄기에 휩쓸린 채 창세는 샛별소년대의 다른 아이들과 함께 교문 밖으로 떠밀려 나왔다. 뒤에서 누이의 외치는 소리가 들려왔다. "창세야, 이따가 행사 끝나면 도립병원 따알리아한테 오라잉!" 군중 속 어디로 휩쓸려 들어갔는지 영주도 보이지 않았다. 관덕정 광장은 교문에서 100미터 남짓 떨어진 가까운 곳에 있었는데, 그곳을 향해 시위대가 넓은 길을 가득 메우면서 앞으로 나아갔다. 깃발과 현수막을 흔들면서 우렁차게 구호를 외쳤다. 시위대 한가운데에서 한 청년이 남의 어깨 위에 목말을 타고서 확성기로 구호를 선창했다.

그러나 시위대의 행진은 도지사 관사 앞을 지나 광장으로 들어가는 길목에서 경찰 기마대에 저지당했다. 삑삑 날카로운 호루라기 소리가 귀청을 때렸다. 경찰 다섯 명과 그들을 지휘하는 미군 장교 한명이었다. 경찰 기마병은 카빈총을 등 뒤에 비껴 멨고 앞뒤가 뾰족한 헬로 모자를 삐딱하게 쓴 미군 장교는 권총을 찼는데, 모두의 손에 말채찍이 들려 있었다. 그들이 말채찍을 위협적으로 휘두르며 호령했다. 덩덩 북소리가 행진을 재촉했으나 시위대는 앞으로 나갈 수 없었다. 맨 앞에서 기마대와 마주한 사람들은 뒤에서 왓샤왓샤 하면서 계속 밀어붙이는 바람에 뒷걸음도 치지 못하고 그냥 채찍에 얻어맞을 수밖에 없었다. "아이고, 나 죽네! 밀지 마라, 밀지 좀 마!" 앞사람들이 날카롭게 비명을 올렸지만 소용없었다. 서로 빈틈없이 달라붙어 이미 하나의 거대한 생명체가 되어버린 군중은 뒤로 물러설 줄 모르고 오직 앞으로 꿈틀꿈틀 움직일 뿐이었다. 기마대가 그 거대한 덩어리를 깨기 위해 사람들을 향해 채찍을 마구 휘두르며 사납게 말을 몰았다. 달려드는 말발굽에 차이지 않으려고 사람들이 뒤로, 옆으로 급격하게 쏠리고 쓰러지면서 큰 혼란이 일어났다. 사람의 비명 소리와 놀란 말의 울음소리가 요란했다.

그 와중에 창세는 동무들을 놓치고 허둥대다가 왼쪽 발목을 삐고 말았다. 영주를 찾아 두리번거렸으나 여전히 그녀의 세일러복은 보이지 않았다. 해녀 대장 양갑추가 미군이 휘두르는 채찍에 맞아 비명을 지르며 얼굴을 감싸는 것이 보였다. 장벽을 만난 군중의 큰 물줄기는 자연히 양옆으로 범람할 수밖에 없어 좌우 골목길로 우르르 몰려들었다. 창세는 삔 발목 때문에 민첩하게 옆으로 빠져나갈 수 없었다. 사람들 사이에 꽉 끼인 채 속절없이 앞으로 둥둥 떠밀리다가 기마대와 딱 마주치고 말았다. 미군이 탄 군마가 바로 코앞에 있었다. 두려움에 심장이 바싹 오그라들었다. 미군이 고삐를 잡아채자 군마가 앞발을 쳐들면서 벌떡 솟아올랐다. 말발굽에 박힌 편자가 번쩍거렸다. 편자 박힌 말발굽에 머리통이 찍혔다간 크게 다칠 터라 얼른 옆으로 비키다가 창세는 옆 사람의 팔꿈치에 옆구리를 잘못 맞아 쓰러졌다. 숨이 막힐 정도로 아팠다. 쓰러진 채 땅바닥을 기어서 간신히 길가의 전신주로 갔다. 기마대가 무섭게 몰아치는데 거기에 휩쓸렸다간 더 다칠 것 같아 전신주를 끌어안고 버텼다. 시위대는 기마대의 사나운 공격에 밀려 20여 미터쯤 떨어진 도지사 관사 앞까지 후퇴했다. 시위대에서 떨어져나온 창세는 자기도 모르는 사이에 관덕정 광장 입구에 와 있는 것을 알았다. 광장 주변에는 많은 사람이 모여 시위대가 나타나기를 기다리고 있었다.

맞붙어 싸우느라 지친 시위대와 기마대는 동작을 멈추고 잠시 소강상태에 들어갔다. 길가의 집들마다 대문 앞에 양동이 물을 내다놓아 시위대는 그 물로 마른 목을 축이면서 잠시 숨을 골랐다. 창세의 삔 발목은 이제 퉁퉁 부어올랐다. 아주 가까운 곳에 따알리아 누나가 다니는 도립병원이 있지만 밀집한 군중을 뚫고 거기까지 가는 것은 불가능한 일이었다.

그런데 그 짧은 소강상태 속에서 느닷없이 우스운 일이 벌어졌다. 미군 장교가 혼자서 광장 쪽으로 이동하려고 말을 돌렸는데, 그 말이 몇걸음 안 가서 멈추더니 오줌을 콸콸 내질렀던 것이다. 꼬리를 바짝 치켜든 꽁무니에서 오줌이 세차게 쏟아졌다. 강한 오줌 냄새가 사방에 확 퍼졌다. 주위에서 웃음들이 터졌다. "어휴, 저건 완전 폭포수네, 폭포수!" "저것 보라게. 오줌발에 땅이 파였져! 역시 덩치 큰 호말이라 오줌발도 세네." "어이구, 오줌 냄새 지독하다!" 왁자하니 터지는 웃음소리에 뒤돌아본 미군이 얼굴이 빨개진 채 얼른 광장 쪽으로 말을 몰고 갔다.

광장으로 들어오는 모든 도로가 밀려든 사람들로 가득 찼는지 사방에서 터져나오는 함성이 아까보다 더 커졌다. 그 함성 소리에 고무되어 도지사 관사 앞 시위대가 다시 꿈틀꿈틀 움직이기 시작했다. 기마대에 밀려 옆길로 후퇴했던 청년들도 몰려나와 합세했다. 교복을 입은 농업학교 학생들이었다. 그들이 「해방의 노래」를 선창했다. "조선의 대중들아 들어보아라 우렁차게 들려오는 해방의 날을 시위자가 울리는 발굽 소리와 미래를 고하는 아우성 소리."

그때 시위대 앞쪽에서 덩치 큰 농교생 한명이 튀어나오더니, 순경이 탄 군마에 달려들어 꼼짝 못 하게 고삐를 주둥이 가까이 틀어잡고는 외쳤다. "자, 여러분, 어서 통과합서! 나가 이렇게 말을 꽉 붙잡고 있을 테니 어서 통과합서! 통과! 통과! 통과하시오!" 말 위의 순경이 악을 쓰면서 채찍으로 후려갈겼지만 그는 얻어맞으면서도 고삐를 틀어쥔 채 꿈쩍도 하지 않았다. 사람들이 환성을 지르면서 그 앞으로 쇄도했다. 발목을 삔 창세는 전신주 옆에 그대로 앉아 있었다. 경찰의 저지선은 쉽게 무너졌다. 둑 터진 물처럼 큰 소용돌이를 만들면서, 시위대가 장대에 매단 태극기와 현수막을 휘날리며 광장 안으로 우르르 몰려갔다. 북소리와 함께 잇따라 함성이 터지고 호루라기 소리가 낭자했다. 겁을 집어먹은 말들이 앞발을 쳐들며 히이잉히이잉 울부짖었다. 다른 시위대들도 잇따라 광장으로 밀고 들어갔다. 광장 주변에 모여 있던 사람들이 시위대를 맞아 박수를 보냈다. 시위대의 행렬은 꼬리에 꼬리를 물고 꿈틀꿈틀 에스 자를 그리며 구호를 외치면서 광장을 가로질렀다. 무장경찰대가 기관총을 설치하고 삼엄하게 경계를 펴고 있는 경찰서와 이웃한 미군정청 앞을 시위대가 잇따라 지나가면서 우렁차게 구호를 외쳤다. "단독정부 절대 반대! 강제공출 절대 반대! 미소 양군 즉각 철수! 친일파를 처단하라!"

시위대가 서쪽 서문다리를 향해 광장을 빠져나가는 중에 돌연 도지사 관사 쪽에서 사고가 발생했다. 창세도 그 장면을 보았다. 길가에서 구경하던 한 아이가 기마대의 말발굽에 차여 길가 고랑창에 처박혔던 것이다. 그 기마병이 다친 아이를 본체만체하고 지나치자 사람들이 크게 분노했다. 여기저기서 돌이 날아갔다. "저놈 잡아라! 저놈 잡아!" 돌을 맞은 말이 비명을 지르며 앞으로 내달렸다. 사람들에게 쫓긴 기마병은 광장을 가로질러 전속력으로 경찰서 정문을 향해 달려갔는데, 그때 갑자기 벼락 후려치듯 연발의 총성이 울렸다. 타타타타! 일제사격의 총성이었다. 대기를 찢어발기는 총소리! 광장이 일시에 비명 소리 낭자한 아수라장으로 변했다. 뭉쳐 있던 군중은 순식간에 붕괴되었고, 사람들이 광장을 벗어나려고 산지사방으로 죽을 둥 살 둥 달아났다. 광장으로 통하는 길들이 삽시간에 도주하는 사람들로 가득했다. 골목길에 사람들이 가득 밀려들면서 몸에 부딪혀 돌담 울타리가 와르르 무너졌다.

그때 진료 중이던 따알리아는 총소리를 듣고 사뭇 긴장했는데, 곧 병원 앞길을 가득 메우며 많은 사람이 황망히 피신해 몰려오는 것이 창문을 통해 보였다. 그 사람들의 맨 앞에 피 흘리는 두명의 부상자를 업고 부축한 청년들이 병원 정문을 향해 허겁지겁 다가왔다. 따알리아가 그들을 맞으러 서둘러 병실을 나서는데, 바로 옆 병실의 문이 벌컥 열리더니 교통사고를 당한 동료를 간호하던 충남 부대 순경 두명이 동시에 튀어나왔다. 그중 한명은 당장 일을 낼 듯이 양손으로 카빈총을 거머쥐고 있었다. 그가 "폭도야, 폭도! 폭도가 쳐들어온다!"라고 외치면서 달려나가려는 것을 다른 순경이 팔을 잡고 말렸다. "야, 야, 이순경, 정신 차려라, 정신 차려!" 그자가 붙잡힌 팔을 홱 뿌리치고는 총대로 상대방의 가슴을 밀쳤다. "비켜, 이 새끼야! 지난 대구 10월 폭동 때 우리 경찰이 얼마나 많이 죽었는가 몰러? 시방 저 폭도 새끼들이 우릴 죽이려고 몰려오는 겨!" 그러고는 현관으로 달려가 병원 정문을 통해 마당으로 들어오는 사람들을 향해 총을 발사했다. 정문 앞이 순식간에 아수라장으로 변했다. 사람들이 비명을 지르며 엎어지고 고꾸라지면서 밖으로 튀어나갔다. 병원 직원 두명이 뒤에서 덤벼들어 그자를 껴안아 자빠뜨리자, 동료 순경이 그자의 총을 빼앗았다.

정신 나간 그 순경의 총질에 다행히 사망자는 없었지만 두명의 중상자가 발생했다. 동료 순경이 속삭여 말하기를, 소동을 일으킨 그 순경은 지난 대구 10월 난리 때 동료 대원이 많이 죽어서 심한 노이로제에 걸려 있다고 했다.

놀란 가슴을 가라앉힐 겨를도 없이 따알리아는 다른 임무를 부여받았다. 광장에 여러명의 사상자가 방치되어 있다고 하니 가서 들것에 운반해오라는 것이었다. 따알리아는 호열자 방역 때 사용했던 적십자 완장을 다시 꺼내 오른팔에 찼다. 병원 직원들 몇명과 함께 병원 앞길에 아직도 머물러 있는 청년들 십여명을 불러모아 구조대를 만들어 100미터쯤 떨어진 현장으로 달려갔다. 광장의 남쪽 입구에서 그들은 길가 돌담에 몸을 붙인 채 동정을 살폈다. 또 총격을 가해올까 두려웠다. 건너편 경찰서 정문에 무장경찰대가 부동자세로 서 있는 것이 눈에 들어왔다. 군중이 썰물처럼 빠져나간 텅 빈 광장에 괴괴한 침묵이 깔려 있었다. 여기저기 땅바닥에 적잖게 버려진 검정 고무신과 쓰러진 장대 끝의 태극기와 현수막 들을 보면서 따알리아는 무섬증이 일었다. 사람들의 발에서 벗겨진 수많은 고무신이 어쩐지 시체를 연상시켰다. 그 넓은 공간에 미군정청의 펄럭거리는 성조기 외에 움직이는 것은 아무것도 없었다. 부동의 풍경. 숨 막힐 듯 팽팽한 긴장감. 마치 물속에 빠진 것처럼 공기가 빽빽하고 위험하게 느껴져 숨을 크게 쉴 수가 없었다. 그 괴괴한 침묵 속에 일제사격의 총소리가 메아리처럼 들려오는 것 같았다. 따알리아는 환각을 떨치려고 머리를 흔들고 몇번 심호흡을 했다. 가까운 곳에 쓰러진 사람들 여러명이 보였다. 오른쪽의 식산은행 앞 계단과 왼쪽으로 제주 차부 앞이었다. 설마 적십자 완장을 찬 사람한테 총질은 하지 않겠지. 따알리아는 입고 있는 흰 가운과 붉은

십자가 그려진 적십자 완장을 한번 만져보고 용기를 내어 광장 안으로 성큼 발을 들여놓았다. 뒤따르는 청년들에게 다급하게 말했다. "후닥닥 처리하고 빨리 돌아갑시다!"

네명은 즉사했고, 중상자도 여러명이었다. 모두가 피투성이였는데, 흰옷에 붉은 피가 더욱 끔찍스러웠다. 우선 급한 대로 중상자들을 들것에 옮겨 신속하게 병원으로 날랐다. 중상자들은 고통스럽게 신음하면서 물을 달라고 간청했다. 그중 세명은 위급한 상태였다. 한 아주머니가 피에 젖은 적삼 가슴에 젖먹이를 안고 쓰러져 있었는데, 둘 다 중상이었다. 물을 달라던 아주머니가 따알리아에게 간절한 눈빛으로 애원했다. "이 아이 살려줍서! 제발 이 아이만은 살려줍서게!"

치명상을 입은 그 여인은 병원에 실려온 지 얼마 지나지 않아 사망했고, 젖먹이도 며칠 후에 사망했다.

미군정은 즉각 그날부터 요란한 사이렌 소리와 함께 야간 통행금지령을 발동했다. 야간이 아닌 대낮에도 관덕정 광장은 이제 지나가기 무서운 곳이 되어버렸다. 발포는 경찰서 정문 앞의 무장경찰이 아니라 망루에 배치되었던 다른 경찰의 소행이라는 것이 밝혀졌다. 일제사격의 총알이 빗발치듯 날아왔던 높은 망루에는 여전히 경찰의 검은 그림자가 꾸물거리고 있었다. 광장은 정적이 무겁게 깔렸고, 어쩌다 그 공간에 들어선 행인은 공기가 빠져나간 진공 속인 듯이 숨이 막혀 반달음질 쳐서 얼른 빠져나가곤 했다. 둘씩 짝지어 다니는 기마경찰의 말발굽 소리만이 또렷하게 들려올 뿐 모든 것이 차갑게 굳어 있는 가운데 군정청의 성조기만이 괴이쩍게 바람에 나부끼고 있었다.

그 무차별 발포 사건의 희생자는 사망자 여섯명에 중상자 여덟명이었다. 사망자들의 원혼을 달래기 위해 마을별로 마을장이 치러졌고, 유가족을 위한 조위금 모금운동이 전도적으로 벌어졌다. 평화로운 시위에 총을 쏘아 사람들을 죽이다니, 이건 있을 수 없는 일이다! 있을 수 없는 일이다! 있을 수 없는 일이다!

3·1절 집회에서 발목을 다친 창세는 그날 간신히 화물트럭을 얻어 타고 집으로 돌아왔는데, 온종일 흥분한 탓에 어찌나 피곤했던지 저녁 먹다가 숟가락을 들고 밥을 입에 문 채 잠에 떨어져 어머니를 깜짝 놀라게 했다.

그날 기마경찰이 휘두른 말채찍을 맞고 한쪽 뺨이 지렁이처럼 벌겋게 부풀고 멍이 든 양갑추는 그런데도 바로 이튿날 다른 해녀들과 함께 연대 밑 바다에 들어 미역을 캤다. 겨우내 채취하지 않고 키운 미역이 치렁치렁 탐스럽게 자라 있었다. 3월 초의 물속은 차가웠다. 한번 물에 들었다가 나온 해녀들은 불턱에서 모닥불을 얼싸안고 몸을 녹였다.

그들 중에 양갑추, 안만옥, 현옥미가 전날 3·1절 집회에 참가했기 때문에 자연히 불턱은 그 이야기로 떠들썩해졌다. 무고한 사람을 여섯명이나 쏘아 죽인 경찰에 대해 "원수 놈의 살인쟁이들"이라고 저주하면서 한바탕 분통을 터뜨렸다. 그러면서도 그네들은 이번에 처음으로 남자들의 전유물인 시위에 참가했기에 여간 자랑스럽지 않았다. 해방 후 마을에서 여자들이 부녀동맹을 조직하면서 목소리가 높아지자 '해방 후 강해진 것은 양말과 여자'라는 평판이 생겼다. 일본에서 질긴 나일론 양말 밀수품이 들어오기 시작한 것이 그 무렵이었다.

세살짜리 아기를 큰딸 공순에게 맡기고 열성적으로 시위에 참가했던 양갑추가 말채찍에 맞아 한쪽 뺨에 생긴 상처를 두고 걸쭉한 입담으로 남편 고정오에 대해 욕설을 퍼부었다. 남편을 상대로 한바탕 활극을 벌였다고 했다. 남편이 두달 전부터 노름에 빠져 이발소 수입을 죄다 날리고 있다는 것이었다.

"허 참! 우리 집 그 멍청이가 말이여, 읍내 3·1절 행사에 갔다고 날 때리는 거라, 여자가 아기를 놔두고 그런 델 갔다고. 노름쟁이 주제에, 참 나! 어딜 때린 줄 알아? 여기, 경찰 채찍에 맞아 멍든 이 뺨을 갈기는 거라. 경찰이 때린 데를 그놈이 또 때리더라니까! 어찌나 아프고 화가 나던지 참말로 못 참겠더라. 나가 팔 힘 좀 센 거 느네들 알주이? 저 만옥이만큼 세진 못하주만."

만옥이 킥킥 웃었다.

"흠, 하여간 나가 그 멍청이 팔을 잡고 그냥 비틀어부렀주기. 전엔 한번도 그런 적 없었는데, 나가 그만 분통이 터져버린 거라. 어구구, 죽는 소릴 하데, 하하! 팔을 비틀어놓고서 한바탕 닦아세웠주기. '여자는 그런 데 가면 무사 안 되여? 아니, 그 중요한 행사를 '그런 데'라니! 뭣이 중요한 중도 모르고 노름밖에 모르는 멍청이 주제에! 그래도 이녁이 사내냐? 3·1절 날에 조선 독립 만세를 부를 줄 모르는 것도 사내냐? 사내로서 이녁이 할 일을 이녁이 안 해서, 나가 하다가 이렇게 머리 다쳤다! 다신 화투 못 치게 이 손목을 아주 꺾어부러사 하키여!' 하면서 막 팔을 비틀었주게."

좌중에 통쾌한 웃음이 터졌다.

"하이고, 잘했수다게!"

"맞수다! 3·1절 날에 조선 독립 만세 안 부른 건 사나이가 아닙주게!"

"역시 우리 대장이 최고여!"

"그런디 말이다," 해녀 대장 양갑추가 지렁이같이 부푼 뺨의 상처를 실룩거리면서 다시 말을 이어갔다. "그 멍쳉이가 말이여, 마누라한테 팔 비틀렸댄 창피해 죽겠다고 하면서 펄펄 뛰더니 마루 구석에 놓인 소주병을 들고 벌컥벌컥 들이마신 거라. 그게 소주인 줄 알고 들이켠 모냥인디, 그게 소주가 아니라 석유였거든, 하하하! 석유를 그렇게 많이 먹고 무사할 리 있나. 그냥 나자빠지더라. 잘코사니! 하지만 어떵 하나, 밉지만 약방에 가서 약을 구해다 먹였주, 흐흐!"

허리를 잡고 박장대소하는 후배들을 바라보면서 갑추가 타령조로 말했다.

"어허, 돌 멍쳉이는 담이나 쌓고, 낭토막 못생긴 멍쳉이는 불이나 때고, 호박 멍쳉이는 국이나 끓여 먹고, 볼락 멍쳉이는……"

"구워나 먹고, 얼씨구!" 만옥이 추임새를 먹였다.

"그려, 볼락 멍쳉이는 구워나 먹는디, 저 인간 멍쳉이

고정오는 어따 써먹나. 어따 써먹을꼬 걱정이여, 걱정! 하하하."

"우리 집 황평일이는 그런 투쟁 일을 너무 좋아해서 탈이우다게. 너무 열심히 하면 위험한디……" 강월아가 말했다. "밖에서 왓샤왓샤 소리가 나면 튀어나가지 못해 막 안달해여마씸. 나가지 못하게 막으면 날 막 잡아먹을 듯이 눈을 부라리고예, 허 참! 그런디 '사상이 낙후하다'는 말, 거 무슨 뜻인고예? 요새 어디서 그 말을 배웠는지 걸핏하면 나보고 '이 여편네가 사상이 낙후해서 바가지만 긁는다' 해여마씸."

"사상이 낙후하다? 거 뭔 말이라?"

"아마 무식하다는 말일 거우다." 만옥이 아는 체했다.

"아이고, 황평일이 저도 무식쟁이면서! 하여간에 말을 안 들어마씸. 되지 않게 딴생각 말고 집에 있으라고 아기를 맡기고 어디 좀 갔다 오면예, 그사이에 아기 업고 나가서 왓샤 부대에 참가하는 거라마씸. 하이고 참!"

"우리 집 아방도 아기 업고 회의에 잘 참석하는디…… 등허리가 아기 오줌에 척척히 젖어도 불평을 안 해여마씸, 호호호!" 고염숙이 말했다.

그렇게 한바탕 떠들며 웃고 나서 그들은 육지부 바다로 원정 물질을 갈 궁리를 했다. 후보지로 백령도와 울산 바다가 거론되었다. 백령도는 물 반 미역 반에 전복이 나무 열매처럼 바위에 다닥다닥 붙어 해물이 풍부한 곳이고, 울산 바다는 돈벌이가 좋은 우뭇가사리가 많았다. 의논 끝에 울산 바다를 선택했다. 양갑추는 세살 난 아기를 공순이와 시어머니한테 맡기고 떠나기로 했다. 안만옥은 목장 일 때문에, 오숙희는 다음 달에 결혼하기 때문에 빠지고 젖먹이를 데린 고염숙도 빠지게 되어서 양갑추, 현옥미, 강월아는 부득이 이웃 동네 여자들과 함께 동아리를 짜기로 했다. 육지 물질을 나가면 보통 반년이 지나야 귀향했다. 대장 양갑추가 말했다.

"육지 물질 가젠 하면 서방과 잠자리도 피해사 해여. 배 속에 아기를 가지면 육지 물질은 못 가주."

그 말에 옥미가 웃으면서 농담했다.

"나도 이번엔 꼭 육지 물질 가야 하는디, 아이고, 우리 집 그 귀신은 밤이면 밤마다 여덟발 뭉게(문어)처럼 꼼짝 못 하게 내 몸뚱이에 달라붙는디, 그걸 어떵 떼어놓을지 걱정이우다, 호호호! 그런디 염숙아, 저기 느네 서방 아니가? 아기 젖 먹이러 오네."

옥미가 가리킨 쪽에 아기를 업은 문상옥이 바위와 돌을 피하면서 허청허청 불턱으로 내려오고 있었다.

"저 문서방 참 착실한 사람이우다. 무슨 회의를 할 때도 아기 업은 채 참석하고예." 만옥이 말했다.

"갑추 성님, 성님네 아기 이젠 아주 젓 뗐지예?"

"거참, 젓 떼기 어렵더라. 일년 반 만에야 겨우……"

염숙이 얼른 일어나 남편을 맞으러 불턱 밖으로 나갔다. 아기를 보자 안기도 전에 젓이 먼저 흘러나와 물적삼 앞섶을 적셨다. 문상옥이 등에 업은 아기를 내려 아내에게 안겼다. 생후 오개월짜리 아기는 젓꼭지를 물고 좋다고 포동포동한 두 다리를 바둥거렸다.

"오늘도 회의 있수과?"

젓 먹는 아기의 땅콩알같이 작고 동글동글한 발가락들을 만져보면서 문상옥이 대답했다.

"지금 막 회의를 끝내고 오는 길이라. 우리는 발포 명령자를 처벌하라고 강하게 요구하고 있주. 그런디 미군정이 아직 대답이 없단 말이여. 참, 오늘은 우리 아기가 기특하게도 회의 중에 울지 않더라. 오줌도 싸지 않고이, 하하하!"

"쯧쯧쯧, 사내 어른이 아기 업고 회의에 가다니 거참 체면이……"

아기 머리통과 그만큼이나 큰 아내의 둥근 젓가슴을 흐뭇한 표정으로 바라보면서 그가 말했다.

"그거 뭐, 자기 아기를 업고 다니는디 남부끄러울 거

있나?"

염숙이 눈을 가늘게 떠 곱게 눈웃음치면서 말했다.

"나 좋은 물건 하나 잡았수다. 붉은 해삼, 물트락하게(투실하게) 살진 거 두개! 이따 저녁에 그거 안주 삼아 소주 한잔합서예."

"아하, 그거사 좋주, 좋아!"

도민의 강력한 요구에도 불구하고 미군정은 발포 명령자 처벌 문제에 대한 언급은커녕 사과의 발언도 한마디 없었다. 열흘 가까이 참고 기다렸으나 아무런 대꾸가 없자 민심은 극도로 악화되어 3월 10일, 마침내 전도적 총파업이 벌어졌다. 좌파, 우파를 망라한 민관 총파업이었다. 제주도청, 군청, 읍사무소, 면사무소 등 경찰 및 사법기관을 제외한 대부분의 행정기관과 각급학교, 우편국, 무선국, 측후소, 전매서 등의 공무원들, 신한공사, 운수회사, 은행, 금융조합, 어업조합, 전기회사 등 제주 직장인 95퍼센트에 달하는 사만여명이 파업을 단행하였고, 심지어 경찰의 20퍼센트도 가담하였다. 물론 파업에 가담한 경찰은 육지부에서 파견된 응원경찰이 아닌 토박이 경찰이었다. 조천 지서 한쌍백 순경도 파업에 참가했다.

조천 우편지국의 부대림도 파업에 적극 가담했다. 얼굴에 늘 웃음이 떠나지 않던 그는 짝사랑의 괴로움으로 한동안 우울증에 빠져 아무 일에도 관심이 없더니, 갑자기 분노의 표정으로 바뀌었다. 사랑의 상처에서 벗어나려는 안간힘이었다. 그는 우편국 파업에 앞장섰다.

창세의 당숙 안봉주도 공무원으로서 적극 가담자였다.

파업 성명서와 삐라가 제주도 전역 곳곳에 나붙어 분노의 목소리로 외치고 있었다. 심지어 읍사무소, 면사무소, 경찰지서 게시판에도 나붙었다. "친애하는 동포여! 피 있는 청년 학도여! 반대의 깃발 아래 총궐기합시다!"

조천중학원도 동맹휴학을 단행했다. 그날 운동장에 모인 전교생 앞에서 자치회장 김용철이 연설을 했다. 탁자 양쪽 모서리를 꽉 쥐고 흔들고 오른팔을 들어 손가락으로 허공을 찌르면서 목청이 터져라 외쳤다.

"……왜 총을 쏘았나? 왜 쏘았나? 왜 죽였나? 왜? 왜? 왜? 피 있는 청년 학도들이여, 궐기합시다! 민족해방 기념일인 3·1절 행사를 못 하게 막고, 여섯명의 무고한 인민들까지 학살한 것이 바로 미국입니다! 그것이 바로 미국이 말하는 민주주의란 말입니다! 잔혹무도한 저들의 만행에 대해서 피 있는 청년학도로서 우리가 어찌 수수 방관할 수 있겠습니까!”

연설은 짧았지만 강한 호소력으로 청중의 폐부를 찔렀다. 그의 열변에 호응하여 학생들이 탄식과 울분의 목소리를 터뜨렸다. 창세도 감동하여 저도 모르게 두 주먹이 불끈 쥐어졌다. 감전된 듯 가슴이 저릿저릿했다. 열변을 토하는 김용철의 눈에서 마침내 눈물이 흘러내렸다. 동급생이지만 네살이 더 많은 그는 창세의 우상이었다. 창세뿐만 아니라 그보다 나이 아래인 동급생들은 대개 그렇게 생각했다. 공부도 일등, 달음박질도 일등, 공 차는 것도, 연설도 일등인 그였지만 이번 연설은 특히 감동적이었다. 청중을 깊이 감동시킨 이 연설이야말로 빠른 성장의 출발점이 되어 몇년 후에는 그가 중요한 사회적 인물이 되리라는 것을 창세들은 의심하지 않았다. 주먹으로 눈물을 훔치며 연설을 끝낸 그를 수학 담당 김민학 선생이 다가가 안아주었다. 선생의 눈에도 눈물이 맺혔다. 서로 껴안은 두 사람을 향해 학생들이 박수를 쳤다.

집회가 끝나자 학생들은 북쪽 돌담 울타리로 몰려가 길 건너에 있는 경찰지서를 향해 소리쳤고, 돌멩이를 날려 유리창을 깼다. “살인 경찰 충남 부대는 물러가라! 충남 부대는 물러가라!”

며칠 뒤 조천리에는 야간 횃불 시위가 등장했다. 횃불 시위는 그때가 처음이었다. 어둠 속의 붉은 횃불, 그것이 학생들의 마음을 여지없이 흔들었다. 연중 조수 간만의 차가 가장 클 때인 백중날 밤에 썰물의 바닷가에서 해물을 잡기 위해 사용하던 그 횃불이 투쟁의 횃불이 되어 등장한 것이었다. 억새 한줌을 칡넝쿨로 묶고 그 안에 송진 기름을 적신 솜뭉치를 넣어 만든 횃불이었다. 실화를 염려하여 몇사람만 횃불을 들었지만 효과는 대단했다. 한밤중에 횃불을 든 몇사람이 왓샤왓샤 외치며 천천히 뛰기 시작하자 마을 청년들이 여기저기서 모여들었다. 겁먹은 지서 순경들은 아예 밖에 나올 생각을 하지 못하고 호루라기만 삑삑 불어댔다. 시위대는 비장한 목소리로 구호를 외쳤다. “이것은 새로운 독립투쟁이다. 싸우자! 단독정부 결사반대! 이승만은 물러가라! 왓샤왓샤! 미군정 반대한다! 싸우자, 싸우자!” 일제 때 외쳤던 “자유가 아니면 죽음을 달라”도 다시 등장했다. 어둠 속 붉은 횃불들을 보면서 창세는 두려움 섞인 야릇한 흥분에 휩싸여 눈물이 났고, 온몸이 덜덜 떨렸다.

그날 밤 이후 창세는 밤이 되면 또 횃불이 나타나지 않을까 하고 마음이 도사려지곤 했다. 바람이 잦은 바닷가 마을인지라 어쩌다 바람이 불지 않는 밤이면 정적이 편안했는데, 이제는 그 정적이 아주 크게 느껴졌고 당장이라도 그 정적을 깨뜨리면서 왓샤 소리와 함께 붉은 횃불이 타오를 것만 같았다.

파도 비말이 날리지 않는 바람 잔 날을 골라 박털보와 황평일은 대장간에서 가까운 연대 아래 물가의 평평한 현무암 암반 위에서 마차 바퀴에 쇠테를 씌우는 작업을 했다. 일꾼 두 사람이 더 필요해서 문상옥과 고승우를 불렀다. 둥근 쇠테 여섯개를 포개어놓고 장작불로 달구어서 하나씩 나무 바퀴에 씌우는 일이었다. 활활 타는 장작불에 한참 달구어 쇠테들이 벌겋게 익자 네 사나이는 웃통을 벗어던지고 기다란 쇠집게를 하나씩 들고서 그 주위로 바싹 다가들었다. 하나, 둘, 셋! 박털보의 구령에 맞춰 집게로 들어올린 쇠테를 나무 바퀴에 잘 맞게 올려놓자, 황평일이 지체 없이 쇠메로 두드려서 씌웠다. 그가 힘을 쓰자 한쪽 뺨의 길게 찢긴 상처가 지렁이처럼 꿈틀거렸다. 쇠테가 씌워지는 순간 푸시식 나무가 타면서 푸른 연기를 피워올렸다. 쇠테가 바퀴에 씌워지자, 황평일이 벌겋게 달궈진 쇠테를 조심하면서 두 손으로 바큇살을 잡고 무거운 바퀴를 일으켜 세운 다음 바로 아래 바닷물로 굴려서 빠뜨렸다. 달궈진 쇠를 만난 바닷물이 뿌옇게 수증기를 피워올렸다. 여섯개의 바퀴를 잇달아 세워 굴리고 난 황평일의 벗은 상체에서 등골을 따라 땀줄기가 흘러내렸다.

바닷물에 쇠테를 식힌 바퀴들을 건져올린 다음, 그들은 장작이 타고 남은 잉걸불을 둘러싸고 앉아 고등어를 구워 걸쭉한 막걸리를 들이켰다. 화상을 입을까봐 몹시 긴장한 탓에 몸이 녹초가 되어서 막걸리 맛이 각별히 좋았다. 그런데 그 자리에 양순태가 끼어들었다. 문상옥이 회의에 불참해서 웬일인가 하고 찾아다녔노라고 했다.

늦은 오후 시간, 바다 위로 안개가 밀려왔다. 수평선을 지우면서 밀려온 안개는 삽시에 거대한 회색 장막을 드리운 듯 시야를 가렸다. 그 회색 장막 자락의 밑을 들추며 파도가 밀려와 현무암 바위에 하얗게 부서지더니, 곧 파도도 지워져 보이지 않고 주위의 검은 현무암 무리도 안개 속에 용해되어버린 듯 사라졌다. 안개는 잉걸불 주위 댓발짝까지 가득 밀려왔다. 회색 안개 속에서 이글거리는 잉걸불을 보면서 그들은 무엇에 홀린 듯이 마음이 싱숭생숭해져 평소보다 더 많이 술을 마셨다. 취토록 마시면서 총격 사건에 대해 울분을 토했다.

박털보 미국이 이렇게 막 나올 중은 참말로 몰랐주. 마른하늘에 날벼락 맞은 꼴이여, 그것참!

고승우 하지만 미국이 그렇게 맘대로 거시기 하진 못할 거우다. 봅서, 우리 제주도뿐만 아니라 온 나라 온 백성이 단독정부를 반대하는디…… 온 세계가 우리의 투쟁을 주시하고 있고, 세계평화를 위하는 유엔도 있고, 거시기, 소련도 가만있지 않을 거우다. 세계정세가 우리에게 유리하게 돌아갈 게 틀림없수다.

박털보 유엔? 그건 미국의 꼭두각시여.

양순태 하여간에 미국은 틀려먹었수다. 순박하고 선량한 민중을 무차별 쏘아 죽이는 거, 그건 민주주의가 아닙주게. 당최 미국은 틀렸수다. 미국의 자본주의는 틀렸어마씸.

양순태가 웃옷 안주머니에서 누런 봉투 하나를 꺼냈다. 그 봉투에서 곱게 접힌 신문지 조각이 나왔다. 소중하게 간직했다가 몇사람만 모이면 꺼내서 읽어주곤 하는 『동아일보』 기사였다.

고승우 짜식, 작년 뉴스를 또 꺼내네!

양순태 (엄숙하게) 이건 『동아일보』 작년 8월 13일자에 난 기사우다. 다들 알고 있을 테주만, 우리 명심하자는 뜻에서 다시 읽어보쿠다. '문) 귀하가 찬성하는 것은 어느 것입니까? 답) 자본주의 14퍼센트, 사회주의 70퍼센트, 공산주의 7퍼센트.' 아하, 여론이 이렇단 말이우다! 무엇이 참 진(眞)이우꽈?

문상옥 경무부 수사국장 최능진도 진즉에 말했어, 친일 경찰이 80퍼센트여서 민중의 80퍼센트가 좌익이 될 거라고.

박털보 여론조사 결과가 그렇게 나오니, 미국이 눈이 뒤집혀서 우릴 때려잡겠다고 저 지랄하는 거 아니라게?

양순태 그러니까 민중은 뭉쳐사 합니다. 프롤레타리아의 힘은 단결밖에 없수다. 남로당을 중심으로 뭉쳐사 합니다. 야, 고승우, 느도 빨리 입당하라야.

고승우 난 김구의 한독당 노선이 좋더라.

양순태 야, 올빼미, 너 왜 이랬다 저랬다 해?

고승우 (검은 테 안경을 콧등 위로 밀어올리면서) 글쎄, 느 말이 옳은 듯도 하긴 한디, 거시기, 좀 뭐랄까…… 그리고 난 불교 신자여. 느네들 맑스주의자들은 종교는 아편이라고 배격한다면서?

양순태 야, 올빼미, 왜 이래, 우리 당이 그런 거 안 따진다는 거 뻔히 알면서? 괜히 트집 잡지 마라. 북의 김일성은 그런 거 따지겠지만 우린 아니여. 우리 남로당은 개방적이여. 불교도 예수교도 대환영!

고승우 (아랫입술을 얄깃얄깃 빨면서 짓궂은 표정으로) 하지만 거시기, 뭐랄까, 좀…… 하여간에 난 지금은 사회주의자가 아니주만, 앞으로 사회주의자가 될 가능성이 아주 없는 건 아니라.

양순태 짜식, 말장난하고 자빠졌네.

황평일 (말을 더듬으며) 프롤, 레…… 허, 그거 발음하기 되게 어렵네.

양순태 프, 롤, 레, 타, 리, 아! 허허, 한번 복창해봅서, 프롤레타리아!

황평일 프롤레, 타리아…… 그런디 남로당에 입당하면 무슨 이익 되는 게 있는가?

양순태 이익? 허허, 입당하면 나중에 공직에서 친일파를 몰아내고 그 자리에 갈 수도 있주마씸.

박털보 짜식, 허풍 떠네.

황평일 그럼 당원은 어떤 사람이 되는 거라?

양순태 나가 바로 당원이우다, 하하하!

황평일 너사 대학물까지 먹은 유식꾼이니까 하주만, 난 한글도 잘 모르는 무식쟁이니까 당연히 안 되겠주?

양순태 당은 유식꾼, 무식꾼 따지지 않애여마씸. 하지만 당원은 아무나 되는 건 아니우다. 진심으로 맑시즘을 접수해서 피 끓는 프롤레타리아 전사가 되어사 합니다.

황평일 아, 프롤, 레, 타리아, 전사……

양순태 그런데 상옥이 성님?

문상옥 무사?

양순태 성님, 요새 무슨 안 좋은 일 있수과? 어제도 오늘도 회의에 안 나오고……

문상옥 글쎄, 걱정이여, 걱정. 전도적으로 총파업이 벌어졌으니 저놈들이 가만있지 않을 테주. 느낌이 영 안 좋아. 우리가 너무 세게 나가는 거 아닌가……

양순태 아니, 성님, 무슨 말을 그렇게 햄수과? 희생을 각오하고 싸워사주, 그렇게 약한 말을 하면 진짜 실망이우다. 아직 당에 가입도 안 하고. 성님은 우리의 이론가, 우리의 자랑스러운 선배님인디 실망이우다.

박털보 허허, 상옥이는 두번이나 왜놈들한테 잡혀가 모질게 당하지 않았는가. 또 잡혀가 당할까봐 두려운 거주. 저렇게 약한 몸으로 고문을 견디겠나, 쯧쯧쯧.

고승우 미군정이 남로당을 합법 정당이라고 인정해놓고선 왜 탄압하는지 모르겠어.

박털보 합법 정당? 두고 보라만, 미군정이 남로당을 잡아먹는 건 시간문제여.

양순태 그렇다면 불끈 일어나 싸워사 합주! 합법 투쟁에서 비합법 투쟁으로 싸워사 합주!

문상옥 (탄식하면서) 아아, 난 빠져야겠어. 난 사회주의자이긴 하지만 당 활동은 못 하겠어. 솔직히 말해서 난 무서워, 고문을 또 당할 생각을 하면…… 순태야, 난 그런 사람이 되어버렸어. 조직에 아무 쓸모없는 잉여인간일 뿐이여, 잉여인간!

문상옥이 설움이 복받쳐 말을 더 잇지 못하고 주르륵 눈물을 흘렸다. 약골의 비쩍 마른 몸이 울음을 참느라고 덜덜 떨렸다. 그것은 지난 일년 반 동안 몰입해 있던 집단의 열광과 도취 상태에서 빠져나가겠다는 선언이었다. 그의 약한 몸으로는 도저히 견디기 어려운, 무서운 시국이 그들을 에워싸고 있었다. 모두들 말을 잃고 잉걸불 주위 안개 속으로 번지는 푸른 연기를 물끄러미 바라보았다.

그때 그 안개 속에서 김성주가 불쑥 나타났다. 안개를 헤치고 온 그의 얼굴과 산발한 머리칼이 축축이 젖어 있었다. 그가 불가에 우뚝 선 채 권하는 술 한잔을 받아먹고는 빠른 고음으로 예의 알아들을 수 없는 독백을 토해냈다. 아다다다다아다다……

미군정의 조선인 일인자인 경무부장 조병옥이 제주에 나타났다. 총파업이 시작되자마자 즉시 미군 수송기를 타고 급거 날아들었던 것이다. 험상궂기로 유명한 퉁방울눈의 그는 총파업 사태에 얼마나 분통이 터졌던지 도일주 순시 중에 한림면 면장을 말채찍으로 후려치고 우편국 국장을 주먹으로 마구 구타하기까지 했다. 그의 뒤를 따라 전라도에서 차출한 응원경찰이 들이닥쳐 이미 들어와 있던 충남 부대와 합세했다. 총파업을 무력으로 단숨에 박살 내고 민중을 완전히 굴복시키고 말겠다는 의도를 노골적으로 드러낸 것이었다.

조병옥은 3·1절 발포 사건에 대해 사과하기는커녕 정당방위였다고 도리어 적반하장으로 나왔다. 심지어 "사살은 내가 시킨 바다. 발포 명령자를 처벌하라고? 발포는 내가 명령했으니 처벌할 테면 나를 처벌하라"라고 싸늘하게 비웃었다. 읍내 공무원들이 모인 시국 강연 자리에서는, 제주도 사람들은 사상적으로 불온하다면서 건국에 저해가 된다면 싹 쓸어버릴 수도 있다고 협박하듯 엄포를 놓기까지 했다. 그야말로 방약무인이었다. 너무도 놀라운 발언이어서 사람들은 아연실색했다. "제주도 사람들은 사상적으로 불온하다. 건국에 저해가 된다면 싹 쓸어버릴 수도 있다." 이 말이 도민의 가슴에 비수처럼 꽂혔다.

그 즉시 조병옥의 진두지휘 아래 총파업을 일거에 박

살 내려는 대검거 선풍이 휘몰아쳤다. 양자택일의 벼랑 끝으로 몰린 파업 공무원들은 보름 만에 직장으로 돌아갔다. 그러나 파업의 적극 가담자들은 파면되었다.

총파업 직후 정두길은 학교에서, 부대림은 우편국에서, 양순태는 어업조합에서, 안봉주는 도청에서 퇴출당했다. 정두길이 파면 통고를 받고 조천소학교를 떠나던 날, 담임 학급 아이들 전체가 "선생님! 선생님!" 하고 울며불며 교문 밖까지 따라나와 배웅했는데, 며칠 후에 그는 읍내 경찰서에 잡혀가 유치장에 갇히는 몸이 되어버렸다.

경찰 신분으로 파업에 참가했던 한쌍백도 파면당했다. 파업에 참여한 도내 토박이 경찰 예순여섯명 전원이 파면되었던 것이다. 파업에 불참한 경찰 중에서도 그러한 폭거에 크게 실망하여 자진 사퇴한 자들이 적지 않았다. 파업했던 자들은 파면당했을 뿐만 아니라 잡혀들어가 혹독하게 매질을 당했다.

토박이 경찰이 파면과 자진 사퇴로 거의 절반으로 줄어든 상태에서 읍내 경찰서와 각 면의 지서를 장악한 절대다수는 육지부에서 들어온 충청도와 전라도 출신 응원경찰이었다. 이전에는 도 민심의 눈치를 보던 경찰이 조병옥의 전폭적 신임을 받으며 전력이 사백명으로 증강되자 더이상 거칠 게 없다는 듯이 기세등등해졌다. 토박이 경찰은 주눅이 들 수밖에 없었다.

조천 지서에서 파업에 참가하지 않아 파면을 면한 송광일 순경이 한탄했다. "아이고, 토백이 경찰은 말이여, 아주 죽은 목숨이여, 죽은 목숨! 육지 경찰은 막 큰소리 꽝꽝 치고, 토백이는 기죽어 설설 기어다니고 말이여." 해방 후에도 지서에 그대로 남아 있던 일제의 고문 도구, 지난 일년 반 동안 거의 버려져 있던 목검, 사쿠라 몽둥이, 쇠좆매와 전기 고문용 야전 전화기가 다시 제 세상을 만나 미친 듯이 날뛰기 시작했다.

검거 명령이 떨어진 지 사흘 만에 유력 인사 약 이백 명이 검거되었고, 아무 거리낌 없이 고문이 이루어졌다. 잡혀들어온 자는 취조에 들어가기 전에 우선 매질부터 당하기 일쑤였다. 일제의 그 지긋지긋한 망령이 되살아났다. 중앙에서 일경 출신들이 내려와 특별수사과를 만들어 잡혀온 자들을 취조하는 한편, 본서와 각 지서의 신참들에게 일제의 고문 기술을 가르쳤다.

미군정의 이러한 야만적 처사에 도민들은 경악했다. 제주도민을 적대시하고 위협한 조병옥의 발언이 널리 퍼지면서 민심은 말할 수 없이 흉흉해졌다. 해방 이후 지금까지 미군정이 저지른 그 많은 과오에도 불구하고 설마설마하면서 시간이 지나면 차차 좋아지겠지 기대했는데, 이제 그 신뢰가 헛된 것이었음을 뼈저리게 실감하지 않을 수 없었다. 특히 청년들이 받은 충격은 너무도 컸다. 지난 일년 반 동안 미래를 낙관하면서 지칠 줄 모르는 열정으로 달려온 그들이었다. 새 나라, 새 시대를 꿈꾸면서, 바로 눈앞에 있을 그 미래를 향해 온 마음으로 달려오지 않았던가. 그러나 이제 그것은 상상이 일으킨 열정이었고, 그들이 상상한 것은 불행히도 현실이 아니었음이 판명되었다. 그들의 푸른 꿈이 악랄한 군홧발에 밟혀 짓이겨지고 있었다.

검거 선풍은 전도 각처에 불어 사람들을 공포에 질리게 만들었다. 검거된 사람들은 읍내 경찰서의 악명 높은 특별수사과로 끌려갔다. 활동가들이 검거를 피해 지하로 숨기 시작했다. 그런데 그러한 상황 속에서도 과감하게 반대 시위를 벌인 지역들이 있었다. 섬 중의 섬, 우도 주민들은 지서 간판을 돌로 쳐부수고 불태웠으며, 한라산 너머 중문리에서는 지서의 응원경찰이 명망 높은 마을 유지 두 사람을 검거하자 그들의 석방을 요구하면서 천명의 군중이 모여들어 시위를 벌였다. 그 시위에서 경찰이 발포하여 주민 여덟명이 중경상을 입었다.

조천 지서에도 전라도 출신 응원경찰이 투입되어, 이제 육지 경찰은 기존의 충청도 출신들과 합쳐 스무명 가까이 되었고 토박이는 화북리 출신 지서 주임 김기호와 송광일 순경, 단 두명뿐이었다.

총파업에 참가했다는 이유로 파면당한 예순여섯명의 순경들은 이에 그치지 않고 앙갚음의 폭력까지 당해야 했다. 조천 지서는 한쌍백을 붙잡아다 배신자라고 매도하면서 혹독하게 매질했다. 걷지 못해 업혀 나올 정도로 매질을 당한 그는 집에 누워 앓고 있었는데, 며칠 뒤 지서에서 다시 잡아다 족치려고 하자 송광일이 몰래 가서 잘 걷지 못하는 그를 자전거에 태워 멀리 삼양리의 처갓집에 데려다주었다. 송광일이 말했다.

"아이고, 쌍백아, 나도 이 순경질 진절머리 난다. 때려치우고 싶어. 고향 마을에서 순경질은 참말로 못 할 짓이라. 다 아는 사람들인데…… 전근 신청을 해도 위에서 받아주질 않으니, 이거야 원! 지서 순경들 대부분이 육지 출신이라 마을 물정을 모른다고 마을 출신 하나는 꼭 있어야 한다는 거라. 이건 뭐, 저 육지 것들 앞잡이 노릇 하라는 거 아니가. 내 생각에도 총파업은 참말로 옳고 정당한 거여. 옳고말고! 그런데 거기에 가담한 마을 사람들을 잡아내라니, 참말로 죽을 맛이네, 죽을 맛!"

"그래도 느가 있어서, 느가 애를 쓴 덕분에 마을 청년들이 덜 다치고 있는 거라. 그러니 광일이 넌 마을에 있어사 하는 거여."

"그건 그런디 말이다, 주민들과 육지 경찰 사이에서 줄타기가 쉬운 중 아나. 아슬아슬, 참말로 괴롭다, 괴로워!"

전도적 총파업은 그렇게 깨어졌고 학교와 공공기관은 다시 열렸지만, 산발적인 시위와 삐라 투쟁은 위험을 무릅쓰고 계속되었다. 나라가 영원히 남북으로 분단될지 모른다는 위기의식이 팽배한 가운데 명가수 남인수의 「가거라 삼팔선」이 전국적으로 큰 인기를 끌었다. 그 놀라운 노래를 듣기 위해서 리베라 상회의 장영발은 배터리 라디오를 구입했고, 그 라디오를 통해 노래는 곧 마을 청년들 사이에 퍼졌다. 조국 분단을 한탄하는 비감한 노래였다.

아 산이 막혀 못 오시나요
아 물이 막혀 못 오시나요

다 같은 고향 땅을 가고 오련만
남북이 가로막혀 원한 천리 길
꿈마다 너를 찾아 꿈마다 너를 찾아
삼팔선을 탄한다

아 어느 때나 터지려느냐
아 어느 때나 없어지려느냐
삼팔선 세 글자는 누가 지어서
이다지 고개마다 눈물이더냐
손 모아 비나이다 손 모아 비나이다
삼팔선아 가거라

일주도로를 가운데 두고 서로 마주 보고 있는 조천 지서와 조천중학원의 적대적 감정은 이제 더욱 팽팽해졌다. 응원경찰 병력이 두배로 강화되었지만, 조천리는 역향이란 별명을 가진 반골의 마을인지라 함부로 공격하지 못했다. 파업을 주동한 교원과 학생을 검거해야 하는데 학생들의 기세가 만만치 않았다. 조천중학원 학생들은 삐라 투쟁으로 맞섰다. 삐라 내용을 크레용으로 여기저기에 낙서했고, 삐라를 압수하면 지서로 몰려가 「해방의 노래」를 부르면서 압수한 삐라를 돌려달라고 외쳤다.

투쟁 구호가 위에서 내려오면 우리는 그걸 신문지 같은 것에다 먹물 적신 붓으로 써서 붙였지. 흠, 나가 붓글씨가 좋아서, 쓰는 일은 주로 나가 했주. 지금은 종이가 흔하지만 그땐 아주 귀했어. 짤막한 구호는 신문지 반장에, 구호가 길면 신문지 한장에 진한 먹물로 썼어. 신문지가 없으면 비료 포대 속지나 폐기 처분된 일본 교과서 종잇장을 사용했주. 여러장을 뜯어 이어붙여서 거기에다 썼어. 먹물로 큼직큼직한 글씨로 써서 잘 보이는 장소에다 딱 붙이면, 그것이 무서운 힘을 갖는 거라. 그때 사람들은 그걸 '종이 폭탄'이라고 했어.

샛별소년대의 창세, 갑송, 찬일, 영주도 그 일의 일부를 맡아서 했다. 제작한 벽보가 내려오면 야간 통행금지령이 내려진 어둠 속을 숨어다니며 곳곳에 붙였다. "민주주의적 애국 투사를 즉시 석방하라!" 마을에 무장경찰이 순찰을 돌고 있었다. 네 사람이 한조가 되어 영주는 풀통을 들고, 창세는 붙이고, 갑송과 찬일은 양쪽에서 망을 보았다. 영주가 풀비로 벽에 흥건하게 풀을 바르면 창세가 얼른 벽보를 붙이고 마른 비로 쓸어내렸다. 연북정 성벽에, 학교 정문에, 비석거리와 정미소 뒤의 해묵은 팽나무 몸통에, 전신주에, 돌담에 붙였다. 그렇게 통금의 한밤중에 가슴 졸이며 붙인 벽보는 사람들이 미처 읽기도 전인 이른 아침에 경찰과 면서기에 의해 물걸레로 떼이기 일쑤였다. 그래서 학생들은 지서 앞으로 몰려가 왜 우리 벽보를 뗐느냐, 우리 것이니 돌려달라고 항의하곤 했다. 나중에는 벽보를 붙이지 않고 밤중에 기습적으로 나타나 종이 확성기로 구호를 소리쳐 알렸다. 밤에는 종이 확성기 소리도 잘 들렸다.

그러한 항의 시위와 종이 확성기를 통한 선전 활동은 자치회 간부 김용철, 김영환 등을 중심으로 스무살 가까이 나이 든 학생들이 앞장섰다. 동맹휴학 실태를 조사한다고 자치회 간부들을 불러다 문초할 때는 혹시 고문하지 않나 해서, 학생들이 지서 앞에서 덩덩 북을 치면서 시위를 벌이기도 했다. 벽보를 이쪽에서 붙이면 저쪽에서 떼고 하는 숨바꼭질이 처음에는 재미있었지만, 벽보와 삐라 투쟁은 얼마 후 검거 선풍이 본격적으로 휘몰아치자 중단할 수밖에 없었다.

이제 경찰은 노골적으로 총칼을 들이대며 강한 물리력을 행사하기 시작했다. 맨 먼저 검거당한 사람은 중학원 김민학 선생이었는데, 그때 처음으로 마을에 총성이 터졌다. 그를 읍내 경찰서로 호송하기 위해 스리쿼터에 실으려는 것을 학생들 대여섯명이 달려가 가로막았다. 총부리를 들이대는데도 맨몸으로 부딪치면서 왜 우리 선생님을 잡아가는 거냐고, 혐의가 뭐냐고, 선생이 있어야 공부를 할 거 아니냐고 거세게 항의했는데, 그때 경찰이 탕탕탕탕 위협사격을 가했던 것이다. 얼마 전 관덕정 광장과 중문 지서에서 민중을 향해 발사된 바로 그 죽음의 총소리였다. 마을 전체를 울린 총소리는 사람들의 가슴에 깊은 충격을 안겼다.

김민학 선생을 시작으로 마을의 유력 인사 십여명이 줄줄이 검거되어 읍내 경찰서로 압송되었다. 김시범 위원장을 비롯한 인민위원회 간부들, 김민학, 이덕구 등 중학원 선생들과 학생자치회 간부들을 대상으로 한 일망타진식의 검거였다. 이민하, 문상옥, 양순태, 부대림, 정두길, 고승우도 체포되었다. 읍내 경찰서 특별수사대에 끌려간 그들은 조천에서 일본 순사 노릇을 했던 짝귀를 다시 만났다. 그가 손뼉을 치고 깔깔대며 비웃었다. "여러분, 어서 오시오. 오래 기다렸소! 환영, 환영, 대환영이오!"

교원 네명이 읍내 경찰서에 잡혀간 창세네 학교는 오전 수업도 변변히 하지 못했다. 조천소학교에서도 몇사람이 잡혀갔는데, 교원이라면 무조건 불온시했던 것이다. 학교의 필수품인 등사기도 삐라 만드는 데 쓰인다고 남김없이 압수당해 교재를 만들 수 없었다.

그러한 상황 속에서도 해녀 양갑추, 현옥미, 강월아는 계획대로 육지 물질을 하기 위해 통통배를 타고 울산으로 떠났다. 갓난아기가 딸린 고염숙과 목장에서 테우리 노릇을 해야 하는 안만옥은 그 배에 타지 않았다.

강행필은 자치회 간부가 아닌데도 지서에 호출당했다. 지서 앞 시위 때 경찰의 눈에 찍혔던가보았다. 행필은 지서에 들어가기 직전에 안창세, 송찬일, 신갑송 등 친구 몇명을 불러 자기는 매 맞으러 가니까 그리 알라고 알렸다. 창세가 걱정을 하니 일부러 대범한 척 껄껄 웃었다. 매 맞을 준비로 옷을 세겹 껴입었다고 했다.

"괜찮아. 아픈 거 좀 참지, 뭐. 나가 매 맞으러 간댄 하니까 장발이 삼춘이 가르쳐주더라, 매 맞을 땐 몸에서 힘을 빼고, 심호흡을 한 다음 숨을 가늘게, 천천히 쉬멍 맞아사 한다고. 그 삼춘이 왜놈 경찰한테 많이 당한 사람 아니냐. 흠, 하여간 많이 다치지 않게 매를 잘 맞아사 할 텐데…… 엿새 후면 결혼할 몸이잖여."

그렇게 말하면서 행필은 어깨를 으쓱거리고 엉덩이 근육을 주무르고 흔들면서 몸 푸는 시늉을 했다.

창세들은 지서 울담에 붙어 서서 걱정스럽게 발을 구르며 귀를 기울였다. 취조실이 울담에서 아주 가까웠고 창문이 열려 있었다. 행필이 들어간 지 얼마 지나지 않아 어김없이 비명 소리가 들려왔다. 무섭게 윽박지르는 고문자의 고성도 똑똑히 들려왔다.

“아, 이 새끼, 옷 많이 껴입었네. 엉덩이에서 먼지가 엄청 나, 흐흐흐! 나가 네 옷 먼지 털어주려고 매질하간디? 이 새끼야, 껍데기 벗어!”

비명이 터질 때마다 울담 밖에서 창세들은 흠칫흠칫 몸을 떨었다. 창세는 비명 소리를 열번 헤아렸다.

두시간쯤 지나서 행필이 지서를 나왔다. 걸음걸이가 느리고 뻣뻣했는데, 쇠좆매로 열번 맞았노라고 했다. 그러나 표정은 밝아서 버릇처럼 혀를 날름하면서 씽긋 웃어 보였다. 친구들이 그를 에워싸고 함께 집으로 향했다. 집에서는 마음이 약해 불안에 떠는 그의 어머니를 모시고 약혼녀 오숙희가 애타게 기다리는 중이었다. 얼마쯤 걷다가 지서가 보이지 않는 골목길에 들어서자 행필이 느닷없이 웃음을 터뜨렸다.

“핫핫핫! 야, 느네들 쇠좆매라는 거 들어봤주이? 나가 그 쇠좆매 맛을 봤다, 이거여, 핫핫핫!" 행필이 의기양양한 표정으로 벗들을 둘러보면서 말했다.

"그거 되게 아픈 거더라. 벗은 등짝을 후려치는디, 야들야들한 것이 착착 감기면서 말이여, 살이 옴팍옴팍 패는 거 같더라니까, 핫핫핫!"

아무렇지 않다는 듯이 웃으며 말하던 행필이 갑자기 파르르 성질을 내면서 모자를 벗어 땅바닥에 사납게 패대기쳤다.

"개새끼들! 나쁜 새끼들! 도대체 우리가 언제까지 이렇게 당해야 하나!"

창세들은 쇠좆매 맞은 상처를 보기 위해 그의 집까지 따라갔다. 고문의 상처는 끔찍했다. 행필을 맞이하자마자 숙희가 즉시 상처를 소독하기 위해 옷을 벗겼는데, 등에 매 자국이 여러마리의 길고 굵은 지렁이처럼 붉게 부풀어 있었다. 행필의 어머니가 "아이고, 이거 무슨 일이고!" 하면서 울음을 터뜨렸다. 숙희가 맷독을 빼려고 소주로 상처를 씻었다. 상처에 독주가 스며들자 행필은 또 고통에 비명을 지르며 펄쩍펄쩍 뛰었다.

경찰은 4월 10일까지 전도적으로 연인원 오백명가량을 검거했다고 발표했다. 그 많은 사람을 처리하려니 읍내 경찰서 유치장이 넘쳐 연무장을 사용했고, 나중에는 그것도 모자라 빈터에 천막을 칠 정도였다. 연무장은 주로 검도와 유도를 연습하는 장소인데, 거기에서 피의자들은 연습 대상 모르모트가 되어 목검으로 머리와 어깻죽지를 얻어맞고, 메치기로 함부로 내동댕이쳐지고, 목조르기를 당했다.

벌금만 내고 훈방 조치로 풀려나온 고승우가 말했다. "두 놈의 새끼가 번갈아가멍 유도로 날 메치는데 말이여, 한 놈이 꽈당 날 메다치면 다른 놈이 받앙 메다꽂고…… 그렇게 댓번 돌림매를 당하니 견딜 수 있나. 까무러치고 말았주게."

도민에 대한 탄압과 겁박이 극심해지자 경찰에 대한 민간의 증오심은 더욱 커졌다. 그들은 일제 경찰이나 다름없다고 생각하여 일제 경찰을 미워해서 붙였던 '검은 개'가 그대로 미군정 경찰의 별명이 되었다. 그들도 마찬가지로 검은 제복을 입고 있었다.

경찰 당국이 파업 검속자 오백명 중 절반을 군정재판에 회부할 것이라고 발표한 지 며칠이 지난 4월 중순에 강행필과 오숙희는 새신랑 새색시가 되어 혼인식을 올렸다. 스무살이 넘으면 늙었다 하고 그전에 결혼하지 않으면 뭔가 이상이 있는 사람으로 여겨지던 시절, 마침맞게 숙희는 스무살, 행필은 열여덟살이었다.

혼인 잔치를 위해 행필은 지붕 이엉을 새로 갈고 대문 앞에 붉은 동백꽃과 푸른 솔가지로 장식한 솔문을 세웠다. 잔치 음식으로는 혼인날에 맞춰 새끼 때부터 키운 돼지 한마리를 잡았고, 닭 다섯마리, 계란 백개, 소주 한말 반을 내놓았다. 솥뚜껑에 빙떡을 지지고 바닷물로 두부도 넉넉하게 빚었다. 친척들은 깜냥껏 소주를 빚어 부조했다. 행필은 향사에 보관 중인 사모관대와 꽃가마를 빌려왔다. 이양일이 금년 초에 마을 청년들의 혼사를 위해 기증한 물건들이었는데, 그것들을 누구보다 먼저 사용할 수 있어서 행필은 기분이 좋았다.

열여덟살 강행필이 장가가는 날은 행사 치르기 좋게 날씨가 청명했다. 정미소 옆 보리밭의 돌담 위에서 장끼 한마리가 암꿩을 불러 꿩꿩 노래하고, 동네 앞바다도 부드러운 명주를 깔아놓은 듯 잔잔했다.

행필은 말의 목에 흰 무명을 감아주고는 안장 없이 말에 올랐다. 새색시를 데리러 가는 행차인데, 새색시 집이 같은 동네에 있어 엎어지면 코 닿을 곳이라 일부러 마을을 한바퀴 빙 돌아서 갔다. 사모관대 차림의 새신랑이 말을 타고 앞장서고, 그다음에 새색시를 태워올 빈 가마와 그 뒤로 말을 탄 친척 세 사람이 따라갔다. 창세는 새신랑의 말을 끄는 하인 노릇을 했고, 동네 청년 두 사람이 가마를 멨다. 창세가 말고삐를 잡고 이끌면서 풍습대로 "훠이엉! 훠이엉!" 목청껏 소리쳐서 혼인 행차를 알렸다. "열여덟살 강행필이 오늘 장가감수다!" 하고 마을에 알리는 소리였다. 그렇게 마을을 한바퀴 호기롭게 돌며 가서 새색시를 가마에 태워 데리고 왔다. 데리고 올 때도 "훠이엉! 훠이엉!" 소리 지르면서 마을을 또 한바퀴 돌았는데, 그 꽃가마를 고염숙과 안만옥이 양옆에서 호위했다. 행필은 숙희를 태운 가마를 연신 돌아보면서 마냥 신이 나서 콧바람을 불어댔다. 꽃가마 안의 새색시 옆에 놓인 샛별같이 광채 좋은 새 놋요강 안에는 쌀과 실타래가 들어 있었는데, 쌀은 평생 굶지 말라는 뜻이고 실타래는 긴 수명을 뜻했다. 신랑을 위해 테두리를 푸른 수실로 박음질한 무명 손수건 여러장도 요강 안에 들어 있었다.

집에 당도하여 말을 탄 새신랑이 먼저 동백꽃 화사한 솔문을 거쳐 멍석을 깔아놓은 마당 안으로 쑥 들어섰고, 새색시의 꽃가마가 뒤를 따랐다. 미리 와 있던 하객들이 환성을 지르면서 손뼉을 치는 가운데, 새신랑이 말에서 내리고 새색시가 가마 밖으로 나오자마자 그 순간을 기다려 두 얼굴을 향해 빗발치듯 콩알이 뿌려졌다.

행필이 입은 관복은 향사에서 빌려온 것이었지만 숙희는 바느질 솜씨 좋은 어머니가 명주로 지어준 흰색 치마저고리에 녹색 장옷을 곱게 차려입고 있었다. 그녀는 옷매무새도 좋았지만 얼굴이 발그레 상기되어 더욱 고와 보였다. 그 옆에서 새신랑은 마냥 좋다고 싱글벙글댔다.

읍내에서 출장 온 사진사가 바쁘다고 해서, 오자마자 서둘러 마당에 병풍을 치고 사진 촬영을 한 다음에 하객들은 비슷한 또래끼리 자리를 잡고 앉았다. 나이 많은 어른들은 집 안의 방과 마루로 들어가고, 멍석 여러장이 깔린 마당은 새신랑, 새색시를 둘러싼 젊은이들의 차지였다. 혼인 의식은 전날부터 두 집을 오가면서 행해졌기 때문에 이제는 먹고 즐기는 일만이 남았다. 하객들마다 통보리 팥밥과 몸국(모자반국)에 순대 한점, 두부 한점, 비계 속에 굵은 털뿌리가 드문드문 박혀 있는 돼지고기 한점씩이 나누어졌다. 술도 나왔다. 김용철 등 수배 중인 조천중학원 자치회 간부 세명이 바로 옆집에 숨어들어 축하 메시지를 보내왔는데, 거기에도 몰래 음식을 보냈다.

술잔이 돌기 시작하자 장내는 금방 흥겨워졌다. 새신랑과 새색시는 병풍 앞에 얌전히 앉아 하객들의 덕담에 귀를 기울였다. 그중에 대장장이 박털보의 덕담이 단연 걸작이었다. 석잔 술에 얼굴이 불콰해진 그가 "새서방 강행필!" 하고 큰 소리로 불렀다.

"행필아, 느가 이제 새색시를 얻었으니 똑바로 알아둘 것이 있져. 부부가 된다는 것이 무엇이냐? 서방, 각시가 된다는 것이 뭐냐 하면, 두 몸이 한 몸 되어 한솥밥 먹고, 한 이불 덮고, 한 요강에 오줌 싸고……"

"한 요강에 오줌 싸고"라는 말에 사람들이 깔깔 폭소를 터뜨렸다.

"서방, 각시가 할 일은 무조건 아이를 많이 낳고 기르는 것이여. 그것이 인생이다. 그것이 인생이란 말이다. 알아시냐? 행필아, 모쪼록 아이를 많이 낳으라이!"

"아, 예!" 행필이 뒤통수를 긁으면서 씨익 웃었다. 숙희의 홍조 띤 얼굴이 더욱 빨개졌다.

새색시 쪽으로는 여자들이 앉았는데, 고염숙이 웃으면서 덕담을 한마디 보탰다.

"숙희야, 서방을 잘 다뤄사 한다이. 어떵 다루느냐 하면이, 고분고분 말을 듣는 척하다가도 가끔씩 와락 대들엉 깜짝 놀라게 해주어사 하는 거다이. 알아시냐?"

그렇게 잔치판이 한창 무르익어 이야기가 시국 성토로 넘어가는 판인데, 갑자기 카빈총을 멘 순경 두명이 들이닥쳤다. 검은 개다! 좌중이 일시에 조용해졌다. 충남부대 순경들이었는데, 그중 한명은 엿새 전 행필을 불러

매질한 자였다. 행필의 얼굴이 굳어졌다. 입에서 나직이 욕이 새어나왔다. “개새끼들!” 두 순경은 마당 한가운데 우뚝 서서 매서운 눈초리로 청년들을 한 사람 한 사람 짯짯이 훑어보았다. 수배자를 찾는 것이 분명했다. 그들이 찾는 수배자들은 바로 옆집에 숨어서 잔치 음식을 먹는 중이었다. 옆에서 박털보가 뭐라고 귓속말을 하자 행필이 찌푸렸던 양미간을 풀고 자리에서 일어났다. 그러고는 집 안을 향해 큰 소리로 외쳤다. “귀한 손님 두분 오셨으니, 저기 안방으로 모십서!”

며칠이 지나 창세들을 만난 자리에서 행필은 말했다.

“첫날밤? 하이고, 너무 술이 취핸 하마터면 실수할 뻔했주기, 하하하! 익숙지도 않은 술인디, 선배들이 막 억지로 먹이는 바람에…… 하지만 뭐, 별로 실수하지는 않았주, 핫핫핫! 근디 내 말 들어보라이. 이튿날 아침에 말이여, 피곤해서 늦게 잠에서 깼는디, 하, 우리 각시가 먼저 깨어나서 나보고 뭐라고 한 중 아나? 어서 밭에 일하레 가자는 거라게, 허 참! 그래서 둘이 같이 보리밭에 가서 종일 김을 맸주기. 어허 참, 혼인 바로 이튿날에 새서방, 새색시가 밭에 일하레 갔다는 말 들어봔? 어이구, 무서워. 무서운 여자여, 핫핫핫!”

4월 말경에 파업 검속자 오백여명 중 절반이 군정재판에 회부되었는데, 취조를 담당했던 육지 출신 특별수사과는 그 재판 결과를 몹시 못마땅해했다. 그 재판에서 피의자 절반이 훈방되고 나머지 절반만이 형을 받았는데, 그것도 형량이 가벼워 일년 이하의 체형이나 벌금형이었던 것이다. 검사와 판사는 거의가 제주 출신이었다. 가벼운 형량은 취조 과정에서 혹독한 고문을 자행한 특별수사과의 과오를 지적하는 것과 다름없었기 때문에 그들은 공공연하게 제주 놈들은 모두 한통속이라고 불만을 터뜨렸다.

민전 간부 이민하와 민청의 행동대장 양순태, 그리고 조천소학교를 파업에 가담시킨 정두길, 공무원 신분으로 적극 가담한 부대림이 각각 징역 육개월 형을 받고 목포형무소에 수감되었고, 조천중학원의 김민학과 이덕구, 인민위원회 위원장 김시범과 장영발, 문상옥, 박털보는 벌금형만 받고 풀려났다.

형량은 가벼웠지만 고문은 혹독했다. 훈방으로 풀려난 사람들도 모진 매에 몸이 붓고 피멍이 들어 그 맷독을 풀려고 아기 오줌을 먹었다. 문상옥은 군홧발에 맞아

앞니 하나가 부러져서, 그때부터 부러진 이의 단면을 혀끝으로 쉴 새 없이 핥아대는 버릇이 생겼다. 마치 꼬리 잘린 개가 잘린 부분을 핥듯이. 리베라 상회의 라디오에서 가끔씩 흘러나오는 「가거라 삼팔선」의 곡조가 전에 없이 음울하게 들렸다.

모진 매를 맞고 파면당한 한쌍백은 처갓집에서 온몸의 멍든 상처를 치료하며 울분을 달래고 있었는데, 하루는 우연히 9연대 장교를 만났다. 집 밖의 멀구슬나무 아래 앉아 아침부터 청승맞게 하모니카로 슬픈 노래를 불고 있는 그에게 지나가던 장교가 다가와서 말했다.

"허, 그거 현제명의 「고향 생각」 아니오? 무슨 안 좋은 사연이 있수과? 해가 멀쩡하게 떠 있는 아침에 청승맞게시리 '해는 져서 어두운디 찾아오는 사람 없어……'라니."

쌍백이 한숨을 쉬면서 파면당한 자신의 처지를 말하자 그가 오히려 잘되었다고 손뼉을 쳤다.

"그따위 경찰, 잘 나왔수다! 이번에 경찰에서 파면당한 사람들이 우리 경비대에 많이 들어왔수다."

"그건 나도 알고 있수다만, 그것도 미군정 군대인디……"

"우린 좌도 우도 아니고 민족주의 군대란 말이오! 우리한테 오시오! 우리 경비대에 들어옵서! 하모니카 잘 부는 걸 보난 공부깨나 한 것 같수다. 당신은 똑똑하니까 나처럼 장교도 금방 될 수 있을 거요."

"장교도 금방?"

"이제 막 생긴 군대니까 자기만 똑똑하면 얼마든지!"

"경찰에서 파면당했는디, 경비대에서 받아주카마씸?"

"까짓거 뭐, 속이는 거주! 이런 혼란 상황에서 그런 거 조사 안 해여마씸. 제주 출신 아니고 육지 출신이라고 하면 됩니다. 경찰에서 파면당한 청년들이 그렇게 해서 많이 경비대에 들어왔수다, 하하하!"

일주일 후 한쌍백은 입던 경찰복과 정모를 불태워버리고 광주 출신이라고 속여 국방경비대에 입대했다.

경찰에서 파면당하고 경비대에 들어간 신참 군인들은 그 무렵 읍내 술집 같은 데서 순경들을 만나면 일부러 시비를 걸어 한바탕 패싸움을 벌이곤 했다. 자신들을 얕보았던 육지 출신 경찰에 대한 분풀이였다.

창세네 학교는 교원 몇명이 수배 중이어서 내내 정상 수업을 하지 못했다. 오전 한두시간밖에 수업이 없었는데, 그 대신에 일주일에 한번꼴로 야간에 비밀 강좌가 있었다. 오전에 학교 수업을 받다보면 오늘 밤 어느 집에서 강좌가 있다고 각자에게 은밀히 연락이 오곤 했다. 가보면 창세 또래의 나이 어린 동급생 대여섯명이 와 있었고, 강사는 자매결연을 한 읍내 농업학교에서 파견된 5학년 학생이었다. 그는 교재도 없이 달달 외워서 강의했다. 글을 남기면 위험하니까 받아쓰지 말고 듣기만 하라고 했다. 하지만 창세는 그 내용을 조금이라도 기억해두고 싶어서 강좌 직후 수첩에 조금씩 메모해두었다.

그런데 그것을 그만 찬일의 형한테 들키고 말았다. 길거리에서 불심검문을 당했던 것이다. 송순경은 책가방을 열더니 무슨 공부를 하는지 보자고 했다. 인쇄물 교재를 들여다보고 공책을 꺼내 넘겨보더니 나중에는 교복 주머니를 더듬어 그 속에서 수첩을 꺼냈다. 거기에 문제의 글이 적혀 있었다. 볼셰비키, 계급투쟁, 전위 조직, 아지프로, 변증법, 유물론 등등. 송순경이 창세를 좋은 말로 타일렀다.

“창세야, 느네들이 비밀 강좌에 댕기는 거 말이여, 저 육지 순경들은 모르지만 난 다 알고 있어. 거기에서 무얼 가르치는지도 알아. 창세야, 잘 들어라이. 그거 진짜 위험한 일이다! 너는 거기에 빠지지 마라. 총파업 전에는 그런 것들이 허용되었주만 이젠 아니여. 참말로 큰일 난다이! 느가 시방 나한테 불심검문을 받으니 망정이지, 만약에 저 육지 놈들에게 걸렸다 해봐라. 국물도 없주. 이 수첩 때문에 큰일 나는 거라. 너는 지서에 끌려가 매 맞고, 너네 학교는 너 때문에 발칵 뒤집히고, 몇사람 잡혀가고 말이여. 이 수첩을 몸에 갖고 있으면 위험하단 말이다. 그러니 이 수첩은 압수하겠다. 나가 압수해서 없애 버리겠다, 이거여. 알았지? 아이고, 창세야, 세상이 참 어쩌다 이런 판국이 되었는고!"

그제야 창세는 그의 동생 찬일이 비밀 강좌에 처음 한 번만 참가하고 나타나지 않는 이유를 알 것 같았다. 아마도 형이 가지 못하게 막았을 것이다.

수첩을 압수당한 창세는 그때 당장은 기분이 나빴지만 그것이 오히려 잘된 일이라는 것이 며칠 후에 판명되었다. 함덕리로 신문 배달을 가다가 엉장메코지 근처에서 충남 부대 순경에게 붙잡혀 또 불심검문을 당했던 것이다. 만약 그때 그 수첩을 갖고 있었다면 정말 큰일 날 뻔하지 않았는가! 그 순경은 창세의 몸을 뒤지고 모자 속까지 살피고는 배낭을 뒤집어 내용물을 쏟았다. 신문과 함께 누런 봉투가 나오자 버썩 의심하여 대들었는데, 봉투 안에서 나온 것은 한시가 쓰인 종잇장뿐이었다. 실망한 순경이 화를 벌컥 내면서 그 종잇장을 땅바닥에 패대기쳤다. 물론 그것은 함덕리 송장의 어른에게 보내는 작은할아버지의 한시였다. 이년 전 일본인 순사한테 당했던 일을 해방 후에 다시 당하다니, 창세는 참으로 어이가 없었다.

서윤복 선수가 미국 보스턴에서 열린 세계 마라톤대회에서 일등을 했다는 뉴스가 4월 하순에 바다를 건너왔다. 그 놀라운 뉴스는 극심한 탄압 속에 공포와 절망에 빠져 지내던 조천 마을 청년들에게 잠깐일망정 짜릿한 흥분을 던져주었다. 희미한 희망의 실마리를 본 듯했다. 조선 사람이 세계 일등이라니, 기적 같은 일이 아닌가! 밖으로 몰려나와 통쾌하게 만세라도 부를 만한 뉴스였다. 그러나 똑똑한 청년들 다수가 검거를 피해 어디론가 숨어버린 마을의 대낮은 너무도 조용했다. 선생과 학생 여럿이 잡혀가거나 수배당한 두 학교의 교정도 불안한 적막 속에 놓여 있었다.

'뉴스빼빠' 창세가 그 적막을 깨뜨렸다. 그 뉴스가 실린 『제주신보』를 배달하면서 그는 솟구치는 기쁨을 억제할 수 없었다. 마라톤을 사랑하는 창세에게 그것은 너무도 감동적인 소식이었다. 영주에게서 신문 배낭을 받아 젊어지고 리베라 상회를 나오자마자 그의 입에서 저절로 고함이 터져나왔다.

"조선 건아 서윤복 선수 만세!"

뒤에서 영주도 좋아라고 웃으면서 손뼉을 쳤다.

"잘 댕겨와이!"

그 말에 더욱 기분이 좋아져 창세의 어깨가 으쓱 귀까지 올라갔다. 상점 앞 팽나무 밑에서 놀던 조무래기 두명이 창세가 외치는 소리에 놀라 눈이 휘둥그레졌다.

"뉴스빼빠 형, 오늘 뉴스는 뭣고?"

"조선 사람이 세계 마라톤대회에서 일등, 일등을 먹었단 말이다! 이름은 서윤복!"

두 아이는 그게 무슨 말인지 잘 모르면서도 즉시 와아 소리를 지르며 창세의 뒤를 따라붙었다. 꽁무니에 조무래기 둘을 달고 창세는 마을 안길을 신나게 달렸다. 손에 말아쥔 신문지를 흔들며 "조선 건아 서윤복 선수 만세!"를 연방 외쳤다. 신문에 쓰인 '조선 건아'라는 말이 참 좋았다. 바로 한달 전만 해도 대낮에 청년들이 왓샤왓샤 구령을 지르면서 떼지어 달렸으나 이제는 조용해진 그 길을 창세가 소리치면서 달렸다.

마을 안길을 그렇게 뛰어다니면서 몇몇 사람의 집에 신문을 배달한 다음 어업조합, 우편국, 면사무소와 휴업

상태나 다름없는 두 학교를 돌고 마지막으로 경찰지서에 배달하려고 달려가는데, 웬걸, 총을 든 지서 순경 한 명이 정면에서 달려오는 게 아닌가. 그는 창세를 붙잡고 다짜고짜 귀빰을 호되게 갈겼다. 눈앞에 불이 번쩍, 정신이 아뜩했다. 충남 부대 순경이었다. "서윤복!"을 연호하면서 뒤따라 달려오던 아이들이 저만큼 달아났다.

"이 새끼, 쬐깐한 게, 너, 왓샤 부대지? 시방 뭐라고 소리 질렀냐? 뭐라고 선동했냐고?"

창세가 맞아서 얼얼한 빰을 쓸면서 말을 더듬거렸다.

"선동…… 안 했습니다."

"이 새끼 봐라, 거짓말하네. 시방 내가 들었는디! '누구 만세'라고 했잖여! 여운형 만세여, 박헌영 만세여, 엉?"

"서윤복 선수 만세라고……"

"서윤복? 그게 누구여?"

창세가 손에 쥔 신문을 내밀었다.

"세계 마라톤대회에서 일등 한 사람입니다. 여기 신문에 나와 있습니다."

그런 봉변을 당하면서 마을에 배달을 마친 창세는 이제 해변 길로 들어선다. 밭담과 밭담 사이로 나 있는 그

길을 달려간다. 신문 배달 배낭을 등에 지고 달려간다. 신흥을 거쳐 함덕까지 가는 장거리 달음박질이다. 사흘에 한번꼴로 하는 일이지만 오늘은 서윤복 선수의 쾌거를 알리는 신문 배달이라 아주 특별한 달음박질이다. 그런데 기분이 영 좋지 않다. 그 놀라운 쾌거를 알리는 메신저로서 마땅히 기뻐야 하는데, 지금 창세는 그럴 기분이 아니다. 아무 죄 없이 충남 부대한테 귀빵을 맞은 것이 너무 억울하다. 지금까지 단 한번도 빰을 맞아본 적이 없는 창세였다. 맞은 데가 아직도 얼얼하다. 나쁜 새끼! 검은 개! 개아들놈의 새끼! 얻어맞고도 뭐라 항의도 하지 못한 채 주눅이 들어 말을 더듬었던 자신에게도 화가 난다. 입맛이 써서 침을 퉤 뱉는다. 잔뜩 흐린 날씨인데다 바람마저 없어서 주변 풍경이 납빛 광물질처럼 무겁고 침침해 보인다.

새콧알할망당을 지나 연대까지 왔을 때, 그 위쪽에 위치한 대장간에서 똑딱똑딱, 망치로 쇠 때리는 소리가 들려온다. 풀무질 노래도 어렴풋이 바람결에 들려온다. "불어라 불어라, 후르르 활짝, 불어라 불어라……" 털보 삼촌의 목소리다. 정두길 선생의 얼굴이 떠오른다. 목포 형무소에 갇혀 어떻게 지내고 있을까? 창세는 넓은 바다 저 멀리 수평선 끝으로 시선을 보낸다. 선생님이 있는 곳은 저 수평선 너머 먼 곳이다. 선생님이 그립다. "헤이, 뉴스페이퍼!" 하고 부르면서 다정하게 웃던 그 얼굴. 뒤에서 살그머니 다가와 두 손으로 창세의 눈을 가리면서 "누구게?" 하고 장난치기도 했다. 그때 그의 손끝에서 풍기던 담뱃진 냄새는 또 얼마나 구수했던가. 두길 선생은 창세가 무척 닮고 싶은 인물이다. 그분처럼 시나 소설을 쓰고 싶다. 저녁 무렵에 이 근처 바닷가에서 혼자 배회하는 그를 몇번 본 적이 있다. 참 멋있었다. 바지 주머니에 두 손을 찌르고 고개를 숙인 채 해풍에 머리칼을 흩날리면서 석양빛 속에서 느리게 걸어가는 그 모습이 떠오른다. 무엇을 생각하고 있었을까? 머릿속으로 시를 쓰고 있었을까? 따알리아 누나를 생각하고 있었을까? 이른 아침 조기회에서 그는 샛별소년대 아이들과 함께 노래를 부르곤 했다. 수평선 위로 떠오르는 태양을 향해 서로 손을 잡고 노래를 부를 때, 창세의 손을 아파서 비명을 지를 정도로 꽉 잡아주었다. 조기회 때의 단골 레퍼토리는 「핀란디아」였다. 그의 목에 유난히 튀어나온 후두돌기도 생각난다. 노래할 때면 그 부분이 마치 흰 쥐처럼 꿈틀거리며 오르락내리락했다. 그러나 이제 선생은 목포형무소에 갇히고 샛별소년대는 더이상 조기회를 가질 수 없게 되었다. 창세는 달려가면서 「핀란디아」를 흥얼거린다. "아름답도다, 아침이여 밤의 장막 걷히었도다 음침함과 비애는 사라지고……"

갑자기 길 위에 먼지를 일으키며 바람이 불어온다. 대장간의 붉게 녹슨 함석지붕이 바람에 덜컹거린다. 바람이 불자 정신이 번쩍 난다. 바람이 창세의 머리에서 잡념을 날려보내며 어서 힘내어 달리라고 바짓가랑이를 휘감아 흔든다. 창세는 바람 속에서 옷자락을 날리면서 달리기를 좋아한다. 바람이 분다! 자, 달리자! 창세가 주먹을 움켜쥐고 허공을 향해 크게 외친다. "조선 건아 서윤복 선수 만세!" 그러고는 다리에 힘을 주어 달리기 시작한다. 옷자락이 바람에 펄펄 날린다.

흐린 하늘 밑으로 바람에 밀린 검은 구름떼가 아주 낮게 떠서 질펀한 바다 벌판을 쓸며 밀려온다. 흰 물결이 무수히 일어나고 그 위로 흰 갈매기들이 바람을 거슬러 날아오른다. 납빛으로 무거워 보이던 주위 풍경이 부산하게 흔들린다. 길가의 무성한 풀숲이 바람에 몸살 나게 들볶이고, 나직한 키의 구럼비나무들이 서로 어깨를 비비면서 우쭐우쭐 춤춘다. 이삭이 패기 시작한 보리밭 밭담 위 찔레 덤불에 무더기로 핀 하얀 꽃들이 바람에 흔들려 짙은 향내를 사방에 퍼뜨린다. 창세가 달리면서 다시 한번 외친다. "조선 건아 서윤복 선수 만세!"

4월 초 현지 출신 초대 도지사 박경훈이 3·1절 총격 사건과 총파업에 대한 미군정의 부당한 조처에 실망하여 자진 사퇴하자 후임으로 도외 인사인 극우주의자 유해진이 발탁되었다. 후임 도지사를 현지 출신 중에서 발탁하지 않고 육지 출신을 선택했다는 것은 미군정이 총파업을 겪으면서 제주 사회의 지도층을 극도로 불신하고 있음을 뜻했다.

유해진은 서북청년단 단원 일곱명을 경호원으로 대동하고 입도했다. 서북청년단은 삼팔선 이북에서 내려온 청년들의 조직이었는데, 본토 곳곳에서 백색테러로 악명을 떨치는 중이었다.

5월 초 제주 주둔 응원경찰대의 교대가 있었다. 총파업 사태가 어느 정도 진압되었다고 판단해 내린 조처였는데, 3·1절 총격 사건을 일으켜 도민의 가슴에 큰 원한을 심어놓은 충남, 충북 부대를 원대복귀시키고 그 대신 철도경찰대(철경대) 출신들을 들여와 먼저 와 있던 전라도 부대와 합쳤다.

충남 부대 경찰이 제주를 떠나기 이틀 전날, 김녕리

에서 건축자재를 싣고 읍내로 돌아가던 9연대의 스리쿼터가 도중에 느닷없이 길가의 조천 지서 마당으로 쳐들어갔다. 차에서 뛰어내린 세명의 군인들 중에 상등병 한쌍백이 있었다. 99식 장총을 거머쥐고 난입한 그들은 사무실 안에서 빈둥거리고 있던 순경들 대여섯명을 순식간에 제압해버렸다. 한구석에 몰린 순경들은 무릎을 꿇고 손을 쳐든 채 벌벌 떨었다. 그들은 충남 부대 경찰이었다. "야, 이 개새끼 악당 놈들아, 우릴 그렇게 괴롭혀놓고 그냥 무사히 이 섬을 빠져나갈 줄 알았더냐! 이 새끼들, 맛 좀 봐라!" 한쌍백이 벽 진열대에 걸린 몇개의 목검들 중 하나를 집어들었다. 두 손을 모아 움켜쥔 목검이 분노로 덜덜 떨렸다. 지난번에 한쌍백의 몸을 만신창이가 되도록 구타했던 바로 그 목검이었다. 일제 경찰이 조선인을 향해 휘두르던 목검, 조선인 경찰이 물려받아 동족을 향해 휘두르는 그 목검을 이제 한쌍백이 휘두를 차례였다. 송광일 순경은 마침 그 자리에 없었다. 복수극은 다른 순경들이 나타나기 전에 속전속결로 끝내야 했다. 두명의 경비대원이 양옆에서 총을 바싹 들이대고 감시하는 가운데, 한쌍백은 충남 부대 경찰을 한명씩 끌어내서 머리, 몸통, 팔, 허벅지를 사정없이 후려갈겼다. 비명이 낭자하게 터졌다. 이삼분 만에 신속하고 격렬하게 복수극을 끝낸 한쌍백은 다른 대원 두명과 함께 대기 중인 스리쿼터에 후닥닥 올라타고 읍내를 향해 달아났다.

5월 중순에 미군정은 청년 조직 민청에 해체 명령과 함께 집회 금지령을 내렸다. 일제 말기처럼 정치 집회는 물론 다섯 사람 이상의 사사로운 모임도 금지되었다. 민청이 불법화되자 소속 청년들은 이름을 바꾼 민주애국청년동맹(민애청) 회원이 되어 지하활동을 개시했다.

6월 6일에 섬 동쪽 끝의 종달리에서 민애청 소속 청년들과 육지 출신 경찰 간에 심각한 충돌이 벌어졌다. 밝은 달밤을 골라 바닷가의 마당 넓은 집에서 육십여명의 청년들이 집회를 했는데, 거기에 경찰 세명이 급습했다가 도리어 제압당했던 것이다. 그들은 입도한 지 얼마 되지 않은 철경대 순경들이었다. 그들이 집회에 나타나 주동자를 체포하려고 하자 순간적으로 분노가 치솟은 청년들이 그들을 에워싸고 몰매를 가하고 집 앞의 바닷물에 던져 짠물을 먹였다.

충동적으로 일을 저지른 청년들은 그 즉시 마을 밖으로 뿔뿔이 흩어져 달아났으나, 보름을 넘기지 못하고 대부분 붙잡혀 혹독한 고문을 받고 그중 마흔명가량은 재판에 회부되었다.

7월이 되자 농가별로 보리 공출량이 할당되었다. 공출량은 전년과 마찬가지로 가혹했다. 전년에 이어 올해도 보리농사가 흉년인데, 미군정은 난데없이 '농민의 애국정신'을 들먹거리면서 가차 없이 공출을 강제했다. 흉년이라 빼앗기면 굶어 죽게 생겼는데 시중 판매가의 오분의 일 가격에 보리를 빼앗아가려 하니 분통이 터질 노릇이었다. 미군정이 일제보다 더 가혹하다고 원성이 자자했다. 집집마다 곡식을 덜 빼앗기려고 일제 때처럼 일부를 몰래 숨겨놓고 경찰과 면서기로 구성된 곡물 수집반에 맞섰다. 여기저기 삐라가 뿌려지고 벽보가 나붙었다.

조천리에서도 삐라 투쟁이 벌어졌다. 대규모 검거 선풍이 불면서 조천 마을에서는 검거를 피해 지하에 숨어든 젊은 수배자들이 많았다. 그들 중 절반 이상이 중학원생이었다. 조천리는 경찰지서 소재지인지라 더욱 조심스러웠으나 한밤중에 경찰의 감시를 피해 민애청의 왓샤 부대가 기습적으로 시위를 벌이고 삐라를 뿌렸다. "어떤 희생을 치르더라도 보리 공출을 거부합시다! 반대의 깃발 아래 궐기합시다!" 개중에는 이승만 반대와 함께 노골적인 반미 발언도 섞여 있었다. "미군을 축출

하자!”

한밤중에 벼락 시위의 외치는 소리가 들려온 이튿날이면 창세는 새벽같이 일어나 비석거리로 달려갔다. 거기서 다른 사람들과 함께 땅바닥에 눈처럼 하얗게 깔려 있는 삐라들을 보고 두려움 섞인 야릇한 흥분을 느꼈다.

7월 초에 조를 파종했다. 흉년 보리 거둬들인 밭에 이번에는 풍년이 들기를 기대하면서 좁씨를 뿌렸다. 제주 땅은 바람에 흙이 풀풀 날리는 ‘뜬땅’이기 때문에 파종 즉시 마소를 동원해 밟아주어야 했다. 진뜨르의 수많은 밭에서 밭 밟는 구성진 노랫소리가 들리는 시기였다. 만옥은 외삼촌과 함께 목장에서 말 열다섯마리를 몰고 진뜨르에 내려가 네개의 밭을 자근자근 밟아주었다. 수말만 올가미에 걸어 데려가면 암말들은 저절로 따라왔다. 물론 삯을 받고 하는 일이었다. 만옥은 말떼를 이끌면서 외삼촌을 따라 「밭 밟는 소리」를 불렀다. 처음 부르는 노래였지만 테우리의 「말 모는 소리」와 별로 다르지 않아 부르기 쉬웠다.

이 산중에 놀던 말들 저 산중에 놀던 말들아
어려려 이 말들아 저 말들아

돌돌돌이 돌아서멍 구비청청 돌아오라
돌돌돌 돌아서멍 요 밭을 밟아달라
아무리 싫어도 느가 하고 말 일이여

7월 20일경에 전국 민전 의장단의 한 사람인 여운형이 암살당했다는 흉보가 전해졌다. 좌우합작으로 단독정부 아닌 통일정부를 적극적으로 모색하여 신망이 컸던 터라, 그의 죽음은 제주 사회에도 적잖은 충격을 주었다.

보리 공출 반대 투쟁은 7월 한달 내내 계속되었다.

어느 날 샛별소년대의 안창세, 장영주, 신갑송이 상부의 지시 없이 독자적으로 벽보를 제작해서 붙였다. 그들로서는 처음 해보는 모험이었다. 신문지에 먹물로 구호를 쓴 벽보 세장을 한밤중에 몰래 비석거리의 해묵은 팽나무 몸통과 두말치물 앞 큰 바위, 그리고 연북정 성벽에다 붙였다. **강제공출 절대 반대!** 어둠 속에서 창세가 붙이는 동안 영주는 풀통을 들고, 갑송은 망을 보았다.

벽보를 붙인 이튿날 창세는 새벽같이 일어나 동정을 살피러 나갔다. 러닝셔츠에 운동복 차림으로 마라톤 연습을 하는 것처럼 꾸미고 천천히 달리기 시작했다. 혹시 밤중에 삐라가 살포되거나 벽보가 붙지 않았나 살피고 그것을 사람들이 보기 전에 없애기 위해서 경찰이 이른 아침에 순찰을 돌곤 했다. 물 긷는 아낙네들이 아직 길에 나타나기 전인 어슴푸레한 새벽이었다. 벽보를 붙인 세 장소가 모두 바닷가로 내려가는 길가에 있었다. 그 길을 달려 맨 먼저 비석거리에 왔을 때, 창세는 깜짝 놀랐다. 거기 늙은 팽나무 몸통에 붙여놓았던 벽보가 떼이고 없었던 것이다. 벌써 경찰이 나타났나? 가슴이 철렁했다. 혹시 가다가 경찰과 맞부딪히는 건 아닐까?

두말치물의 큰 바위에 붙여놓았던 벽보 역시 사라지고 없었다. 물을 적셔 뗀 모양으로 벽보 뗀 자리에 아직 물기가 남아 있었다. 날이 점점 밝아왔다. 창세는 거기서 모퉁이를 돌아 연북정이 보이는 곳으로 나왔다. 50미터쯤 떨어진 높다란 성벽 위로 희끄무레한 새벽빛 속에 검은 실루엣의 연북정이 보였다. 그런데 웬걸, 그 성벽 밑에 누군가가 달라붙어 있는 것이 아닌가! 벽보를 떼고 있는 몸짓이 분명했다. 흰 남방셔츠를 입은 것으로 보아 순경은 아닌 듯했다. 누굴까? 경찰이 아니니 겁낼 것이 없을 듯해 급히 거기로 달려갔다.

뜻밖에도 그것은 송찬일이었다. 엉뚱한 장소에서 엉뚱하게 만난 두 동무는 서로 놀라 눈이 휘둥그레졌다. 샛별소년대의 찬일이! 그의 손에 물에 젖은 손수건이 쥐여 있었다. 벽보는 물에 젖었을 뿐 아직 떼이지 않은 상태였다. "강제공출 절대 반대!" 창세가 쓴 글씨가 젖어 먹물이 흘러내렸다. 마른침을 꿀꺽 삼킨 창세가 먼저 입을 열었다. 말이 떨려 나왔다.

"느가 왜, 느가 왜 그걸 떼?"

찬일이 대답은 않고 땅바닥을 내려다보면서 한쪽 발끝으로 흙을 긁었다. 창세가 이번에는 목소리를 높여 날카롭게 쏘아붙였다.

"사람들 보라고 붙인 걸 느가 왜 떼? 왜 읽기도 전에 떼냐고, 엉? 느가 뭔데?"

찬일이 머리를 들고 멋쩍게 설핏 웃었다.

"우리 성이 하라고 시켰어. 우리 성이 오늘 아침 순찰 당번인데, 갑자기 배탈이 났어. 그래서 나한테 대신 나가 보라고, 벽보 같은 거 붙었나 보고 붙었거든 빨리 떼어 버리랜 했어. 지서의 육지 놈들이 알면 큰일 난댄 하면서……"

"느네 성도 뭐, 경찰인디."

"야, 창세야, 느도 알잖아. 우리 성은 그런 경찰 아니여. 마을 사람 잡힐까봐 맨날 걱정해여. 만약 이 벽보를 육지 경찰이 먼저 보았다 해봐. 큰일 나는 거주. 범인 찾는다고 마을이 발칵 뒤집어지고, 그렇게 되면 우리 성은 이러지도 저러지도 못하고 골치 아프게 되는 거라. 그래서 사람들 보기 전에 벽보를 떼어버리라고 날 시킨 거라. 그리고 창세야, 이 벽보 느가 썼지?"

"그래, 나가 썼다. 왜?"

"넌 글씨를 잘 쓰니까 척 보면 느 글씨인 중 다 알아. 이 삐라가 발각되면 넌 그냥 작살나는 거여. 아이라도 사정 봐주지 않는댄. 처벌이 막 무서워졌어. 이전하고는 완전 다르다고 우리 성이 말했어. 무지무지하게 매 맞고 징역 간다는 거라. 창세 너, 매 맞고 징역 갈 자신 있어? 난 못 해. 난 무서워! 아아, 말만 들어도 무서워. 야, 시간 없다! 빨리 떼어부러사 해여, 여자들 물 길러 나타나기 전에!"

그렇게 말하고 찬일이 홱 돌아서서 성벽에 붙은 벽보를 두 손으로 긁어 주욱 찢어내렸다. 잠시 멍해 있던 창세가 화들짝 정신을 차리고 찬일에게 달려들었다.

"야, 이 새끼야, 너 왜 그거 떼?"

창세의 주먹이 찬일의 얼굴에 꽂혔고, 코피가 터져 입술 위로 벌겋게 흘러내렸다. 창세가 움켜쥔 두 주먹을 덜덜 떨면서 한발 물러서서 소리쳤다.

"이 새끼야, 덤빌 테면 덤벼! 나쁜 새끼!"

그러나 찬일은 대항해 싸울 기색이 전혀 아니었다. 코

피가 흐르는 얼굴을 두 손으로 감싸고 성벽에 등을 기댄 채 스르르 주저앉는 것이었다.

"야, 이 새끼, 나쁜 새끼야, 일어나서 덤벼! 덤비란 말이여, 이 비겁한 새끼야!" 창세가 발을 구르며 소리쳤다.

"맞아, 난 나쁜 새끼여. 창세야, 날 때려라, 때려!"

코피 흐르는 얼굴을 쳐들고 말하는 찬일의 눈에 눈물이 가득했다.

"아아, 난 나쁜 새끼다! 비겁한 놈이여! 난 경찰에 잡혀가는 것이 무서워! 우리 성이 날 막 때렸어. 소년대를 탈퇴하라고, 무서운 짓 하지 말라고 막 때렸어. 아아, 난 나쁜 놈이여!"

울음 섞인 그 목소리에 창세도 울컥했다. 뜨거운 눈물이 솟구쳤다. 털썩 무릎을 꿇고 찬일의 어깨를 부여잡고 흔들었다.

"야, 송찬일, 일어나! 일어나서 나한테 덤벼! 덤비라고, 이 나쁜 놈아, 이 나쁜 놈아!"

두 소년이 서로 어깨를 부여잡고 엉엉 우는 동안 수평선 위로 붉은 해가 미끈하게 솟아올랐다. 햇빛이 빠르게 어둠을 밀어내면서 넓게 퍼지자 연북정이 검은 실루엣을 벗고 산뜻한 모습을 드러냈다. 연북정 옆 장수물에 물을 길러 오는 아낙네들이 허벅을 등에 지고 하나둘 나타나기 시작했다.

보리 공출을 반대하는 삐라와 벽보 투쟁은 두달 가까이 도내 여러 마을에서 벌어졌는데, 그 때문에 수십명의 청년, 학생이 검거되어 고문을 받고 재판에 넘겨졌다. 그 중에는 조천중학원 학생 두명도 포함되었다.

7월 말, 한림면 명월리에서 공출을 반대하는 마을 청년들을 탄압하기 위해 우익 청년단을 동원한 사건이 발생했다.

8월 초, 섬 서쪽 산간 마을인 동광리에서 보리 공출 관계로 집단 구타 치사 사건이 발생했다. 산간 마을은 해변 쪽보다 토지가 훨씬 척박하여 수확이 형편없는데도 불구하고 차등을 두지 않고 똑같이 할당량을 강제한 것이 문제였다.

그때까지 보리 공출을 내지 않고 근처 숲속 굴에다 은닉해놓고 버티던 그 마을에 군서기와 면서기 다섯명으로 구성된 독촉반이 찾아갔다. 그들을 맞은 것은 쉰명가량의 마을 청년들이었다. 그들은 공출 할당량을 해변 쪽 마을과 똑같이 하지 말고 차등 할당해달라고 호소했는데, 흥분한 군서기가 그렇게 주장하는 청년의 멱살을 잡고 "이 웃뜨르(산골) 촌놈들, 너희들이 뭐라고 감히 공출을 반대해?" 하면서 귀뺨을 후려갈겨 사달을 냈다. "뭐, 웃뜨르 촌놈들이라고?" 그 모욕적인 언사에 순간적으로 욱한 청년들이 고함을 지르며 달려들어 다섯명의 관리에게 몰매를 가했다. 용케 달아난 한명만 제외하고 나머지 네명은 심하게 구타를 당했고 그중 한명은 끝내 숨지고 말았다.

무자비한 테러 행위로 전국적으로 악명을 떨치고 있던 서북청년단의 존재가 제주 사회에 본격적으로 모습을 드러낸 것은 그 무렵부터였다. 그간 육지부의 각 도시, 각 읍면 지역에 조직을 만들어 대규모로 세력을 확장해온 서청은 좌파 인사와 집회에 무자비한 폭력을 가해 백색테러의 대명사로 떠올랐다. 신임 도지사 유해진이 자신의 경호원으로 일곱명을 데리고 들어온 이래 서청 단원의 입도가 두어차례 이어져 지금은 그 수가 수백명에 이르렀다. 충남 부대의 탄압에 시달리던 도민은 이제 그보다 훨씬 사나운 세력을 만나게 되었으니, 그야말로 승냥이가 나가더니 범이 들어온 격이었다.

제주에 파견된 서청은 처음에는 대개 허름한 민간인 복장이어서 오합지졸처럼 보였다. 무명 핫바지 차림이거나 헌 카키색 일본 군복을 입고 있어서 그렇게 보였던 것인데, 그러나 그 허름한 옷차림 속에는 참나무 곤봉이 숨겨져 있었다. 이전 시대의 포졸이 갖고 다니던 육모방망이와 비슷하게 날카로운 모서리가 있는 곤봉이어서 머리나 얼굴에 맞으면 피가 철철 흘렀다. 공격 명령만 떨어지면 무섭게 돌격하여 곤봉으로 사람들과 세간살이를 닥치는 대로 박살 내고는 순식간에 사라져버리는 것이 그들의 전술, 이른바 백색테러였다.

"그 서청 놈들, 어디서 굴러먹던 개뼈다귀여?"

"조병옥, 그놈이 내려보낸 거라."

"저번에 읍내에 갔단 그놈들이 떼로 뭉쳐 설치멍 댕기는 걸 봤어."

"나도 봤어. 거, 이북 사투리로 다다다다 더더더더 하니 무슨 말인지 알아듣지 못하겠대."

"그놈들은 정거장을 덩거당이랜 한다멘?"

"덩거당에 던깃불이 번떡번떡, 하하하!"

"야, 야, 웃을 일이 아니다야. 서청 놈들 보통 악질이 아닌가보더라. 조천 지서에 어떤 놈들이 올지 걱정이여."

"우리 마을에 벌써 서청한테 당한 사람이 있어. 못 들었는가? 저기 윗동네 양천동 청년, 목포에 볼일 보러 갔다 돌아오는디, 재수가 없으려니까 하필 그 배에 제주로 파견되는 서청들이 잔뜩 타고 있더란 거여. 그 청년이 심한 뱃멀미 때문에 인사불성으로 쓰러져 있었는디, 그놈들이 얼른 자리를 비켜주지 않는댄 무지하게 두드려 패더란 거여. 병원에 열흘 동안 입원했댄."

"못된 놈들!"

"개불상놈들!"

"서청짜리 그것들, 이북에서 가진 것 없이 빤스 하나만 달랑 입고 내려온 자들이여."

"망나니짓하던 불량배 놈들, 악질 친일파, 밀정 하던 놈들이 적지 않다네. 이북에서는 마을마다 그런 쓰레기 같은 놈들을 칠십리 밖에 나가 살라고 내쳤다는디, 칠십리 밖에 내치면 어떤 마을이 그런 쓰레기를 받겠냔 말이여. 삼팔선 넘어가 살아라, 그런 뜻이주, 뭐!"

"김일성이가 나쁜 놈이여! 그런 악질 종자들을 자기네가 청산하기 귀찮댄 이남으로 쓸어 내려보냈으니. 그놈들이 처음 이북에서 내려왔을 땐 잘 곳 없고 먹을 것 없어 서울역 앞에서 노숙했댄 하더라."

"그런 악질도 있주만, 김일성이한테 토지 빼앗경 월남한 억울한 사람들도 많댄 하더라. 지주들, 자본가들…… 삼팔선 넘어온 월남민이 칠만명이랜."

“그들 중에 예수 믿는 사람들이 많댄 하더라.”

“공산당이 예수 믿는 사람들을 막 탄압했거든, 종교는 아편이라고. 그 사람들이 월남해서 월남민 교회를 만들었댄.”

“서울역 앞에서 떼거지 노릇 하던 그자들을 거둬들인 것이 바로 그 월남민 교회여. 그자들을 신자로 만들고 일거리를 주선해주었댄 하더라. 그 일자리가 뭣이냐? 그게 바로 백색테러단인 거여. 때리고 부수고 조지는 것! 서북청년단 칠팔십 프로가 예수교 신자라네.”

“저번에 보니까 나무 십자가를 깎아서 목걸이로 맨 자들이 여럿 있더라.”

“십자가 부적이주. 싸움터에 나강 죽지 않게 해달라고.”

“그놈들이 예수교를 믿는지 어쩐지 모르지만 하여간에 걱정이여, 걱정! 서청이 악독하기가 저번 충청도 것들은 아무것도 아니라는 거라.”

“공장 파업을 깨는 과정에서 노동자들을 많이 죽였댄!”

“대구 10월 난리에도 서청이 사람들 많이 죽였댄!”

“저놈들이 시방 여기 내려온 지 얼마 안 되어서 그렇주, 조금만 있어보라. 미친개 날뛰듯 할 거여.”

"월급도 없다는디, 그거 사실인가?"

"미군정에서 월급은커녕 보급품도 안 준다는 거라."

"아니, 거 뭔 말이라? 월급도 안 주고 부려먹을 수 있나? 월급도 없고 보급품도 없이 어떵 먹고살라는 거라게?"

"현지에서 조달해 먹으라는 거주, 허허."

"현지 조달?"

"게민 우리 먹을 것을 빼앗아 먹으라는 거 아니라?"

"약탈해서 먹으라, 이거여!"

"약탈? 허어, 이건 뭐, 양떼 속에다 굶주린 늑대를 풀어놓는 격 아닌가!"

"굶주린 늑대떼!"

"조천 지서엔 어떤 놈들이 올 건가 참말로 걱정되네!"

광복절 이틀 전인 8월 13일, 북촌리에서 총격 사건이 벌어졌다. 장영발이 자전거를 타고 가서 그 사건을 취재했고, 창세도 그 마을에 조천중학원 동급생이 있어 사건의 자초지종을 알 수 있었다.

그 무렵 미군정 경찰은 민전이 8·15를 기하여 전국적으로 폭동을 일으키려 한다는 음모설을 내세워 비상경계를 펴는 한편 예비검속까지 벌이고 있었다. 그러나 그

음모설은 낭설일 뿐 광복절 기념행사는 마을별로 치르기로 되어 있었다.

그날 오전에 북촌리 민애청 소속 청년들은 이틀 후에 있을 광복절을 기념하기 위해 종이 태극기를 제작했다. 소학교는 동구 밖 일주도로변에 위치해 있었고, 길 건너 맞은편 조밭에서는 뙤약볕을 막기 위해 대삿갓을 쓰고 감물 들인 갈옷을 입은 마을 해녀들이 대여섯명씩 무리지어 김을 매는 중이었다.

열두명의 무장경찰로 구성된 함덕 지서 소속 기동대가 스리쿼터를 타고 일주도로를 달려 마을 어귀에 들이닥친 것은 김매던 해녀들이 물질하러 가는 시간이었다. 썰물의 바다가 저만큼 뒤로 물러나 포구 앞 작은 섬 다려도가 쑤욱 물 위로 솟아올랐다. 그 섬 주변은 해물이 풍부해서 마을 해녀들의 중요한 물질 터가 되었다. 말하자면 바다밭이었다. 이 밭 저 밭에서 "물때가 되었져! 바당에 가자!"라는 외침 소리가 잇따라 터지면서 해녀들이 호미를 밭고랑에 던지고 우긋우긋 일어났다. 밭을 나온 수십명의 여자들이 떼를 지어 일주도로를 건널 때 서쪽에서 누런 먼지구름을 일으키면서 경찰기동대가 달려왔다.

기동대가 먼저 발견한 것은 길가 전신주에 삐라를 붙

이는 한 소년이었다. 그들은 달아나는 소년을 향해 다짜고짜 총격을 가했다. 소년이 풀썩 쓰러졌다. 그다음으로 발견한 것은 차가 일으키는 먼지구름 속에서 나타난 삿갓을 쓴 갈옷 무리였다. 그들의 갑작스러운 출현에 놀랐던지 기동대가 이번에는 그쪽을 향해 총격을 가했다. 세 명의 여자가 비명을 지르며 쓰러졌다. 나머지 해녀들이 혼비백산하여 한길을 건너 마을 안으로 죽어라고 달려갔다. 바로 지척의 소학교에서 태극기를 만들던 청년들도 연발로 터지는 총소리에 놀라 교실 밖으로 튀어나와 마을로 도망쳤다. 열두명의 순경들은 소년과 세 여자가 총을 맞고 쓰러진 것을 아는지 모르는지, 그쪽을 돌아보지도 않고 위협사격을 가하면서 마을 안으로 도망치는 청년들과 해녀들을 쫓아갔다. 총을 맞은 네 사람은 지나가는 화물차가 실어 읍내 병원으로 날랐다.

북촌 마을은 난데없는 총소리에 놀라 발칵 뒤집혔다. 경찰의 목표는 청년들이었으므로 동네에 있던 청년들까지 여기저기 숨을 곳을 찾아 허둥댔다. 여러 청년이 배를 타고 다려도로 피신하려고 포구로 달려갔다. 다려도는 포구에서 노를 저어 오분밖에 안 걸리는 가까운 곳이었다. 포구에 몰려든 청년들이 두척의 거룻배를 나눠 타고 다려도로 향했다.

그런데 그들이 출발한 지 얼마 지나지 않아 포구로부터 백기를 든 청년 두명이 덴마배를 타고 뒤따라왔다. 그들이 소리쳤다. “경찰이 사람들을 죽였수다! 네 사람이 죽었수다! 모두들 나옵서! 나와서 저놈들과 싸웁시다!” 마을에 남은 청년들이 이 골목 저 골목으로 쫓기다 못해 돌담에 의지하여 돌팔매질로 경찰과 맞서고 있다고 했다. 이 말을 듣고 흥분한 청년들이 황급히 포구를 향해 배를 돌렸다. 포구에 닿자마자 배에서 뛰어내린 청년들은 경찰의 총격을 피하려고 재빨리 창고 건물 뒤로 우르르 달려가 붙었다. 그때 한 젊은 해녀가 향사의 사이렌을 생각해내고는 쏜살같이 달려갔다. 그 사이렌은 화재 따위 비상경보를 하기 위해 패전 일본군으로부터 헐값에 사들인 물건이었다. 드디어 그 해녀가 울린 사이렌 소리가 요란하게 터졌다. 미군 전투기가 나타났을 때 울렸던 바로 그 소리였다. 사이렌이 귀청 떨어지게 높은 소리로 계속 악을 써댔다. 모든 것을 마비시킬 듯 악에 받친 소리였다. 포구에 있는 청년들이 함성을 지르고 이 집 저 집에 숨어 있던 청년들이 소리치며 몰려들자 겁을 집어먹은 순경들이 한길 쪽으로 달아나기 시작했다. 요란한 사이렌 소리와 함께 달아나는 순경들을 향해 돌멩이가 빗발치듯 날아갔다. 허겁지겁 달려가는 순경들을 뒤

쫓으면서 사람들이 함성을 질러댔다. “경찰이 사람을 죽였다! 저놈들 잡아라! 저 살인자 놈들 잡아라!”

한길까지 쫓겨간 순경들 가운데 열명은 마을 어귀에 세워둔 차에 간신히 올라타고 함덕리 쪽으로 뺑소니쳤고, 뒤처진 두명은 마을 사람들에게 붙잡혔다. 많은 사람이 붙잡힌 순경 두명을 에워싸고 아우성치며 좁혀들었다. “저놈들 죽여라! 저 살인자들, 저 원수 놈들을 죽여라! 죽여! 죽여!” 카빈총을 빼앗아 패대기치고, 정모를 벗겨 짓밟고, 정복 상의를 마구 잡아당겨 찢어발겼다. 단추와 양쪽 소매가 뜯겨나가고 등의 솔기가 찢어졌다.

두명 중 한명은 서청 출신으로, 장총 대신 허리에 일본도를 차고 있었다. 한 청년이 그 칼을 빼앗아 바위틈에 찔러넣고 부러뜨렸다. “이 왜놈의 칼로 우릴 죽이젠 했나? 이런 개새끼!” 그가 살려달라고 애원하는데, 한 청년이 풀 한줌을 흙덩이째 뽑아 애원하는 그 입에 처넣었다. 다른 청년 두명이 달려들어 무릎을 꿇고 엎드린 두 순경에게 작대기를 휘둘렀다. 그들의 눈에 핏발이 서 있었다. 주위에 모여든 사람들도 이성을 잃을 정도로 흥분하여 살인자들을 죽이라고 소리쳤다. 두 순경이 비명을 지르면서 살려달라고 애원하는 가운데 머리에 작대기를 맞은 서청 출신이 얼굴에 피를 흘리면서 옆으로 픽 쓰러졌다. 그때 몸집 큰 중년 아낙 한명이 사람들을 헤치고 앞으로 튀어나왔다. 남자 이상으로 완력이 좋아 별명이 '설문대할망'인 북촌 여맹 위원장이었다. "이놈의 새끼들, 사람을 아주 죽여놓젠 햄구나!" 설문대할망이 소리치며 달려들어 작대기를 휘두르는 청년들을 한명씩 뒷목 옷깃을 잡아채서 떼어놓았다. "이놈들아, 정신 차려라, 정신 차려! 사람이 죽으면 큰일 난다! 참아라, 참아사 한다!" 피 흘리며 쓰러진 서청 순경은 다행히 잠깐 실신했을 뿐 물을 먹이자 정신이 돌아왔다.

설문대할망의 만류로 구타는 거기서 끝났다. 청년들의 손에서 놓여난 두 순경은 짓밟혀 찌그러진 모자를 집어 머리에 쓰고 땅에 떨어진 카빈총을 주워 메고 뜯겨나간 양쪽 소매도 주머니에 쑤셔넣었다. 그러고는 황급히 자리를 뜨려고 움직이는데, 흠씬 얻어맞은 터라 걸음걸이가 몹시 불편했다. 설문대할망이 청년들로부터 매질하던 작대기를 빼앗아 절뚝거리면서 걷는 그들에게 지팡이 대신으로 들려주었다.

그날 오후 4시경에 북촌의 남녀 주민 사백여명이 머리띠를 두르고 함덕 지서로 몰려가 살인 경찰 처벌하라고 집단 시위를 벌였다. 그러자 경찰은 지서 지붕에 기관총을 걸어놓고 모여든 사람들의 머리 위로 위협사격을 가했다. 불행 중 다행으로 그날 총을 맞은 네 사람은 죽지 않았다. 세 여인 중 한 사람은 가슴에 관통상, 다른 한 사람은 복부 관통상이라는 중상을 입었지만 제때에 치료를 받아 생명을 구할 수 있었다. 나머지 한명은 종아리에 관통상을 입었다. 삐라를 붙이다가 총을 맞은 소년도 경상이었다. 경찰은 총격 사건에 대해 사과하지 않았다. 사과는커녕 도리어 두 순경에 대한 구타를 문제 삼아 보복에 나섰다. 열여섯살 이상 청년들이 검거 대상이 되어 마을 청년들의 반수는 잡혀가고 반수는 다른 마을로 숨거나 통통배를 타고 목포와 부산으로 피신했다.

북촌리 사건은 8·15 폭동 음모설을 내세운 검거 작전의 한 예로, 미군정은 이때 다시 한번 검거 선풍을 일으켜 각 지역의 청년 조직과 학교를 유린했다. 민전 의장 박경훈을 비롯한 유력 인사들과 공무원, 직장인 다수가 검거되었다.

8월 말에는 목장마다 테우리들이 우마 번식을 기원하는 백중제를 지냈다. 그 무렵은 여름 장마가 끝나고 집안과 들판이 온통 축축하여 만병의 근원인 곰팡이균이 왕성하게 활동할 때여서 뽀송뽀송하게 말려달라는 기원의 뜻도 담겨 있었다.

백중제를 지내기 위해 만옥은 하루 전에 와흘 외가에 올라갔다. 목장 일이 바쁜 가을철을 제외하고 만옥은 주로 하는 일이 해녀 물질이고, 와흘 목장에 올라가 외삼촌을 도와 테우리 노릇을 하기는 일주일에 한번 정도였다. 제는 한라산이 잘 보이는 상뒷동산에서 행해졌다. 백중은 감물을 들이는 날이기도 하여 외할머니와 외숙모는 그 일을 하기 위해 집에 남아 있었다. 쾌청한 날이었다. 한낮이 가까워지자 만옥은 간밤에 마련한 오메기떡과 흰밥, 옥돔구이, 돼지고기 산적, 술 등 제물이 담긴 바구니를 등에 지고 외삼촌과 함께 집을 나섰다. 외할머니와 외숙모는 햇볕 좋은 날이면 가끔 하듯이 궤 속에 고이 간직한 명주 수의를 꺼내어 곰팡이 슬지 말라고 햇볕에 널어놓았다. 그런 다음에는 풋감을 찧어 무명에 물들이기를 시작했다.

동산 위에 오르니 한라산의 웅장한 모습이 한결 가깝게 다가왔다. 만옥은 등에 지고 온 제물 바구니를 내려놓았다. 집집이 저마다 성의껏 마련한 제물 바구니들이 풀밭에 줄느런히 놓였고 바구니 곁에는 말고삐 한타래, 윤노리나무 지팡이와 쇠로 만든 낙인이 놓였다. 제사 물린 음식을 탐하는 까마귀들이 수십마리 가까이 날아들어 제가 끝나기를 기다렸다, 이쪽을 갸웃거리고 콩콩 뛰면서.

와흘1리 이장 김의봉도 대패랭이를 삐딱하게 쓰고 나왔다. 백중제는 1리와 2리가 번갈아가며 합동으로 열었다. 의봉은 해방 직후 이전 이장이 친일 행위로 쫓겨난 자리를 이은 스물네살의 청년이었다. 마을에서 몇 안 되는 소학교 출신 의식분자인 그는 머리가 좋고 행동이 민첩하여 하늘의 매가 내리꽂는 것을 멀리서 보고 달려가 매가 잡은 꿩을 빼앗아올 정도라고 했다.

만옥은 동산 아래 펼쳐진 푸른 들판을 내려다보았다. 고지대라 바람이 막힘없이 불어와 풀밭이 부드럽게 물결쳤다. 햇빛도 맑고 바람도 맑았다. 멀지 않은 곳에 말들이 흩어져 풀을 뜯고 있고, 그 너머 솔숲 앞으로는 오순도순 모여 앉아 맑은 햇빛을 받고 있는 마을 집들이 보였다. 감물 들인 갈색 무명천이 푸른 풀밭 여기저기에 널려 있는 것도 보였다.

일주일에 한번 목장에 올라올 때마다 만옥은 조천 마을에서의 울울하고 답답했던 가슴이 탁 트이는 것 같았다. 몸과 정신이 한껏 자유로워지는 느낌이었다. 질주하는 말떼, 말발굽 소리, 말발굽에 밟힌 짙은 풀 냄새, 질펀하게 펼쳐진 들판과 드넓은 하늘, 그 엄청나게 광활한 공간과 평화로운 목장 풍경이 그녀의 짓눌린 가슴을 후련하게 풀어주었다. 그녀가 사는 조천 마을은 이제 살벌한 싸움의 장소가 되어버렸다. 야간 통행금지령이 내려진 것이 갑갑했다. 그것을 뚫고 마을 청년들은 야간에 기습적으로 삐라와 벽보 투쟁, 벼락 시위를 계속했고, 검거에 혈안이 된 경찰은 가족까지 닦달하면서 괴롭히고 있었다.

"국궁(鞠躬), 배(拜)!" 이장 양산도의 구령 소리가 터졌다. 자기 제물 바구니를 앞에 놓고 늘어선 테우리들과 그 식구들이 구령에 맞춰 한라산을 향해 엎드려 절하면서 한라산신님께 마소들이 무병 무탈히 잘 번식하게 해달라고 기원했다. 만옥도 외삼촌 뒤에서 엎드려 절했다. 웅장한 한라산의 깊은 계곡 안으로 흰 구름 한덩이가 휩쓸려 들어가고 있었다. 배례를 끝낸 다음 테우리들은 마지막 순서로 고수레 의식을 벌였다. 제물 음식들을 조금씩 떼어 허공에 던지고 술을 뿌리며 "고수레!" 하고 외쳤다. 기다리던 까마귀들이 마침내 던져진 음식을 향해 일제히 날아들었다. 검은빛 날개들이 햇빛에 반짝거렸다.

고수레를 끝낸 테우리들은 삼삼오오 모여 앉아 점심을 먹었다. 만옥은 밥을 먹은 즉시 말을 돌보려고 동산 아래로 내려갔다. 양산도는 젊은이들 몇명과 어울렸는데, 모처럼 소주를 맛보는 터라 모두들 흥이 나서 목청이 높아졌다. 자연히 보름 전에 있었던 북촌리 사건이 화제에 올랐다. 1리 이장 김의봉이 제일 말을 많이 했다. 양산도보다 스무살 넘게 적은 나이의 조카뻘 되는 청년이었다. 양산도가 심각하게 콧수염 끝을 잡아당기면서 말했다.

"며칠 전에 조천 지서에서 두명이 우리 집에 왔다 갔어. 도피한 북촌 청년들을 찾는 거주. 그것들이 나한테 막 엄포를 놓는 거라. 만약에 한 사람이라도 우리 마을에 숨은 것이 발각되면 반드시 이장인 나한테 책임을 묻겠다고 말이여. 순 나쁜 놈들! 의봉이, 자네도 이장이니까 그놈들이 자네한테도 갔겠지?"

양산도는 북촌 청년 몇명이 이 마을에 피신해와 있고 그들이 마을 청년들과 어울리고 있다는 것을 이미 알고 있었다.

"그 새끼들, 나한테도 와서 그런 소리 합디다. 그리고 또 말하기를, 총기 단속한다고 마을에 총 가진 사람이 있으면 제출하라는 거라마씸. 나중에 적발되면 총살당할 줄 알라고 하면서. 개새끼들!" 의봉이 눈살을 찌푸리며 말했다.

"자네들 중에 혹시 나처럼 꿩 사냥하젠 왜군한테서 총을 구입행 갖고 있는 사람 있는가?"

"우린 없수다. 삼춘은 그 권총을 어떵 할 거우꽈? 경찰에 제출할 거우꽈?"

그것은 양산도가 일본군 장교로부터 구입한 권총을 말함이었다.

"경찰에 제출? 당치 않은 소리! 살인을 일삼는 경찰 놈들한테 우릴 죽여달라고 총을 내줄 수는 없는 노릇 아닌가. 벌써 없애부렀주."

"아니, 그거 어디다 버립디가?" 의봉이 눈을 크게 뜨고 추궁하듯이 물었다.

"저 버들못 물에다가 던져부렀져. 그 권총을 찾으려면 연못의 물을 다 퍼내사 할 거다, 허허!"

"아이고, 그 아까운 권총을……"

말은 그렇게 했지만 실은 양산도는 만일의 경우를 생각해서 그 권총을 집 어딘가에 숨겨놓았다. 실탄은 그동안 꿩과 노루 사냥에 쓰고 서른발 정도밖에 남지 않았다.

김의봉이 목청을 높이는데, 분노에 목이 꽉 막혀 목소리가 갈라졌다.

"우리가 총을 못 가진 게 한이우다! 총이 있으면 저 살인자들을 쏘아 죽이고 싶어마씸! 이럴 줄 알았다면 왜놈들한테서 총을 구해놓을 걸 그랬수다. 저놈들은 총이 있고 우린 총이 없으니 저놈들은 함부로 쏘아 죽이고 우린 그냥 당하기만 하는 거 아니우꽈? 우리한테 총만 있다면 저 새끼들이 함부로 저 지랄을 못 할 텐데. 에이, 빌어먹을! 저기 부대오름 동굴 같은 디 들어가서 찾아봐사 하쿠다. 왜놈들이 버리고 간 무기가 분명히 있을 거우다!"

다른 청년이 말했다.

"명도암오름 기슭 어딘가 무기를 파묻은 디가 있댄 합디다만……"

"아니, 이 아이들이 참말로 큰일 날 소릴 하네! 의봉이, 아무리 화나도 그런 위험한 생각 하면 안 된다이! 이 평화로운 목장에 시끄러운 일이 생겨선 안 되여!"

"그럼 삼춘은 이대로 남북이 허리 잘린 나라가 되게 내버려두는 것이 옳다고 생각햄수과?"

"그래서는 안 되겠지만……"

"허 참, 왜놈도 이 정도는 아니었수다. 악독하기가 미국 놈이 더해여마씸!"

"으음, 느 말이 옳긴 하지만, 으음…… 그런 것에 너무 신경 쓰면 위험해여. 의봉이 자네가 어린 나이에 이장이 되었다고 젊은 혈기만 믿으면 안 되여. 마을의 평화를 생각해사주! 하여간 여긴 목장이여. 우리 같은 목장의 말테우리가 무사 그런 큰일에 신경 써야 하나? 큰일에 너무 관심 두지 말자. 조고만히(조그맣게), 조고만히, 우리끼리 조고만히 살면 되는 거주, 뭐."

"그런디 삼춘, 요즘 남로당이 갑자기 당원 배가운동을

벌이는 모냥이우다. 조천의 이민하 선생이 나보고 우리 와흘에서도 남로당 한번 해보랜 합디다. 그래서 우리 마을 청년들도 가입해볼까 햄수다만, 삼춘 생각은 어떵하우꽈?"

"남로당? 불법화된 거, 자네는 모르는 모냥이구나?"

"불법화? 거 무슨 말이우꽈? 남로당은 미군정이 인정한 합법 정당 아니우꽈? 법으로 보장된 정당인데……"

"아이고, 의봉이, 모르는 소리 말라게! 그 합법 정당이 이젠 불법 정당이 되어부렀단 말이다. 바로 보름 전에 남로당이 불법화된 거 모르는구나."

"아니, 그거 참말이우꽈?"

"흠, 모르는 게 당연하주. 해변에서 멀리 떨어진 우리 같은 목장 테우리가 시국이 돌아가는 거 어떵 아나? 나도 그저께사 알았주. 조천에 일 보러 갔다가 리베라 상회에서 라디오 듣고 알았저."

"불법화한 걸 보면 미군정이 남로당을 되게 겁내는 모냥이라예. 난 그동안 남로당을 시시껄렁하게 생각했습주게. 남로당이 미군정을 대놓고 비판 못 하고 우물쭈물하기에 별거 아니구나, 생각했거든예. 남로당이 그렇게 대단한 물건인 줄 몰랐십주."

"의봉이 자넨 똑똑하니까 알아서 하겠주만, 당원 가입

은 신중하게 생각해사 한다이. 이전과 달리 불법화한 뒤로는 당원이라면 무조건 잡아간다는 거다. 아무 일 안 해도 말이여. 읍내에서는 벌써 남로당 가입 공무원들이 잡혀가기 시작했다는 거다."

"아니, 불법 정당이 되어버렸댄 하니까 더 가입할 생각이 생겼수다!"

"허허, 하여간에 행동은 신중해사 해여. 어이구, 시국이 어떵 돌아가는 건지, 귀 눈은 왁왁(깜깜)이고 참말로 걱정이여. 자아, 게민 다들 일어나서 몽생이 낙인 찍으러 가보세!"

모두들 자리에서 일어났다. 말을 탄 만옥이 솔숲으로 도망가는 말 한마리를 쫓아 느슨한 언덕을 구르듯 달려 내려갔다. 말총머리를 좌우로 찰랑찰랑 흔들면서 말을 달리는 그녀를 보고 의봉이 놀랍다는 듯이 눈을 크게 떴다.

"만옥이 말을 잘 타네예!"

"뭐, 이젠 테우리가 다 됐주기, 허허허!"

목장 가운데를 지르는 마찻길에 뿌연 먼지구름이 떠 있는 것을 양산도는 보았다. 엔진 폭음도 어렴풋이 들려왔다. 황색 먼지구름을 길게 끌며 달려가는 것은 경찰의 스리쿼터였다. 어딜 가는 걸까? 교래리? 송당리? 풀을 뜯던 말들도 귀를 세우고 그쪽을 바라보았다. 김의봉을 비롯한 1리 청년들이 자기네 말떼가 있는 기시네오름 쪽으로 내려갔다.

낙인 찍기는 상뒷동산 아래 평지에 홀로 서 있는 키 큰 종가시나무 그늘에서 행해졌다. 소유권 표시를 위한 낙인은 주로 생후 오개월에서 일년 미만의 망아지들이 대상이지만 오래되어 낙인이 흐릿해진 말들도 다시 불도장을 맞았다. 낙인을 달구려고 모닥불을 피우자 시원하던 나무 그늘이 금세 후끈해졌다. 양산도가 웃옷을 벗어던지고 손잡이가 달린 낙인을 모닥불에 묻었다. 낙인으로 말 엉덩이를 지지는 것은 여간 조심스러운 일이 아니었다. 달군 쇠가 털가죽만 지져야지 자칫 잘못하여 더 깊이 들어가 살을 태웠다 하면 큰 화상이 되고 마는 것이다. 그래서 낙인 찍기는 누구보다도 익숙한 양산도가 도맡아 했다.

테우리들이 자기 망아지들을 끌고 와 고삐를 바짝 당겨 종가시나무에 묶은 다음 쓰러뜨려 다리까지 묶어놓으면 양산도가 불에 달군 낙인을 망아지의 엉덩짝에 갖다대어 지지직 지졌다. 털가죽 타는 노린내가 코를 찌르고, 양산도의 이마에서는 구슬 같은 땀방울이 뚝뚝 떨어졌다.

만옥은 외삼촌네 쉰마리 말 중에서 망아지 여덟마리

를 골라 불도장을 맞혔다. 그중 세마리는 만옥의 소유였다. 한마리는 자청비가 낳은 것이고 나머지 두마리는 그동안 테우리 노릇을 열심히 한 대가로 외삼촌으로부터 분양받은 것들이었다. 이제 만옥은 자청비를 포함해 모두 네마리의 말을 갖게 되었다.

낙인 찍기가 끝나자 테우리들은 각자 자기네 말떼 속으로 들어가 말 등의 진드기를 잡았다. 털에 옮아붙은 도깨비바늘을 떼어주고 주머니칼로 진드기와 말파리 알을 떼어냈다. 진드기에 너무 뜯겨 털이 벗겨진 부위에는 석유를 바르고, 갈기와 꼬리에 붙은 진드기는 쇠빗으로 잘 빗어 제거했다.

양산도의 「말 모는 소리」가 바람 잔 허공 속 멀리로 유장하게 퍼져나갔다. “워러러러허 허허러러 여여 어렁 하려령 으어헝 허허허.” 가사가 없는 노랫소리지만 아마도 거기에는 ‘나는 구름 따라 바람 따라 초원을 떠도는 말테우리’라는 뜻이 담겨 있을 거라고 만옥은 생각했다.

만옥이 백중제를 지내려고 목장에 올라가 있을 때, 창세는 영주와 함께 연대 아래 바닷가에 나가 해물을 잡았다. 철경대 출신 육지 순경 한명과 서청 두명이 감시한다고 나타나 얼쩡거렸다. 백중날은 연중 간만의 차가 가장 클 때여서 수배 중인 청년들을 제외하고 많은 사람이 바닷가에 나와 있었다. 평소에는 물속에 숨어 보이지 않던 바위와 돌이 백중 썰물에 드러났고 거기에 소라, 보말, 참게, 성게, 오분자기(떡조개) 들이 오물거렸다. 썰물이 하루에 두번 있으니 작년까지만 해도 백중날에는 밤에도 횃불을 들고 해물을 잡았다. 낮보다 밤에 훨씬 더 많이 잡혔다. 횃불 불빛에 현혹된 해물이 우르르 바위로 기어올라서 비로 쓸어 담는다는 말이 생길 정도였는데, 올해는 야간 통행금지령이 내려 그 일을 할 수 없게 되었다.

"입당 맹세!"

"목숨까지 바쳐 당과 지도자들의 규율을 따르겠습니까?"

"예!"

"우연히 적에게 생포되어 죽음의 위협을 받더라도 침묵을 지킬 수 있습니까?"

"예!"

"다시 한번 묻겠습니다. 조직을 위하여, 혀를 깨물어 비밀 엄수 할 수 있습니까?"

"예! 비밀 엄수, 하겠습니다!"

제주도우다 2

초판 1쇄 발행 • 2023년 7월 3일

지은이 / 현기영
펴낸이 / 강일우
책임편집 / 정편집실 박지영
조판 / 황숙화
펴낸곳 / (주)창비
등록 / 1986년 8월 5일 제85호
주소 / 10881 경기도 파주시 회동길 184
전화 / 031-955-3333
팩시밀리 / 영업 031-955-3399 · 편집 031-955-3400
홈페이지 / www.changbi.com
전자우편 / lit@changbi.com

ISBN 978-89-364-3921-7 04810
ISBN 978-89-364-3919-4 (전3권)